千金好本事 2

風 文創 1242

青杏 著

目錄

第二十六章

聆園裡，沈晞騎上她的母馬，拿著剛有了手感的弓箭，與魏倩一同等著比試開始。

魏倩憂心忡忡，場外的沈寶嵐和陶悅然站到看臺上，那裡安全又看得遠。

沈晞掃視一圈，道：「參加這場比試的人不多啊。」加上正冷冷地盯著她和魏倩的彭琦和彭丹在內，總共十幾名。

魏倩回答。「往年更少。」

場上的女子只有沈晞、魏倩和彭丹。不像定點射靶和騎術比試，騎射比試很可能發生衝撞，女子不方便參加，也容易受傷。

沈晞見魏倩一臉焦躁，連她的心上人都不看了，戳了戳她。「奚公子在看妳。」

魏倩一怔，霎時紅了臉，慌亂地低下頭，根本不敢確認沈晞說的話是真還是假。

沈晞忍不住笑道：「不是想被看到嗎？怎麼，人家真看妳，妳卻退縮了？」

魏倩紅著臉不肯回應，沈晞正色道：「倩倩，妳這樣可不行呀。這是比試，場上無男女，無父子。等會兒倘若跟奚扉正面對上，妳也要低頭不敢看？既然想讓他看到妳有多麼耀眼，便徹底些，讓他好好瞧瞧。」

魏倩聽了，終於抬頭看沈晞，沈晞又說：「彭丹也喜歡奚扉吧？拿出妳的氣勢來，別被彭丹比下去了。妳比彭丹長得好，騎射比她厲害，任誰都只能看到妳。」

魏倩被沈晞說得燃起了本不該有的鬥志。婚姻之事，向來是父母之命，媒妁之言，但她父親只是個普通的五品千戶，沒有實權；論地位，她怎麼都比不上彭丹。

可是，她不想不努力便放棄，她不甘心奚扉從不認識她，她想讓奚扉看到她。哪怕他們成不了，她也希望他眼中能出現她，哪怕只是短暫的一瞬。

魏倩鄭重點頭。「沈姊姊，謝謝妳，我明白該怎麼做了。」

沈晞豎起大拇指。「這才是好樣的。妳儘管去射活雞，我幫妳助陣。」

魏倩雖不覺得沈晞這個新手能幫到她，這會兒卻不知為何十分信服沈晞，揚眉笑道：「那就麻煩沈姊姊了。」

沈晞也笑得愉快。在魏倩和奚扉的愛情戰場上，她是助攻，可在別的地方，誰也攔不住她搞事。

一聲鑼響之後，騎射比試正式開始。

十四匹馬站成一排，場地側邊有隻活雞被放了出來。

奚扉就在最旁邊，占了地利，當即張弓。那隻雞還沒叫兩聲，便被射中倒地。

這一下，拉開了比賽的序幕，看臺上一陣叫好聲。

緊接著，場邊不同位置一次放出十來隻雞，參加比試的人當即分散開來，追著雞而去。

沈晞陪在魏倩身邊，離奚扉不遠不近，而魏倩剛好射中了離她最近的一隻雞。

沈晞對魏倩比了個讚美的手勢，魏倩也揚起一抹燦爛笑容。從前她自然不可能在家練習射雞，不承想今日竟來了個開門紅，令她信心大增，立即去尋找別的雞。

另一邊，見魏倩已射中一隻活雞，彭丹氣惱道：「哥，你快幫我，魏倩怎麼能贏過我！」還有一直黏在魏倩身邊，連弓箭都沒抬過的沈晞，這次都要被她比下去才行。

彭琦心疼地安撫她。「小妹莫急，哥哥這便去干擾她們。妳快去射雞，好讓奚扉那小子瞧瞧妳的本事。」

彭丹聽了，也不覺得這有什麼卑鄙的，應下後，獨自去找活雞。

彭琦則一夾馬腹，去找沈晞和魏倩的麻煩。

魏倩專心獵雞，甚至沒看奚扉，更別說彭琦兄妹了。

沈晞瞧見氣勢洶洶的彭琦，笑咪咪地拿起弓箭，掃視一圈，發現彭琦身後有隻正在撲騰的雞，抬弓對準。

她的動作看起來像是側對著彭琦，因此彭琦並無戒備，還讓馬跑快些，想干擾這一箭。

然而，令人沒想到的是，沈晞身下的馬忽然不受控似的抖了抖，沈晞驚叫一聲，身體不穩之下，手中的弓箭轉了方向，正對著彭琦飛了出去。

電光石火間，看臺上一陣驚呼，反應快的如趙之廷，已然站起身。

兩人的距離太近，彭琦反應不過來，腦子裡一片空白，眼睜睜看著箭射向他。

孰料，箭只是擦著彭琦的頭皮飛過，鋒利箭頭弄斷他的髮帶，頭髮散落下來。

看臺上傳來放鬆的嘆息，隨即又是一陣驚呼——那支箭落地時，恰巧射中了雞。

沈晞裝出驚魂未定的模樣，安撫身下的馬，隨後才看向她射出的箭，驚喜道：「我竟然射中一隻雞欸！」

看臺上聽到她話的人默默在心中道：何止射中了一隻雞，還差點射中一個人！

彭琦從驚恐中回過神來，惱羞成怒地衝向沈晞，而沈晞又抬起弓箭，對準了彭琦。

彭琦當即止住馬，驚怒道：「妳想幹什麼?!」

沈晞一臉無辜。「射雞啊。你擋著我了，快讓開，我可是新手，不敢亂動的。」

彭琦這才發現，沈晞似乎並不知道剛才差點射中他，頓時怒氣沖沖。「方才妳差點射中小爺，還不快滾下來向小爺磕頭道歉！」

沈晞道：「你說什麼啊，我的箭射中的明明是雞，你是雞嗎？不是就別誣衊我。快讓開，我快扯不住弓弦了。」

見沈晞一副吃力的模樣，彭琦趕緊策馬離開。剛才他逃過一劫乃是僥倖，再讓她射一箭，小命便不保了。

在彭琦側身駕馬離開的同時，沈晞滿臉痛苦地鬆開手中的箭，還裝模作樣地驚呼一聲。

「哎呀！」

於是，這支箭擦著彭琦的腰身而過，直直地射向角落裡的雞。

雞被射中的同時，彭琦的腰帶也斷了。

彭琦哪曾在大庭廣眾之下遇過這種事，他捂住斷掉的腰帶，羞惱交加，對沈晞破口大罵。「妳是不是不長眼！讓妳射雞，老往我身上招呼幹什麼？」好像忘了是他非要跑到沈晞面前來的，說話理直氣壯。

沈晞依然是一臉無辜。「我射雞啊。你看，那隻雞不是被我射中了嗎？」

彭琦驀地轉頭，只見不遠處的地上，真躺著一隻還在喘氣的雞。

他瞪大了雙眼，不敢置信，沈晞怎麼會兩箭都射中，她不是今天才摸弓箭和馬嗎?!

彭琦驚疑不定地回頭看沈晞，發現她又舉起了弓箭，依然是對著他的方向。

這回他連喊都不喊了，夾緊馬腹，立即衝出去。前兩次沒射傷他，是他運氣好，再來一次，不可能有這樣的好運。

彭琦跑得太快，沈晞只能遺憾地看著他遠去。她可以向彭琦保證，她是人體描邊大師，絕對不會傷到他一點皮肉的。

第三隻雞，沈晞裝模作樣地瞄準半天，卻被旁人搶走了。她遺憾地收回弓箭，揉了揉肩膀，回魏倩身邊。

她若無其事地問魏倩。「多少隻了？」

魏倩剛射完一隻，喜悅地說：「四隻了。」

沈晞讚美她。「真棒！」

另一邊，彭琦騎馬去找彭丹，小聲道：「小妹，沈二有些邪門，我差點被她射中。」

彭丹扭頭看他，見他頭髮散了，還捂著腰帶，不禁怒道：「她怎麼敢這麼做！」當即調轉馬頭，要替彭琦出氣。

剛才的事都是在眾人眼皮子底下發生的，彭琦想說沈晞是故意的，也站不住腳。畢竟她那兩箭真的射中了雞，完全可以說是他故意擋在她的路上。

彭琦連忙攔住彭丹。「小妹，別去，哥哥怕妳也吃虧。」

彭丹一時遲疑，卻發現奚扉正看著魏倩。魏倩剛射中一隻雞，對沈晞笑得格外好看。妒意和怒意同時上湧，她不理彭琦的叫喊，駕馬衝了過去。

另一側，沈晞一邊同魏倩說話、一邊時不時對落單的雞射上一、兩箭，有時落空、有時射中，同時觀察彭琦兄妹。

比試的時間已過去大半，只要這兩人不作怪，她可以不再搞事。

然而，彭丹橫衝直撞地騎馬而來，甚至舉起手中的弓箭，正對著魏倩！

沈晞冷下眉眼，不等彭丹靠得更近，抬弓接連射出兩箭。第一箭，射中彭丹髮髻，箭身刺入一半；第二箭，從彭丹的耳邊擦過，揚起了她的碎髮。

彭丹驀地停手，甚至因為驚恐而丟下了弓箭，死死地抱住馬。

有一瞬間，她以為自己的脖子被箭頭貫穿，可好一會兒都沒感覺到疼痛。

下一刻，她感覺到髮髻的沈重，緩緩抬手去摸，摸到了髮髻上的箭。沒有傷到她，但依然嚇得她忍不住發抖。若是再往下偏一些，箭便會射中她的眼睛！

「小妹！」彭琦趕到彭丹身邊，見她全身顫抖，怕她從馬上摔落，連忙將她扶下。

彭丹怔怔地瞪著彭琦，好半天才開口。「哥……幫我把箭取下來。」

彭琦想將箭拔下，卻扯住髮絲，彭丹瞬間疼得紅了眼睛，他只好停手。

「小妹，把髮髻拆了吧。」

「我不要！」彭丹一口拒絕，披頭散髮像什麼樣子，所有人都會嘲笑她的。

彭琦為難道：「那只好把箭掰斷了。」不然頂著這麼一支箭離場，也太丟人了。

彭丹催促道：「哥，你快點。」

彭琦握住箭的兩端使力。幸好箭是木頭做的，雖然有些費勁，還是能掰斷。只是，斷箭粗糙，取下時還是扯到彭丹的頭髮，好些髮絲被弄斷了。

彭琦將斷箭往地上一丟，安撫彭丹。「沒事了，沒事了。」

彭丹滿眼怨毒。「哥，是沈二要害我，你要為我報仇！」

彭琦連忙道：「好好，妳莫氣，哥哥一定為妳討回公道。」

他回想起剛才沈晞的那兩箭，知道他們上當了。什麼新手？看那兩箭的架勢，沈晞明明很擅長用箭。

見妹妹髮髻凌亂，滿眼通紅的可憐模樣，彭琦的怒意被激起，抓起自己的弓箭，向沈晞走去。

此時，三道鑼聲依次響起，騎射比試結束了。

不提彭家兄妹的狼狽，魏倩這邊進展良好，結束時，奚扉竟騎馬過來，望著魏倩，清澈的眼裡是好奇。

「妳叫什麼名字？從前我怎麼從未見過妳？」

魏倩一時呆怔，沒想到奚扉會主動來跟她說話。

因為太過激動，她險些說不出話來，被沈晞輕輕扯了扯衣袖，才回過神，慌忙道：「我、我叫魏倩，從前沒上場過，我父親是親軍衛的千戶。」

奚扉揚起笑臉，充滿少年的朝氣蓬勃，令人看了也想跟著笑。

「那妳應該經常上場的。我叫奚扉，我父親是錦衣衛，和妳爹也算同屬衛所。」

親軍衛千戶和錦衣衛指揮使可沒得比，但奚扉話中的意思，是完全不在乎這個。

他又道：「等會兒的打獵，妳要去嗎？」

魏倩遲疑一下，眼角餘光瞥見沈晞對她眨眼睛，深吸了口氣，鎮定道：「要的。」

奚扉笑了。「我們一起去吧，比一比誰獵得多。」這時有人叫他，遂對魏倩揮了揮手，騎馬離開。

魏倩臉色爆紅，驚喜地抓住沈晞的手。「沈姊姊，他主動跟我說話了！」雖然激動，但說話的聲音很小。

沈晞笑道：「因為倩倩厲害啊，他自然看到了妳，想與妳結交。」

魏倩壓抑不住興奮。今日她來，不過是想遠遠地看看奚扉罷了，哪知她不但上場，還與他說上話了，這一切都跟作夢一般。

她的聲音裡帶著顫意。「等會兒，我真要跟他一起去打獵嗎？」

沈晞故意道：「如果妳不好意思的話，就別去了。」

魏倩面露遲疑。「剛剛答應他了，不去會不會不好？」接著便看見沈晞促狹的笑容，登時明白過來，嗔道：「沈姊姊，妳取笑我！」

沈晞哈哈一笑。

魏倩總算冷靜了些，忽然想起彭琦兄妹，比試時好像沒來找她們的麻煩？

她四下張望，終於瞧見正朝她們走來的彭琦，以及跟在他後頭的彭丹。令她吃驚的是，彭琦披頭散髮，腰帶斷了；彭丹髮髻亂糟糟的，眼睛通紅，滿臉扭曲的模樣好像瘋婆子。他們怎麼成了這副模樣？

魏倩不解地看向沈晞，沈晞只輕輕拍了下魏倩的馬屁股。「走，我們去跟寶嵐和悅然會合，等比試結果。」

這會兒她才不跟彭琦和彭丹掰扯，他們兄妹吃了這麼個大虧，彭琦說不定會對她動手。她一個弱女子，會射箭騎馬也就算了，要是連拳腳功夫都會，就太不像話了，等她去看臺那裡借點勢再說。

魏倩低呼一聲，抓緊韁繩，隨沈晞一道騎馬離開。

馬的動作自然比人快，彭琦和彭丹氣勢洶洶地來找人算帳，哪知人竟跑了，彭丹當即氣急敗壞地喊起來。「魏倩，妳別跑！」

魏倩想回頭，卻被沈晞叫住。「別理她。她聲音這麼小，我們可聽不到。」

魏倩愣了一下，明白沈晞的意思，當即端正腦袋，看也不看在後頭叫喊的人。

雖然不知發生了什麼事，但見彭琦兄妹這副狼狽的模樣，她心中便忍不住高興起來。

馬在賽場邊停下，沈晞拉著魏倩往看臺上走。

沈寶嵐和陶悅然早在比試結束後便下了看臺走來，不過沈晞與魏倩比較快，在看臺下攔住她們。

兩人學著沈晞，對魏倩比了個大拇指，沈寶嵐道：「倩倩好厲害啊，我連殺雞都不敢看，妳已經能面不改色地射雞了。」

陶悅然問：「倩倩，我看到奚公子與妳說話了，他說了什麼？」

魏倩的臉又紅了。

沈晞笑道：「待會兒倩倩不在，我同妳們細說。」

魏倩看沈晞一眼。「沈姊姊！」

沈寶嵐見沈晞與魏倩親暱的樣子，滿臉妒意，當即擠開魏倩，挽住沈晞的手臂。

「二姊姊，妳剛剛也好厲害哦。我幫妳數了，妳射中了十八隻雞呢！」

沈晞沒有細算，只要射得比魏倩少即可。說好了助陣，表現便不能越過魏倩。

方才魏倩在場上，沒注意別的，不由詫異地說：「沈姊姊好厲害！」

沈晞謙虛道：「新手好運而已。」

她掃了看臺一眼，見她們此刻站的位置正對臺上的聆園主人和趙之廷，遂不打算上去。站在這裡剛剛好，現在就等彭家兄妹過來吵架了。

第二十七章

此時，騎射比試的結果也出來了，嗓門大的僕從宣佈前三名。

第一名是奚扉，射中二十八隻雞；第二名是魏倩，二十隻雞；第三名是沈晞，十八隻。

往常騎射比試的前三名清一色是男子，這次不但有女子，而且還是兩位。

聽到這個結果，眾人都驚呆了。

沈晞看到名次，覺得無所謂，剛才為了阻止彭丹傷害魏倩，她已使出新手不該有的實力。旁人要是問，就說她天賦卓絕，誰又能說什麼呢？

沈寶嵐激動地搖晃著沈晞的手臂。「二姊姊，妳好厲害啊！」

陶悅然也欣喜地望向沈晞和魏倩。沒想到她們的成績會這樣好，為此感到高興和自豪。

沈晞注意到無法忽視的目光，微微側頭，發現趙之廷正在看臺上居高臨下地望著她。因為背光，她不能清楚地看見他的神情。

她收回目光，一臉坦然。她只是個從鄉下回來的柔弱貴女，天賦卓絕而已，什麼暗地裡的飛簷走壁，都跟她無關。

短暫的沈默之後，便是陡然升高的喧譁聲。

「不會是算錯了吧？奚扉第一我認，可後頭兩個人從未聽說過。」

「我方才聽見了，第三名是前段時日沈侍郎家認回來的親生女兒，今天才第一次摸到弓箭與馬呢！」

以往聆園的騎射比試，參加的人並不多，前三名會是哪幾個，大家心裡有數。即便名次輪替，落差也沒有今日那麼大，因而很多常來的人忍不住生出疑惑。

此時，彭琦和彭丹也趕到了沈晞等人面前。

彭琦對依然揹著弓箭的沈晞有些忌憚，將彭丹擋在身後，厲聲斥責。「沈二，剛剛妳可是想殺了我小妹?!」聲音很大，裡頭的怒氣傳得老遠。

原本正偷偷觀察沈晞和魏倩的少年少女們也不再遮遮掩掩，好奇地看過來。

沈晞一臉無辜。「不知道你在說什麼。剛剛我只是跟倩倩一起比試而已。」

魏倩見彭家兄妹身形狼狽又面目凶狠，忙站在沈晞身邊，揚聲道：「沈姊姊一直跟我在一起，你們休想誣衊她！」

過去她對彭家兄妹都是退避三舍，能躲就躲，可今日他們竟然誣衊沈晞！多虧了沈晞，她才生出勇氣展現自己，跟奚扉說上了話。一場比試下來，她跟沈晞的關係親近許多，絕不能讓這兩人胡亂攀扯。若是不能及時澄清，今後傳出流言，旁人會說沈晞心思歹毒，這怎麼行？沈晞明明是最好的人，看穿了她的心思也不取笑，而是處處幫助她。

「妳說我們誣衊她？」彭丹見過去從不敢還嘴的魏倩如此反駁，氣急敗壞地站出來。

「方才她對我射了兩箭，差一點就射穿了我的眼睛！」

魏倩脹紅了臉。「沈姊姊不可能這麼做！」

沈晞拉住魏倩的手，示意她少安勿躁，望向氣紅了眼的彭丹。「彭小姐，妳說我對妳射了兩箭，請問是什麼時候？當時是什麼情況？」

彭丹道：「當時比試已過半，我正……反正妳拿箭射我了！」察覺不對勁，及時住了口。她怎麼可能說出當時她氣昏了頭，正拿箭對準了魏倩。

沈晞盯著彭丹，呵呵一笑。「彭小姐，怎麼不說出來了？當時妳正在做什麼？」

彭丹怒道：「我正在比試，是妳無緣無故拿箭射我！」

沈晞見她不上套也不糾纏，微微一笑。「證據呢？」

但凡彭丹不怕丟臉，直接頂著箭過來，就能成為證據。為了讓僕從計數，每個人的箭上都會有些小記號，若覺得數量不對，還能再算一次。

彭丹冷哼。「我就是證據，我親眼看到妳對我射了兩箭。」

彭琦也道：「還有我，我也見著了。」轉頭望向看臺。「老先生，趙將軍，當時的情況，你們可瞧見了？」再看周圍。「若有人看到，請說出來，我願意給銀子！」

沈晞笑咪咪道：「這便開始拿銀子賄賂了？行啊，你出多少，我出雙倍，不能只讓彭小少爺一個人作弊不是？」

彭琦瞪著沈晞，若不是此刻人多，說不定真會對她動手。鄉下來的，就是這樣粗俗！

老尚書年紀大了，剛剛場上情況如何，他真沒看清楚，但身為聆園主人，不能不管，遂道：「幾位少安勿躁，比試場上難免失誤，不如看在老夫的面子上，化干戈為玉帛？」

彭琦兄妹正在氣頭上，完全沒給他面子，彭琦揚聲道：「老先生，這事關我小妹，恕我不能這麼算了！」

老尚書不意外彭琦不給面子，也不生氣，側頭對趙之廷笑道：「這些少年凡事都要論個對錯，讓老夫彷彿看見曾經的自己。但老夫眼力不行了，麻煩趙將軍替他們論斷，可好？」

趙之廷頷首，從看臺上走下，站到彭琦和沈晞之間。他的目光先在沈晞身上頓了頓，才轉向彭丹。

「彭小姐，妳定要追究？方才的事，我都看到了。」

剛剛沈晞和彭家兄妹之間發生的事，趙之廷全瞧見了，心中自然有所判斷，只是無法確定沈晞當時那些「射歪」的舉動，究竟是怎麼回事。

他這樣說，只是為了給彭家一個面子，倘若彭丹放棄，兩方可以無礙；倘若她要追究，就別怪他說出看到的一切。

相對於面無表情、一身肅殺之氣的趙之廷，彭丹自然更喜歡笑得純真、一身少年氣的奚扉，面對趙之廷充滿威勢的問話，有些遲疑。

然而，彭琦搶著道：「當然追究到底！我小妹受了這樣大的委屈，絕不能這樣算了。」

趙之廷見彭丹並未反駁，遂道：「既如此，那我先說我看到了什麼。」

其餘人聞言，全圍過來聽。

沈寶嵐默默抓住沈晞的衣袖。剛剛她一直盯著二姊姊，如果彭家兄妹不來挑釁，二姊姊怎麼會差點射中他們呢？他們是自討苦吃。

但此刻聽見趙之廷的話，她不禁緊張起來，怕他因為不喜二姊姊而故意說些對二姊姊不利的話。如果他真那麼說了，那她也要豁出去，把她看到的都說出來。

趙之廷道：「我見彭小姐先拿箭對著沈二小姐，沈二小姐才對彭小姐射出兩箭，以示警告，並未傷到彭小姐。」

眾人頓時一陣喧譁，若彭丹不先招惹沈晞，沈晞怎會反擊？說起來都是彭丹活該。

彭丹暗驚，立即為自己辯駁。「我沒有！明明是沈晞無緣無故要害我！」

趙之廷冷冷地瞥過來。「彭小姐是在質疑我的眼力？」

沈晞心道，趙之廷的眼力真沒那麼準，當時彭丹想射的人可是魏倩，並不是她。不過她和魏倩靠得近，趙之廷從遠處看錯了，也是正常。

趙之廷是在沙場上歷練過的人，氣勢自然不同。彭丹被他看得一驚，忙躲到彭琦身後。

彭琦也有些心慌，仍強撐著站在彭丹身前。「我小妹說沒有就沒有，就是沈二害她！」

沈晞微笑。「我在京城待了不少時日，沒見過彭小少爺這樣不講理的人。京城是您家的啊，您說什麼就是什麼？」

趙之廷皺眉。「沈二小姐，慎言。」

彭琦也知有些話是禁忌，忙道：「妳胡說什麼，我幾時這麼說了？」

沈晞道：「就算你沒說，心裡不是這麼想的嗎？世子爺姓什麼？他公正地說出他看到的東西，你們卻說不信。怎麼，你們說的話才叫話，世子爺說的就是放……」

沈晞瞧見趙之廷驀然看過來的目光，很給面子地住了嘴。

韓王世子姓什麼？他姓趙，皇族的趙。他在京中的名聲很好，又不是任性妄為的趙王，定然不會亂說。可彭琦和彭丹在幹什麼？他們覺得韓王世子偏袒沈晞。彭家人的話難道比韓王世子的話還真？這是想做什麼啊?!

沈晞成功地將彭琦和彭丹架到火上，兩人雖然囂張慣了，也知道有一條絕不能跨過的線，因此雙雙閉上了嘴。

趙之廷冷道：「我只說出我看到的一切。幾位若要我做個論斷，便不要質疑我的話。」

沈晞立即捧場。「世子爺的品性，所有人有目共睹，我相信您定會公正裁決。您說什麼，我都認。」反正他已經說出事實，不可能再改口，不可能做出不利於她的決斷。

趙之廷瞥了沈晞一眼，轉向彭琦兄妹。

彭琦咬牙，但眾目睽睽之下，又是他先請趙之廷主持公道的，沒辦法耍賴不認。

當時，彭丹背對著他，且剛好有人遮擋，他並未看到她要射沈晞。就算看到了，他也不會說什麼，不是沒有受傷嗎，他小妹不過是開玩笑罷了。

他想到這一點，道：「我小妹並未射出那一箭，只是開開玩笑，可沈晞卻對小妹射出了兩箭！」

沈晞心想，終於承認是先撩了？語氣誇張道：「若非我阻止了彭小姐，她那一箭早射出來了！我們老家有句話叫先撩者賤，當時彭小姐一副要殺人的樣子，我哪敢不提醒一聲？比試開始前，彭小姐不僅逼迫我一個新手參加，還放下狠話，那麼多人都聽到了，我能不害怕嗎？幸好我天賦異稟，不然只怕死在比試場上都有可能。」

彭琦和彭丹只覺得沈晞在顛倒黑白，當時她哪有一點害怕的模樣？

彭丹氣得腦子裡嗡嗡響，她與兄長在京城橫行許久，從未遇過這樣狡猾流氣的對手，頓時急了。

「方才我對準的明明是魏倩，我與她是表姊妹，跟她開玩笑而已，要妳插手？」反正她哥已說過這是玩笑，她說出真正對準的人是誰，又有何妨？

方才魏倩專心射雞，根本不知道自己曾經歷這樣凶險的一幕，瞪大了眼睛看向沈晞。

當時沈晞說要替她助陣，她只當是玩笑，覺得彭丹不過是想贏過她來嘲笑她而已，沒想到真敢拿箭對準她。而沈晞一直在旁看護她，還因此惹上了麻煩。

從前她對彭家兄妹能躲就躲，不想替自家招惹麻煩，也不想讓母親為難，可今日，她實在忍不下去了。她從未對彭家兄妹無禮，他們憑什麼非要追著她找麻煩不可？就因為奚扉嗎？但從前奚扉根本不認識她。

魏倩胸中湧動著憤怒和不甘，她安分守已有用嗎？沒有！那還不如學沈晞！

既然彭丹也傾慕奚扉，那她便要讓奚扉喜歡她。哪怕兩家訂不了親，也要氣死彭丹。

魏倩傾慕奚扉的心是真，可此刻借用奚扉噁心彭丹的心也是真。

她幽幽道：「表妹從未與我開過玩笑，不知今日為何有此心思？」

不需要多說，只一句話，便表明她與彭丹的關係沒那麼好，也表明她否認彭丹的話。

彭丹不敢置信地瞪著魏倩，惱怒道：「魏倩，妳竟向著外人！」

魏倩伸手捏住沈晞的衣袖，更明確地表明自己的態度。

在場之人自然聽懂了魏倩的意思，紛紛交頭接耳。哪怕跟彭家兄妹和魏倩不熟，多少聽過一些風聲，都是彭家兄妹欺負魏倩的，只因一方總是隱忍，因而從未鬧大。

平日裡小打小鬧就算了，方才可是在比試場上，刀劍無眼，彭丹怎麼能如此？

趙之廷不耐地看著彭丹扭曲難看的面色，在彭琦想開口前，抬手道：「既然彭小姐承認，便好辦了。彭小姐挑釁在先，沈二小姐警告在後，既然兩邊都無損傷，此事到此為止。」

眾人圍觀下，彭丹臉上掛不住，尤其人群裡還有她心心念念的心上人。

她想反駁，可對上趙之廷冷冷看來的目光，她就像是被掐住脖子的鴨子，說不出話了。

彭丹怕趙之廷，彭琦也怕，但他知道趙之廷既已發了話，他小妹的事只能這樣。

彭琦揚聲道：「好，小妹的事不說了，那我呢？」他也豁出去了，拿起被割斷的腰帶，眼風如刀射向沈晞。「沈二也射了我兩箭，我可沒有招惹她！」

沈晞嘆道：「彭小少爺，我不是早就說過了嗎？我射的是雞。你倒好，不跟你小妹在一起，跑來我身邊做什麼？我是新手，或許射出的箭真的不小心離你近了些，但我保證是對著雞射的，而且那兩箭不是都射中雞了嗎，足以證明我說的是實話吧。」

最後一句話，是對主持公道的趙之廷說的。

眾人一陣沈默。看到沈晞的成績，再加上她的新手身分，已經有一些人相信她是天賦異稟。雖說出現在一個女子身上很稀奇，但再天賦異稟，也不可能一天就練出神乎其神的箭術，能弄斷彭琦的腰帶後，再藉餘力射中那隻亂動的活雞，這絕對是巧合。

趙之廷對沈晞的騎射術有疑惑，但這會兒不是探究的時機，冷眼看向彭琦。

「彭小少爺，你要胡攪蠻纏到幾時？另外，你為何獨自跑到沈二小姐身邊？為什麼要過去？當然是搗亂，好讓他小妹贏得漂亮啊，他對他小妹的寵愛，誰不知道？

沈晞暗暗想著，露出遲疑的神情。「彭小少爺，你非要靠近我，該不會是喜歡我吧？」

彭琦大怒。「妳胡說什麼，小爺瞎了眼才喜歡妳！」

沈晞目光憂愁地看著彭琦。「從前我老家有個少年郎，一見我就眼睛不是眼睛，鼻子不是鼻子的。我以為他討厭我，可他老愛往我身邊湊，七夕那日，甚至非要送我髮簪，說從小就喜歡我……」欲言又止地看向彭琦。「抱歉啊，我不喜歡你。」

眾人神情微妙，但他們很清楚，彭琦不可能喜歡沈晞，他是氣沈晞欺負了他妹。偏偏沈晞唱作俱佳，讓人不禁產生一絲這好像也不是完全不可能的錯覺。

彭琦氣得嘴唇哆嗦，沈晞怎麼敢這麼說，他怎麼可能喜歡她！

「妳少自作多情！」他的牙都要咬碎了。

沈晞輕輕撫過鬢角。她生得好，不說話時就是個明豔大方的美人，有人喜歡她多正常。

她包容地笑道：「好好好，是我自作多情。」

彭琦氣得想跳腳，這是什麼意思？是在說他被戳穿了心思，惱羞成怒嗎?!

彭丹見兄長吃虧，也為他說話。「妳就是！我哥哥才不會喜歡妳這個鄉下土包子！」

沈晞微笑以對，笑得端莊又優雅；而彭丹髮髻凌亂，神情怨憤。這樣一比較，說沈晞是土包子，完全站不住腳。

偏偏魏倩還接了一句。「沈姊姊儀態大方，品性高潔，今後我還要多向沈姊姊學學。」

魏倩的母親是彭家人，她也是正經的貴女，偏要這樣說，是在打彭丹的臉，也在抬高沈晞。真正的鄉下土包子，能得到魏倩的讚美嗎？她爹好歹也是五品官。

沈晞對魏倩笑了笑，覺得這小姑娘幫得挺值得。

趙之廷未曾想到事情會是這樣的走向，也知沈晞膽大，什麼話都敢說，但也太敢說了。

他假作沒聽到兩人間的荒謬對話，只道：「彭琦，是你主動跑到沈二小姐跟前，且沈二小姐並未傷到你，此事同樣到此為止，你道如何？」

彭琦不覺得如何，但周圍那些竊竊私語和微妙目光讓他心生羞恥。他可以被人罵張狂，可以在騎射上輸，但他怎能被人說是喜歡這個剛從鄉下來的土包子呢？太丟人了。

這會兒，彭琦沒了糾纏的心思，知道有趙之廷在，糾纏也糾纏不出什麼結果來，因而硬邦邦地說了一句。「到此為止。」拉上彭丹便走。

今日彭丹連番受挫，丟臉至極，但她不想走。魏倩還在，萬一她跟奚扉……

可彭琦的手勁太大，又不肯聽她說話，她只得踉踉蹌蹌地跟著走了。

主持完公道後，趙之廷打算離開，卻有人喊道：「哪怕是天賦異稟，可沈二小姐不是第一次摸弓箭和馬嗎，為何能拿第三名？」

趙之廷腳步一頓，他自然不可能讓眾人質疑比賽的公正，開口道：「若是擔心園中下人算錯，大家盡可去查看。所有射中的雞都在，並未動過。」

沈晞看向出聲的人，對方不過十來歲的樣子，滿臉的不服氣。

魏倩湊過來，小聲道：「他父親與我父親同在親軍衛中擔任千戶，往常的騎射比試，他都能拿第二或第三。」

少年拱手，客氣道：「小子相信老先生的公正，但我不明白沈二小姐是如何做到的。」目光直白地盯著沈晞，像是非要她說出個子丑寅卯來。

這也是趙之廷想知道的事，遂也側眸看著沈晞。

魏倩蹙眉，想說些什麼，被沈晞輕輕攔下。

沈晞掩唇，驚訝道：「你們這些玩騎射長大的人，居然不如我這個才玩了一天的，怎麼還有臉問？」

除了奚扉之外，在場參加騎射比試的人都被這話掃中了。

少年脹紅了臉，臉皮到底還是不夠厚，想想自己的行為確實有些丟人，拱了拱手。

「抱歉，是我輸不起。我會繼續回去苦練，屆時還請沈二小姐不吝賜教。」

沒想到這少年挺會反省的，沈晞客氣笑道：「彼此彼此。」

少年認輸，便沒人再質疑了。

老尚書見狀，笑呵呵地對沈晞點點頭。下一場是打獵，他這把老骨頭可看不著了，遂邀趙之廷去喝杯茶歇歇。

趙之廷看了眼沈晞，與老尚書一道離開了。

第二十八章

眾人逐漸散去，沈晞身邊只剩下魏倩等人。

四人互相看看，陶悅然嘆了口氣道：「倩倩，妳慘了。」得罪了彭家兄妹，今後還有得鬧呢。

魏倩面上不見絲毫悔意。「從前我一直忍讓，也沒見他們收斂，如今撕破臉了正好。」

她望向遠處。奚扉正與友人說話，在他看過來之前，她迅速移開了目光。

今日她不但跟彭家兄妹撕破了臉，還要去爭一爭本不該屬於她的東西。門不當戶不對又如何？事在人為。例如沈晞，明明是從鄉下回來的，卻一向坦然，不避諱出身，不避諱談及過往；面對地位低的從不輕看，面對地位高的來挑釁，也不會懼怕避讓。有這樣一個榜樣在旁，她怎能不好好學學？

魏倩打定注意之後，覺得往常桎梏她的枷鎖一下子鬆開了。她無法像沈晞一樣不懼一切，但至少可以嘗試追尋自己的幸福。就算不成功，至少她嘗試過了，將來不會遺憾；若僥倖成功了，她也有勇氣去面對兩家之間的差距。

沈晞笑道：「沒錯。不過今後倩倩若要出門，記得叫上我們。人多力量大，總不能讓妳落單，被他們欺負。」

魏倩點頭應下。「好，接下來我會小心的。待我回去，也會向我父親討些有功夫的小廝跟著我。」

陶悅然還是擔心。「那妳母親呢？」

魏倩遲疑一下，道：「彭家本就看不上我母親，當年我母親嫁給我父親後，便很少再有往來。母親若怪我樹敵，我自會同她分說。」

沈晞說：「如果妳家裡有事，記得來找我，別怕麻煩我。」湊近魏倩，用只有兩個人能聽到的聲音道：「妳也曉得吧，我有趙王撐腰。」

魏倩瞪大眼睛，沈晞竟然知道了，還直接說出來。

沈寶嵐不滿道：「二姊姊跟倩倩說什麼悄悄話，我不能聽嗎？我也想聽。」

若說之前魏倩還有些不安，可聽沈晞的意思是願意成為她的後盾，那還有什麼可怕的，當即揚起笑臉。

「好，我不會跟沈姊姊客氣的。沈姊姊有任何事要我做，也儘管說，我定竭盡全力。」

沈寶嵐叫道：「妳們怎麼不理我！」

陶悅然好笑地捏了捏沈寶嵐的手，沈晞也摸摸沈寶嵐的腦袋。「回去再同妳說。」

沈寶嵐立即安靜下來。「好的，二姊姊。」

沈晞又看向魏倩。「倒不用為我做什麼。遵從妳的本心，為妳想要的努力吧。」

她是越來越喜歡魏倩，或許一開始魏倩是膽怯的，但那是時代的錯，在她的鼓勵下，魏倩終究還是做到了。就算在這樣男尊女卑的封建朝代，女子也可以追尋自己想要的，憑什麼一直當被動的一方呢？

魏倩眸光發亮。「好，我會的。」

她主動去爭取，若被人發現，名聲或許會有些不好聽，說她不矜持。可旁人多嘴，她會少塊肉嗎？不會。如果她成功了，得償所願的幸福，比虛無縹緲的名聲重要多了。

陶悅然有些悵然地看著魏倩，目光不覺落在沈晞身上。

沈晞來了之後，魏倩和沈寶嵐似乎變了不少。這究竟是好事，還是壞事呢？

四人說笑一會兒，策馬往獵場而去。

得知奚扉邀魏倩一起去打獵後，沈寶嵐簡直要控制不住自己的尖叫。她真是太佩服魏倩，居然真的成功了。

陶悅然心中擔憂，卻未表現出來，知道魏倩此刻心情正好，自不會掃興。

到了獵場不久，許多參加打獵的人過來會合。林子有些大，最好兩到三人結伴而行，互相有個照應。

沈晞不想礙事，當奚扉騎馬入林，並在那裡等候時，推了下魏倩，讓她單獨去赴約。

魏倩騎馬來到奚扉身邊，臉還有些紅。

奚扉望了林外一眼。「沈二小姐不一起嗎？」

魏倩哪好意思說沈晞是為了不打擾他們才不肯來，只能硬著頭皮道：「沈姊姊說有些累了，不與我同來。」頓了頓，大著膽子道：「她說，有奚公子陪著我，她很放心。」

奚扉彎起眉眼，眼神裡是清澈的笑意。「多謝沈二小姐謬讚。若有意外，我定會盡力，不讓妳受傷。」

魏倩低低應了一聲。「我們快走吧。」率先入林，奚扉也策馬跟上。

沈晞望著他們的背影消失在林中，看向另外兩人。「這附近有沒有能吃喝的地方？我們歇歇。」

陶悅然比沈寶嵐熟悉聆園，引著兩人去了附近的茶舍。

不承想，老尚書和趙之廷也在這裡吃茶。

茶舍的人不少，沈晞等人的到來並未引起太多注意，到了角落的位置落坐，便有下人送上點心和茶水。

沈晞發現趙之廷在她進來時看了一眼，遂假裝沒看到，自與沈寶嵐和陶悅然說笑，直到不經意地望向茶舍外頭時，瞧見趙懷淵匆匆走過。

她微微挑眉，沒想到他這麼快就回來了，是在擔心她吃虧嗎？忍不住低笑一聲，跟沈寶嵐和陶悅然說要去更衣，走出了茶舍。

小翠等在外頭，她擺擺手，示意小翠不用跟來。

沈晞加快腳步去攔趙懷淵，遠遠丟了顆石頭過去，見他看來，轉頭便走。

趙懷淵見沈晞出現，面露喜色，快步跟上。

沈晞在僻靜處停下，等趙懷淵過來，笑道：「看你的表情，事情很順利？」

趙懷淵笑容燦爛。「豈止是順利，我親眼見范五幾人被鞭笞，還向安國公要了十萬兩賠償。到時候妳五萬，我五萬，我們平分。」

五萬兩，在她前世的時代相當於五千萬，收下都能財富自由了。

沈晞艱難地嘗試拒絕。「這不太好吧，畢竟是給你的補償。」

趙懷淵道：「妳不也差點掉下馬？我們既共苦過了，也得同甘。過幾日等我皇兄要來銀子，我就送去給妳，妳千萬不要推辭。」

沈晞見趙懷淵堅決，不禁打趣道：「王爺，那你可得多落幾次水讓我救救，不然這銀子我拿得心虛。」

趙懷淵舉起摺扇，輕敲了下沈晞的額頭，假作氣惱道：「少咒我。」

遠遠趕來想把風卻不慎看到這一幕的趙良，腳步一頓，不禁陰陽怪氣地想，還朋友呢，朋友是這樣的嗎？

沈晞一怔，此時兩人離得極近，趙懷淵帶著清淺笑意的目光正落在她身上，好似一點也沒察覺，這動作哪怕對於朋友來說，也過分親暱了些。

「反正那是妳的。妳要也得要，不要也得要。」

沈晞聽著趙懷淵的霸氣發言，不禁笑出了聲。那她就不跟自己內心的聲音作對了，畢竟今日她確實救了趙懷淵。

「好吧，我收下就是，謝謝你還想著我。」

趙懷淵滿意地點點頭。「這還差不多。妳放心，這回我沒跟皇兄說，除了妳我，誰也不知妳手頭有五萬兩。」

沈晞回想起當初手握五百兩便覺得超有錢的光景，不禁非常慶幸自己來了京城。這邊搞錢可真容易，將來她要是在京城待厭了，拿著這些錢，去哪裡不能當個逍遙的富婆？

趙懷淵迫不及待地分享了銀子的好消息，正想說說關於她馬車的事，忽然發覺她額頭上剛剛被他輕輕敲過的地方泛起了紅，頓時大驚。

「妳的額頭怎麼紅了？我都沒用力！」

沈晞疑惑，摸了下額頭，卻摸不出什麼來。

趙懷淵沒想到自己下手這麼重，不由抬手想去揉一揉，手腕卻被沈晞驀地抓住。

他低頭看著近在咫尺的沈晞，她那雙靈動美麗的雙眼是那麼近，近得他好像能看到裡面湧動的星河。

他嚥了下口水，終於發覺這舉動有些孟浪，默默收回手，揉揉剛剛被沈晞抓過的手腕。

他沒按住腦子裡飄飛的思緒，只覺得沈晞的手怎麼這麼嫩？她不是在鄉下長大的嗎，一直幹活的話，手不該這麼光滑嬌嫩吧？

他的目光隨著心思浮動而落在沈晞手上，覺得她的手白皙小巧，有點好看……

隨後，這隻手打了個響指，阻斷趙懷淵飛奔到不知哪裡去的思緒。

沈晞提醒道：「王爺，你是不是還有別的話要說？」

趙懷淵陡然回神，尷尬道：「啊……趙良同我說，他查了妳家的馬中箭一事。那箭是自製的，看不出來歷，附近也無人看到異狀，或許得從妳的仇家來尋找。」

要查殺人的案子有兩個方法：一個是手法，另一個是動機。手法上暫時找不出突破口，自然要從動機著手了。

沈晞回想，她來到京城一個月，確實搞了些事，可要說跟她有這麼大仇恨的……

雖然她很想說，都是小打小鬧，但在她看來是小事，說不定旁人看得跟天塌了一樣。

她得罪的有韓王府、淮陰侯府，還有兵部尚書嫡次女孔瑩。另外，她那個親爹不知會不會因為嫌她惹事而暗殺她。

沈晞細數了下，趙懷淵倒是沒說她會惹事，記下後說：「我讓趙良再去查探。這些時日，妳好好待在家，不要被人鑽了空子。」

沈晞覺得可能還漏掉了什麼。她說的這些人是跟她有仇，但不至於這般害她吧？倒是今日剛剛招惹的彭家兄妹，以後是真的可能想弄死她。

她又問：「富貴牙行那邊有情況了嗎？」

趙懷淵眼睛一瞇。「妳的意思是，富貴牙行也可能害妳？」

沈晞本來沒有這個意思的，只是關心事情發展而已，但趙懷淵提及，遂也上了心。

她上門打聽王不忘妻女的事，雖沒得到答案，但裡頭明顯有事，是否會讓富貴牙行的人生出警覺？倘若背後的事很大，說不得得謹慎到把她這個翻出舊事的人處理掉。

如果真是富貴牙行做的，那它背後的人來頭有點大啊，連三品官的女兒都敢刺殺。

她順口應道：「或許吧。我要找的人，只是普通的小老百姓罷了，卻非推說無人知曉，實在太可疑了。」

趙懷淵揮揮手，示意趙良過來，問道：「富貴牙行這些時日的狀況，你說說看。」

這些情報，趙良全記在心中，道：「小人派人去盯梢，到今日為止，富貴牙行多名管事和其心腹一共去了三十四處地方，多數並無異狀，但其中有兩處宅子尚未查出來歷。」

沈晞不禁感慨，手下有能人就是方便，什麼都能查得清清楚楚、明明白白，當下看趙良的目光有些火熱。

趙良感覺到了，心驚肉跳地低下頭。沈二小姐看他幹什麼，是不是想害他?!

趙懷淵接著問：「去那幾處宅子的有誰？什麼時候去的？」

趙良忙回答。「是牙行的管事，在初九、十五分別去過兩處宅子。」

沈晞猜測，趙良的手下定也在盯著那兩個地方，若她暗中去查探會暴露，遂沒多問，將此事交給他們去辦。

趙懷淵點點頭，從這些信息看不出什麼來，叮囑趙良用心好好查。

趙良見自家主子這麼上心，哪裡敢糊弄，忙鄭重應下。

沈晞見時候不早，道：「王爺，我出來得有些久，該回去了。」

趙懷淵有些不捨，但不好留人。「那妳快回去吧，莫要讓人發現了。」

沈晞點點頭，轉身離開。

走出一段路後，沈晞在心中一嘆。

她有點不知道該怎麼辦了。雖然趙懷淵口口聲聲拿她當朋友，可剛才他某些時刻的愣神，卻不是那麼回事啊。雖然她也挺喜歡他，但不是男女之間的喜歡，裝作無知無覺繼續跟他來往，似乎不太道德。

沈晞十分苦惱。是她自作多情，還是趙懷淵真喜歡她而不自知？

她正糾結著，前方出現一個熟悉的側影，竟是趙之廷。下午的昏昏日光下，他微垂的側顏精緻高冷，宛如一座完美的雕像。

他側頭望過來時，這種感覺消失了，他的眉眼帶上幾分柔和。

沈晞挑眉，並不避讓，反而迎上去。

他正靠在一棵樹下，看著像是在等人，多半是在等她吧。畢竟前一刻他才在茶舍中，或許是見她許久沒回來，去尋她的。

他抓住單獨見她的機會，可是想試探她的騎射術？

「真巧啊，世子爺也來閒逛賞景？」沈晞笑道，這會兒草木蕭瑟，著實沒什麼可看的。

趙之廷道：「我見沈二小姐久久不歸，便來尋妳。」

沈晞對他的直白有些驚訝，裝模作樣地說：「尋我？可是有什麼要緊事？」

其實趙之廷出來的時辰比他說的還早，因此遠遠看到沈晞主動走向僻靜處，而趙懷淵跟了上去。

他沒有追上前，反而退回這條回茶舍的必經之路上等待。

他知道他不該等在此處，沈晞要如何與他無關，只是……許是她在韓王府旁若無人的囂張模樣，抑或她在騎射比試時冷眼射出的那些箭，讓他幾次想抬腳回去，都未能成功。

趙之廷斟酌片刻，道：「韓王府對沈家有所虧欠，若今後沈二小姐有為難之處，可來尋我。」不管是彭家兄妹之事，還是……趙懷淵之事。

沈晞有些詫異，韓王妃一直認為是沈家出了真假千金這樣骯髒的事，連累韓王府名聲受損，覺得這次退婚是她家吃虧，沒想到她兒子會拆臺，竟說是韓王府有虧欠。

沈晞對趙之廷的觀感不錯，而且不久前才借他的手給人教訓，因而很願意讓他感覺好一點，順從地應道：「多謝世子爺的大度，我記住了。」

趙之廷望著沈晞，見她沒有更多的話要說，頷首告辭，轉身離去。

過了一會兒，沈晞才回到茶舍。

沈寶嵐等人快坐不住了，見她回來，便問怎麼去了這麼久？

沈晞說：「我看到兩隻貓在樹上飛來飛去打架。」

沈寶嵐忙問道：「在哪裡？打完了嗎？」

沈晞面露遺憾。「打完了，我才回來啊。」

沈寶嵐也很遺憾。「好想看哦。」

兩隻貓打架有什麼好看的？陶悅然不明白沈晞和沈寶嵐的興奮之處，只好岔開話，說起了別的。

沈晞繼續跟她們談笑，裝作不經意地往趙之廷那邊看去時，發覺他已經不見了。

三人又在茶舍坐了一下，見時辰差不多，便往獵場走去。

她們來得剛好，魏倩正與奚扉有說有笑地騎馬走出林子，兩人的馬上都掛著小獵物，奚扉多一些，魏倩略少。

這回，奚扉獵的數量不是最多的，只排到了第三。沈晞懷疑，奚扉和魏倩是在林子裡說話說得興起，耽誤了打獵。

奚扉對名次並不執著，將獵物交由下人，與魏倩道別後離去。獵場的獵物，獵到的人可以拿走，聚會就算結束了。

魏倩含笑過來，沈晞湊上去低聲問：「進展如何？」

魏倩羞紅了臉，低下頭。

沈晞笑道：「看來是不錯了。」

魏倩小聲回答。「他說……會同他父親商量他與我的事。」

沈晞一怔，這才想起古代不比現代，看對了眼，還要談一段時間的戀愛，不禁感慨道：「真快啊。」

沈寶嵐看起來比魏倩還激動，真心實意為自己的小姊妹找到這樣的好姻緣而開心，但知道此時場合不對，硬生生把話壓了下去。

陶悅然也很意外，她本不看好魏倩和奚扉，其中還夾著彭丹作梗，但沒想到兩人竟到了這地步。

哪怕奚扉中意倩倩，可是奚家呢？她沒有說出這些隱憂，只道：「恭喜妳，倩倩。」

魏倩的臉更紅了，水潤雙眸掃過沈寶嵐和陶悅然，才看著沈晞。「沈姊姊，我可是做錯了什麼？」

想是一回事，真的做了，又是另一回事。單獨跟奚扉相處時，她面紅心熱，待兩人快離開林子時，奚扉說出會跟家裡商量的事，她更是掌心冒汗，如作夢一般。

她這難得一次的英勇，真的得到了回報嗎？

沈晞對魏倩豎起大拇指。「不是，我是在誇妳呀。」

魏倩臉紅得要滴血，嗔道：「沈姊姊！」

沈晞寬慰自己，就算她今日不鼓勵魏倩，魏家也定在幫魏倩物色丈夫。她只能管得著自家小弟不要太早成婚，卻管不著別人家。真拖到跟她一樣的年紀，很多人家就要急死了。

回去的路上，魏倩一直很愉快。

哪怕她知道奚扉那樣說了，也不一定能成，依然為這樣的進展而高興。至少她努力過，被奚扉看見，而他同樣中意她。就算之後家裡不答應，至少她絕不會遺憾今日所做的一切。

她真的做到了！

第二十九章

沈晞一行人結伴離開，先送魏倩回家，接著是陶悅然，沈晞和沈寶嵐最後才回到沈府。

沈成胥下值回家，剛好在門口碰上兩人。

沈成胥對上沈晞意味深長的目光，心頭一跳。「怎麼，妳又惹禍了？」

沈晞嗔道：「父親，您說的是什麼話。女兒一向乖巧聽話，與人為善，哪裡會惹禍？」

沈成胥不相信，轉頭看向沈寶嵐。「寶嵐，妳說。」

沈寶嵐自然是堅決站在沈晞這邊。「沒有啊，二姊姊從來不惹禍的。」明明是旁人非要招惹二姊姊，二姊姊只是以牙還牙，算什麼惹禍。

沈成胥還是不信，卻冷不防聽沈晞道：「父親，我們去聆園的路上，有人想害我，在馬上射了一箭，我們姊妹倆差點就車毀人亡了。」

沈成胥驚怒。「怎會有人如此大膽！」

沈晞道：「父親，你是不是有什麼政敵，才惹來如此報復？」

沈成胥出聲反駁。「胡說，為父一向與人為善，怎……」突然發覺這話耳熟，不是沈晞剛說過的嗎，頓時說不下去了。

他上下打量沈晞和沈寶嵐。「妳們沒受傷吧？」

沈晞道：「韓王世子剛巧經過，救下了我們，借了一匹馬讓我們替換。」指了指外頭。

「那馬要還的，父親看，是您去還是我去？」

沈成胥心想，他有多大的膽子敢讓她再去韓王府？堅決道：「為父會準備好謝禮去。」

沈晞聞言，當了甩手掌櫃。看在趙之廷的分上，她也不想去鬧韓王府，但她一去就可能控制不住自己，還是不去為妙。

沈成胥蹙眉道：「此事我會去找京兆尹查，膽敢謀害妳們的人，絕不能放過。」

沈晞說：「應該不用了。當時趙王也在，他身邊的趙統領已經將傷馬帶走調查。趙王殿下說，不敢相信天子腳下還有人敢蓄意謀害三品官的家人，定會查個水落石出。」

這一刻，沈成胥十分懷疑，這所謂的驚馬，該不會是為了故意製造韓王世子救沈晞的事吧？偏偏趙王也在，把證據全拿走了。

如今關於沈晞的事，沈成胥有些眼不見為淨的意思，只要不鬧到他眼前來，就當不知道了，不然他能拿她怎樣？

究竟是趙王故意令韓王世子和沈晞來往，還是趙王看上沈晞，與她私下來往，他都不知道，也不是太想過問了。

他說的話，他這個女兒又不聽；他的態度，在韓王世子和趙王那裡又沒用。就是些男女之情，將來大概也禍害不到他吧？

沈成胥瞪著眼睛看了沈晞半晌，見她一直笑吟吟的，絲毫不見心虛，只得慨慨道：「那便麻煩趙王殿下了。」

沈寶嵐見自己父親拿沈晞毫無辦法的模樣，偷偷吐了吐舌頭。投靠二姊姊果然是對的，她父親根本不可靠，他只問了一句，她和二姊姊有沒有受傷，一聽到韓王世子和趙王殿下，就只擔心他的官途了。

跟沈晞分開後，沈寶嵐去見韓姨娘，將刺激的一日全說了出來，不過魏倩的事還沒有定論，她便沒說。

說到驚馬時，沈寶嵐眼睛有點紅。「姨娘，您不知道，馬車廂開始顛簸時，是二姊姊及時抱住了我，免得我撞上車壁，我才一點傷都沒有。二姊姊對我太好了，有危險了，還第一個想到救我，我們不能辜負二姊姊。」

韓姨娘有些後怕，亦是心生感激。「應該的，應該的。」

沈寶嵐湊過去道：「今後您要是在父親那裡聽到什麼對二姊姊不利的事，一定要告訴我，我去告訴二姊姊。」

二姊姊對她的好，她看在眼裡，怎麼能不回報呢？她說出今日的事，也是要讓韓姨娘更願意當二姊姊的耳目。

韓姨娘猶豫一瞬，之前她早已更傾向沈晞，如今不過是做得更徹底一點，便點了點沈寶嵐的鼻子。

「小滑頭，算計到姨娘頭上了。放心吧，姨娘不是忘恩負義之人。」

沈晞吃過晚飯，應付完來討好她的朱姨娘，又送走端來美味點心的韓姨娘，洗了澡，便舒舒服服地窩在躺椅中。

天氣冷了，躺椅被她安放在室內，對面就是之前趙懷淵半夜來敲的窗。

趙懷淵已經二十歲，若是一般人家，至少開始說親了。但她從未聽說他跟誰訂了親，他也幾乎不提別的女子。

有時候，他會不管男女大防，口口聲聲將朋友掛在嘴上。她懷疑，他對感情一事非常遲鈍，還是個傻傻的大男孩呢；抑或他拿她當作沒有性別的朋友看待，卻忽略了分寸。

沈晞有些想不明白，最後決定算了，不為難自己。他說拿她當朋友，她也拿他當朋友，要是以後有變化，那就再說，如今他們不是玩得挺開心嘛。

想到趙懷淵，便不免想到他許諾給她的五萬兩，沈晞忍不住有些失眠了。

第二日，明明沒睡好的沈晞依然精神奕奕，並且無視趙懷淵要她多待在家裡的叮囑，想了想，叫上沈寶嵐，帶著兩個丫鬟一道出門。

昨日殺她的人沒有成功，想必也知道了韓王世子和趙王插手的事，多半會偃旗息鼓幾天，正好錢拿著燒手，花一些慶祝天降橫財。

要不是男女間互贈禮物不太合適，她都想買點東西給趙懷淵，好感激他想著她。

在沈晞說出「今日想買什麼便買什麼，我來付帳」的豪言壯語後，沈寶嵐就坐不住了。她討好沈晞的一部分原因，就是沈晞手鬆。嗚嗚嗚，她最喜歡二姊姊了，二姊姊為她花錢，倩倩沒有。

沈晞在一旁直笑。沈寶嵐剛上馬車時，還有些害怕。在她說出付帳的事之後，沈寶嵐便完全忘了昨日的馬車驚魂。

她逗著沈寶嵐玩，也不忘警戒四方。跟昨日不一樣，這裡是鬧市，對方如果敢頂風作案，再用一樣的方法，必須離得很近，她能及時發覺。

馬車一路平穩地到了至臻齋，沈寶嵐像是隻興奮的花蝴蝶，這兒走走，那兒看看，雙眼亮晶晶的。不過依然有分寸，最後選的東西不過幾十兩，還有些不好意思。

即將成為超級富婆的沈晞根本不在意這點小錢，哪怕拿不到趙懷淵說的五萬兩，就她目前的存銀來說，也夠花了。

她還挑了兩支樣式相似，但花紋不同的銀簪，給小翠和南珠一人一支，兩個小丫頭都很高興。

買完首飾已近午時，沈晞讓沈寶嵐選一家酒樓，今日在外頭吃飯。

沈寶嵐很少有隨便選擇的時候，糾結許久，才選定一家小有名氣但不算爆火的酒樓，名叫望月樓。

望月樓所在的街道，沈晞沒來過，時不時望上兩眼，卻看見兩個熟悉的人影，遂揚聲讓車夫慢一些，好看熱鬧。

一個是那日在茶館攔住她的榮華長公主之子竇池，另一個是曾被她嚇到魔怔的褚芹。

二人正站在一家小酒樓的門前，身旁還停著一輛馬車，看著像是淮陰侯府的。褚芹身邊跟著她的丫鬟吉祥，而竇池身後則有個小廝，正抓著一名怯懦哭泣的少女。

沈晞耳力好，聽見竇池不解道：「人是我買下的，兩廂情願，妳為何非要插一手？」

褚芹擰眉。「你瞧她像是自願的樣子嗎？」

竇池說：「我與她父親簽了身契。」

褚芹恨恨道：「那是她父親喪盡天良！我不管，你把她賣給我。」

竇池不滿了。「哪有妳這樣強買強賣的？」他還是頭一次遇到被人截胡的事。

褚芹冷笑。「你就不是強買強賣？咱們都一樣。」

竇池發覺跟褚芹根本說不通，也怕繼續吵，有人藉機逼他娶褚芹怎麼辦？

他不是非要這剛買的小丫頭不可，晦氣地說：「行，妳要買就拿去，五十兩。」

褚芹氣道：「你搶錢啊？十兩。不賣，我就直接把她帶走了。」

竇池快氣死了。「妳真是刁蠻無禮！」

褚芹回嘴。「你才無禮！」

竇池思忖一下，自認倒楣，拿了吉祥給的銀子便走。

褚芹大獲全勝，看著滿臉感激的少女，很是滿足，不經意間掃了眼周圍，忽然面色一僵，再定睛細看，剛剛看見的那張臉已經不見了。

她怕女鬼又找來了，可轉瞬又想，她是在與人為善，女鬼怎麼會再來害她呢？

她忍不住喃喃道：「我在做好事，女鬼姊姊別再來找我……」

另一邊，沈晞放下車簾，慢慢露出一絲笑。現在褚芹不是挺好嘛，改邪歸正當好人。

望月樓的人不算很多，沈晞要了個包廂，讓店家上些招牌菜，招呼小翠和南珠一起吃。

吃完飯，幾人又四處逛了逛，才慢悠悠回家。

今日出門風平浪靜，沈晞覺得有些遺憾，看來要殺她的人還挺謹慎。

到了沈府，下馬車後，不等沈晞入內，便有個人衝過來道：「沈二小姐！」

沈晞轉頭，門房已經快一步攔住了那人。「二小姐，這人中午前便來了，非要見您，怎麼趕都不走。」

沈晞認出來人是王五，不禁有些好奇他為何來找她。

此刻，王五面上再沒有從前那流裡流氣的模樣，急得眼睛裡滿是血絲。

沈晞吩咐門房。「放開他吧。」

門房遲疑一下，沒再攔王五。

「沈二小姐……」王五激動地想說話。

沈晞道：「先進來。」

她讓沈寶嵐回自己的院子，帶著王五到了前廳，讓小翠在外頭守著，獨自詢問王五。「慢慢說，出了什麼事？」

王五撲通一聲跪下。「沈二小姐，小人實在是無人可求，只能來找您！小人的妹妹昨日丟了，去衙門報案，衙門的人只說記下了，卻絲毫不上心。小人害怕，多耽擱一日，我家小妹說不定就被賣出京城了！」

任何時代都有拐賣人口的事，沈晞也對此深惡痛絕，可依然先確認道：「親朋好友那裡都問過了？」

王五連連點頭。「是，小人連夜去問，沒人見過我家小妹。今天小人讓朋友幫忙找了，可尋找一上午，還是毫無收穫。求您救救小人的妹妹，小人只有這一個親人，只要您能幫我，今後小人願為您做任何事。」

沈晞不需要王五的承諾，也願意幫他，又問：「最近這段時日，京城的人丟得多嗎？」

王五本來就是四處打探消息的閒漢，連他都沒有辦法找到線索，可見綁走他妹的人挺有一套，說不定是慣犯搞的鬼，那就不會只發生這一起案件。

王五愣了下，回道：「是有一些。從前小人接過找人的活，但死活找不到，便算了。」

他忽然面露懊悔，哽咽著說：「當時小人若能再找找，將人救回，抓住人販子去見官，我的小妹是不是就不會丟了？」

沈晞道：「他們既做得如此隱秘，你找不到的，不必苛責自己。」人若丟了，一天內是最可能找回來的，如今雖遲了，但依然越快越好，當即道：「隨我走。」

王五已經找不到能幫他的人，來找沈晞只是碰碰運氣，不想她居然願意幫他，因而也不問去哪裡，連忙跟上。

沈晞帶小翠坐上馬車，讓王五坐車夫身旁。

她自己是沒本事找到人的，但有專業人士在，能用則用。

車夫問沈晞去哪兒，聽她乾脆回道：「趙王府。」

往常都是趙懷淵用各種藉口來找她，她甚至不知道趙王府的門是朝哪兒開的。但為了救人，就算會引來一些窺探的目光，也沒辦法了。

車夫一愣，不敢多問，駕車出發。

王五知道沈晞要去請趙王幫忙，趙王身邊的趙統領出自詔獄，十分厲害，心中不禁燃起希望。

方才他對沈晞說的一句不假，只要能找回他的妹妹，他願意幫沈晞做任何事！

大約一炷香工夫之後，馬車到了趙王府。

沈晞掀簾望去，只見趙王府的門極大，門口的石獅子高大威嚴，側門處的門房也比沈府多了好幾個。

沈晞對王五道：「你去叫門，說找趙統領。」

王五跳下馬車，到門房外說明來意。門房倒沒直接趕人，只問他找趙統領做什麼。

王五機靈，知道沈晞說找趙統領而不是找趙王，必有緣由，連忙賠笑道：「小人主家是趙統領的遠房親戚，還請通報一聲。」說著，塞了一顆碎銀過去。

門房掂了掂碎銀，掃了眼停在不遠處的馬車，道：「等著。」

此時，趙良候在太妃所居住的長安院內，趙懷淵正陪著太妃說話。

當門房來報，說他的遠房親戚來尋時，趙良只覺得莫名其妙。他一個孤兒，哪來的遠房親戚？

但他轉念一想，沒人敢騙到他頭上，遂跟著出去了。

看到候在門外的王五時，趙良還有些不解。他記得王五，是當初幫沈晞找的閒漢⋯⋯

等等！

他驀地看向那輛馬車，車簾掀開，沈晞正對著他揮手。

知道沈晞在外頭向來假裝跟他家主子不熟，今日前來必有緣由，趙良連忙小跑過去。

「沈二小姐，您找小人有何事？」

沈晞道：「王五的妹妹被拐走了，要麻煩你幫忙找一找。」

趙良蹙眉。「拐賣的案子，應當找京兆尹去辦。」

「找了，那邊不怎麼想管。」沈晞打斷他。這時代沒有監視器，別說拐賣了，殺人案都不一定破得了。衙門的人不想管也正常，吃力不討好。

趙良沈默一下，隨即反應過來，哪怕他推託，若沈晞跟主子說，他還是得管。真要那樣，他反而得罪了沈晞。

他低聲道：「請沈二小姐稍候，小人去跟王爺說一聲。」

沈晞自然知道，要勞動趙良需趙懷淵開口，點了點頭。

趙良飛快進去，在長安院外探頭看，主子應當還在跟太妃說話。

他不好讓沈晞多等，只得硬著頭皮進去，在太妃冷漠掃過來的目光裡，低頭道：「主子，上回您讓小人查的有眉目了。」

趙懷淵覺得奇怪，趙良從不會在這種時候闖進來，遂起了身。

「母親，兒臣先告退了，晚上再來陪您用飯。」

太妃鋒利的目光落在趙良身上，皺眉道：「一天到晚搞什麼東西。」

趙懷淵笑得隨便。「都是些上不了檯面的東西，便不說出來惹母親煩心了。」

等趙懷淵匆匆離去，太妃的心腹花嬤嬤在外間聽人稟告後，進來道：「府外有位女子來找趙統領，說是他的遠房親戚。趙統領匆匆見了一面，便回來找殿下了。」

太妃氣得掃落手邊的茶杯。「什麼遠房親戚，我看就是那白眼狼找來的骯髒狐媚子，要來帶壞我兒！」

花嬤嬤垂下目光，不敢說話。

太妃眼角泛紅，抬起手指道：「去攔住他們。我倒要看看，是什麼妖魔鬼怪！」

懿德太妃原名孫瑜容，生趙懷淵時已經三十七歲，現在是快六十的人了。但因長年錦衣玉食，保養得當，看起來不到五十歲，甚至因為眼尾泛紅，頗有幾分我見猶憐的風姿。

此刻，她氣勢洶洶地往外走，想看看勾得她兒子總往外跑的究竟是什麼貨色。

那白眼狼已經害死她大兒子，如今居然還要毀了她小兒子！

第三十章

離開長安院後，趙良低聲說起沈晞上門的事。

趙懷淵還沒聽完，便皺起眉頭。以往沈晞從未主動找過他，這也是他希望的，卻偏偏是他與母親說話時……

他生出不好的預感，當即吩咐。「趙良，你快帶沈晞離開趙王府，越遠越好！」

趙良立即應下，飛快往府外跑去，見到沈晞時忙道：「快離開，快！」

沈晞有些意外，但趙懷淵不可能跟她絕交，也不多問，叫上王五，命車夫快走。

馬車遠離趙王府所在的巷子後，趙懷淵才慢悠悠地走出來，太妃派來的人也趕到了。

趙懷淵沈下臉，果然如他所料，不能讓沈晞出現在他母親眼中，不然以他母親的性情，絕不會放任他與沈晞來往。

他說他跟沈晞是朋友，皇兄不管信不信，至少不會多管閒事，為難沈晞。可他母親不同，她向來以最大的惡意來揣測靠近他的人，好像所有人接近他都是因為他的身分，想從他身上啃下一塊肉來。

他可以忍受任何委屈，卻不能讓沈晞也承受這種無妄的指責。

聽令於太妃的下人們見門口除了趙懷淵和趙良之外，並沒有其他人，又被趙懷淵冷冰冰的目光盯著，一個個垂著眼，動都不敢動。
「都出來做什麼？滾回去！」趙懷淵冷聲道。
下人們面面相覷，誰也沒動。
趙懷淵並不意外，趙王府真正掌權的人是他母親。為何他出門時總是帶著趙良？因為唯有宴平帝給他的趙良，是完全聽命於他的。
「行，你們不滾，我滾。」趙懷淵拂袖跨出大門。
「淵兒，你去哪裡？」太妃到了，看向一旁的下人。「人呢？」
一個下人戰戰兢兢地說：「小人們出來時，便沒看到旁人了。」
趙懷淵笑咪咪地問：「母親在找什麼人？」
太妃也不拐彎抹角，直接道：「來找你的女子呢？」
趙懷淵面露訝異。「沒有女子來找兒臣啊。」像是突然想起了什麼，恍然道：「母親說的是來找趙良的遠房親戚？兒臣也沒見著，是個女子嗎？」看向趙良。
趙良低頭，恭敬道：「是小人的遠房表妹，來問一句話就走了。」
太妃看向門房。「淵兒沒見到那女子？」
門房回答。「沒有。」至於細節，他哪敢多嘴。
趙懷淵道：「母親有什麼事，直接問兒臣就好。」
太妃看向趙懷淵，忽然紅了眼睛。「淵兒，世上只有母親才是希望你好的人，你怎麼就不明白呢？」她不知跟趙懷淵說過多少次，少到趙文誠跟前去，可他偏不聽。

趙懷淵像每次聽到這話時的反應一樣，垂下眼，低聲道：「兒臣明白，兒臣回去了。」往自己的院子走，趙良趕緊跟上。

太妃望著趙懷淵的背影，氣得搖頭，花嬤嬤低聲勸慰。「今日殿下願顧忌您的心情，不再出門，他還是孝順您的。」

「什麼孝順？他就是跟我作對！當年文淵從未如此乖張，總惹我生氣。」太妃氣道。

沒人敢接話，先太子是多少人的禁忌……

趙懷淵進屋後，砰的一聲把門關上，大喊道：「誰也不許進來，否則本王砍了誰的腦袋！」頓了頓，又開門道：「趙良，你進來！」

趙良趕緊進去，又關上門。

趙懷淵臉上已不見剛才的頹唐，一邊換上輕便衣裳、一邊焦急地說：「快快快，我們出門。再晚一點，沈晞會以為我在趕她走了。方才你傳話時怎麼說的，她聽了有何反應？」

趙良照實說：「下人只請沈二小姐立即離開，她一句話也未多問，便駕車走了。」

趙懷淵有點頭大。「她是不是生氣了？」

趙良道：「看著不像。」

趙懷淵覺得，以沈晞的聰慧，肯定能明白他這邊有變故，但還是得盡快去尋她。

兩人出了趙王府，見一輛馬車靜靜地停在街角。
沈晞掀開簾子，對趙懷淵招了招手。
趙懷淵出府時，還帶著一身鬱氣，不僅是擔心沈晞的事，更是因他母親的話。哪怕聽了再多次，依然令他心中泛起苦澀。
見沈晞笑吟吟地對他招手，知道她在等他，他的心境似突然疏闊起來，緊走幾步，跳上馬車。
馬車內除了沈晞，還有小翠。
沈晞看見趙懷淵落在小翠身上的目光，道：「小翠，妳先下去。」
小翠乖巧地下了車，也不敢離趙良太近，就站在王五身邊。
趙懷淵雙眸泛著喜色，問道：「妳怎麼在這兒等我？」
沈晞笑道：「我既找你，是覺得此事緊急。我猜你應該能想到這些，自會來找我。這兒是趙王府到我家必經之路，便在這兒等你了。」
趙懷淵笑彎了眼，沈晞是真的了解他。「趙良已簡單跟我說過，妳需要我做什麼？」
沈晞道：「我想借趙統領一用，實地去查查。」
趙懷淵說：「我也同去。」
沈晞自然應好。既然趙懷淵沒提起剛才趙王府發生的事，她便不問。

車夫駕馬，王五和趙良分坐兩邊；趙懷淵、沈晞和小翠坐在馬車內。

因有小翠在，趙懷淵儘量保持王爺的姿態，端端正正地坐著，時而掀簾看看到了哪裡。

王五領著他們回到家中。

趙良已在路上問清楚許多事，到了之後，下車四處探尋，時而找人問問情況。有王五陪著，附近的鄰居都沒有隱瞞。

沈晞等人依然待在馬車中，趙懷淵覺得憋得有些難受，對小翠道：「妳叫小翠是吧？本王想吃糖炒栗子了，妳去幫本王買。」說著，丟出一塊碎銀，足夠買一鍋了。

小翠無措地看向沈晞，沈晞擺手。「去吧，剩下的銀子是王爺賞妳的。」

小翠這才下了馬車，歡快地走向街角。

沈晞掀簾望去，此刻街道熱鬧，人來人往，這裡離王五家所在的巷子並不遠，倘若巷子裡有什麼動靜，或許會有人注意到。

趙懷淵見終於只剩他們了，才期期艾艾地說：「剛才我不是想趕妳走，我母親總覺得主動與我交好之人想害我，我不能讓她見到妳。」

沈晞回頭看他，微微一笑。「我理解。」

一個兒子死得蹊蹺，自然會將另一個兒子看得更緊，這是人之常情。只是，趙懷淵已經是二十歲的成年人，他母親還要那樣控制他，多少有點病態了。

難怪趙懷淵抓著她這一個朋友不放，實在是沒有機會找到更多能交心的好朋友。當時若她沒能果斷離開，被太妃抓住，趙懷淵往常跟她保持距離的用心全白費了。

趙懷淵不愛在沈晞面前說府裡的事，怕她知道他母親是那樣難纏的人，會不願意繼續與他來往。可沈晞的神情和以往一樣鎮定從容，沒有任何遲疑與擔憂。

他忍不住追問道：「妳不怕將來我母親發現了妳，會找妳麻煩？」

沈晞嘴角的笑容擴大了幾分。「王爺，你看我像是會怕麻煩的人嗎？」她只是不好讓趙懷淵為難而已。她是喜歡熱鬧，但朋友的面子還是要給的。

趙懷淵默默回想沈晞到京城之後發生的事，心道她確實不怕麻煩，甚至還歡迎麻煩的到來，好鬧上一場。

「我就沒見過比我還愛湊熱鬧的人，妳是頭一個。」

沈晞一臉無辜。「他們要是不來惹我，那我也不是無事生非的人。」

趙懷淵哈哈一笑。「沒錯。都是他們的錯，妳可沒有主動招惹他們。」

此時，小翠捧著還熱呼呼的栗子回來了。

趙懷淵接過來，不怕燙似的，拿起一顆剝好，遞給沈晞。「不燙了。」

沈晞見他指頭因為剝栗子殼而微微泛黑，取了手帕遞過去。「擦擦手。」

趙懷淵頓時覺得香風襲面，不覺有些結巴。「可以嗎？」帕子畢竟是女子的私密之物。

未等趙懷淵繼續浮想聯翩，沈晞打開馬車暗格，裡頭有厚厚一疊一模一樣的白色帕子。

「放心，我還有得用。」她拿帕子當紙巾用，自然準備許多，出門哪能不帶紙巾嘛。

趙懷淵苦笑，他不是這個意思，但這會兒也只能是這個意思。

他接過帕子，偷偷抬眼，見沈晞將他剝的栗子肉掰成兩半，塞了一半到嘴裡，心情上揚幾分，又趕緊剝了兩顆，全遞給沈晞。見她接了，才慢吞吞地將手指一根根擦乾淨。

沈晞吃著栗子肉，目光不由自主落在趙懷淵的手上。他的手指又白又長，骨節分明，擦手的動作看似漫不經心，又帶了幾分優雅。

她想起了跟這雙手極般配的那張臉，出水芙蓉般清豔絕倫，可惜之後沒再看到過。

沈晞覺得自己此刻的想法不太禮貌，默默轉開了目光。

此時，趙良在外頭說：「主子，小人已有了些許眉目。」

趙懷淵忙掀開車簾，極為順手地將擦手的帕子塞進懷裡。「細細說來。」

趙良稟道：「最後有人見到小七的時間是昨日午後，小七跟鄰居打了聲招呼出門，之後便沒有人見過她。過幾日是王五生辰，小人心想，小七許是為替兄長準備禮物，故意沒跟王五說就出去了。小人聽聞王五最近正在討好一位姑娘，小七很可能是想幫王五買可以送給女子的禮物作為生辰禮。」

沈晞聽得咋舌，趙良果真厲害，這麼點時間內，便得出這樣的結論，連王五都不知道妹妹想買生辰禮給他。

趙良繼續道：「附近最熱鬧的街道就是這條，小人去了胭脂鋪、首飾鋪、雜貨鋪、布店，打聽出來，小七應是在首飾鋪買了一根鍍銀簪，之後跟個生面孔的女子走了。」

趙懷淵道：「線索斷在了這裡？」

趙良點頭。「是。接下來，下人會從幾個碼頭查起，水路便宜，從京城拐來的女人跟小孩多半是要坐船南下，賣到遠處去。」

這是需要人力盯梢的，沈晞幫不上忙，便道：「接下來麻煩趙統領了。王五擔心他妹妹，想必無法靜心等候，還請趙統領也替王五安排些力所能及之事。」

這不過是小事一樁，趙良應下。「小人明白。」

王五沒想到沈晞還考慮到他的心情，連忙磕頭。「沈二小姐的恩情，小人銘感五內。等找到小七後，小人帶她來給您磕頭。」

沈晞道：「先找到小七再說吧。」

接著，趙良吹了個口哨，便有幾個打扮普通的人走過來，聽趙良吩咐幾句後，將王五帶走了。

沈晞忍不住感慨，有人就是好啊，有事都不用親自去做。

她想著，讓小翠先去車外，取出一疊銀票，問趙懷淵。「王爺，請趙統領跟他的手下幫忙，我該付多少錢？」

趙懷淵擺手。「不必了。我給他們的俸祿高著呢，這些都是他們該幹的。」

沈晞頓了頓，湊過去小聲道：「那從我的五萬兩銀子裡扣？」

趙懷淵人高腿長，坐在馬車中也比沈晞高，低頭看著她微微仰起的臉，屏住了呼吸。

「跟我客氣什麼？」趙懷淵往後一仰，離她遠一些。「妳這樣，是不拿我當朋友。」

趙懷淵不肯收錢，在沈晞意料之中，卻不好不提。這本來就不是他的事，是她麻煩他。

她想了想，道：「不如這樣，我翻牆還挺有一套，倘若王爺哪日不方便出府，又覺得無聊，我便翻牆去趙王府悄悄陪你，如何？」

趙懷淵驚訝地瞪大雙眼，隨即耳尖泛紅，飛快地解釋。「那回我真不是故意的，是喝醉了，今後不會了。」以為沈晞是在調侃他那晚夜闖侍郎府，還敲窗的事。

沈晞看趙懷淵慌張的樣子，忍不住笑起來，安撫他。「我不介意，你不必記在心上。」

趙懷淵抬眼看向沈晞，見她果真不是在怪他，才鬆了口氣，又禁不住追問道：「是不介意我去敲窗，還是不管是誰都不介意？」

沈晞不禁挑眉，他沒覺得這個問題曖昧嗎？見他還盯著她要答案，看來確實不覺得曖昧，只好道：「不介意是你。我們是朋友啊。」

莫名好哄的趙懷淵揚唇笑起來，他笑的時候有幾分少年氣，眼睛裡好像藏著星光。

趙懷淵有點不好意思，但依然道：「若有一日我真不方便出門，需要妳來陪我玩，我會叫趙良去接應妳。趙王府的牆很好翻，我今日便是翻牆出來的。」不過有趙良幫忙就是了。

想到沈晞可能會像那次他闖進她閨房一樣，站在他的臥房中，趙懷淵莫名地心跳加快，吞了幾下口水。

沈晞笑道：「好，一言為定。」

接下來的事，沈晞幫不上忙，便將趙懷淵主僕送回剛才遇到的地方，回了侍郎府。

趙懷淵和趙良原路返回，翻牆回府，沒有人發覺他曾經出去過。

路上，沈晞提醒小翠。「今日見到的事，不可說給旁人聽。」

小翠連連點頭。「二小姐放心，奴婢明白。」又道：「奴婢睡覺很老實，也絕不會說夢話的。」

雖然她不知為何趙王殿下跟自家小姐看起來如此熟稔，但她才不多問。自家小姐相信她，才帶她出來，她一定要守口如瓶，不告訴任何人！

過了兩天，趙懷淵那邊還沒有消息，倒是沈寶嵐拿了一封信衝到桂園，激動道：「二姊姊，倩倩來信了，她說奚家已上門提親，兩家的婚書都簽好了！」

兩個小輩說定了沒用，要等媒人上門提親，簽好婚書，才算正式訂下婚約。

沈晞聽完，想起了彭琦兄妹。上次兩人在聆園雅集吃了大虧，今日要是聽到魏倩跟奚扉訂親，彭丹只怕要氣瘋，彭琦這個妹控自會為妹妹出謀劃策，定要生事。

沈晞道：「我們今日去倩倩家拜訪吧，這等喜事，該好好恭喜她。」

沈寶嵐點頭。「好，我這便去準備賀禮。」說完就要走。

沈晞攔住她。「去的路上挑點好的首飾，我來付錢。」

沈寶嵐一頓，扭捏道：「能不能不要超過二十五兩？」她上次買的玉簪就是二十五兩，她不想要二姊姊為倩倩多花錢。

沈晞不明白沈寶嵐這莫名的爭寵心思，好笑道：「還替我省錢呢。」

沈寶嵐理直氣壯。「反正以後還得添妝，今日便不要花冤枉錢了。」

沈晞不太懂這些，笑道：「行吧，聽妳的。」

沈寶嵐歡呼一聲。「好耶，二姊姊最好了！」

與此同時，從趙良那裡聽說奚扉與魏倩訂親的消息後，趙懷淵有了個大膽的想法，在皇宮外攔住了剛見過宴平帝的錦衣衛指揮使奚謙。

趙懷淵偶爾會有借用錦衣衛的人幫忙做事的時候，跟奚謙的關係尚可，不過並不熟悉。

他上前拱手道：「奚大人，剛跟皇兄議事完啊？」

奚謙詫異趙懷淵此刻的笑容，往常因為宴平帝的寵愛，他對趙懷淵十分客氣，但趙懷淵從沒有這樣客氣過。

他壓下心中的狐疑，也笑道：「是。殿下可是要去見皇上？這會兒皇上應當是在的。」

趙懷淵擺擺手。「不是，本王是來尋你的。」

奚謙不動聲色地笑道：「不知有何事難到殿下？」

趙懷淵點頭。「是有一事，且只有奚大人才能幫本王。」

奚謙忙說：「殿下直說便是，下官定竭盡所能。」

趙懷淵道：「本王覺得你兒子很不錯，想跟他交個朋友。」

奚謙沒反應過來，覺得有些荒謬。「殿下說的是下官的大兒子，還是小兒子？」

趙懷淵笑道：「小兒子，就是剛訂親那個。」

奚謙哈哈乾笑，不知這小祖宗為何突然想跟他小兒子交朋友。奚扉一向醉心武藝，天天練習騎射，跟趙懷淵可不是一路人。

聽趙懷淵提到訂親，奚謙試探道：「殿下可是跟魏家有舊？」

奚扉看中了魏倩，他找人查過，發現對方的品性很不錯，也有一身不錯的騎射功夫，難怪奚扉喜歡。奚扉自小便很有主見，他也一向尊重兒子，既然奚扉想娶，他就答應了。

至於魏家跟彭家那些恩怨，他並不看在眼裡。他深受宴平帝信任，到底還是比總督離宴平帝更近些。不如說，他兒子要是娶了彭家女兒，才會讓宴平帝忌憚。

但是，倘若趙懷淵想要橫插一腳，他就不得不重新考慮這樁婚事了。

趙懷淵不解道：「本王想跟你小兒子交朋友，跟魏家有什麼關係？奚大人，本王只是看中了你小兒子的騎射功夫，想跟他多學學。他這門親事很好，你可別誤會什麼。」

奚謙是在懷疑他看上了魏倩？笑話，他連對方長什麼模樣沒記住，若不是因為魏倩時常與沈晞一起出門，他也不會想去跟奚扉套近乎。

未婚男女不好相約，但已訂親的男女有時是可以一起出門遊玩的，到時候他們這對已訂親的男女出來玩，不應該叫上各自的友人嗎？那他身為奚扉的朋友，便能光明正大地見到魏倩的閨中密友沈晞了。

趙懷淵絲毫不覺得妨礙人家未婚夫妻出來培養感情有什麼不對，只期盼地看著奚謙。

奚謙聽趙懷淵提及「騎射」，有些了然。幾日前聆園雅集發生的事，他自然知道，安國公的小兒子竟沒眼色招惹這個小祖宗，害趙懷淵在騎術比試中丟了大臉，險些出事。趙懷淵不服氣，想再多練練也合理，而且騎射比試中，奚扉是第一名。趙懷淵若真想對他家不利，不會用如此迂迴的方式。

奚謙笑道：「殿下謬讚了，您能看上這小子的騎射，是他的榮幸，回去我就讓他去趙王府拜……」

趙懷淵打斷他。「不必，本王會上門拜訪。本王先去見皇兄，之後就到貴府叨擾。」

奚謙道：「殿下客氣，隨時恭候您。」

目送趙懷淵入宮後，奚謙立即回家，指點了奚扉一番。

第三十一章

趙懷淵入宮，見到宴平帝的第一句話便是：「皇兄，我的銀子都討到手了嗎？」

宴平帝氣得瞪他一眼。「你這討債鬼！」對何壽揮了揮手。

何壽去隔壁拿來一只錦盒，遞給趙懷淵，笑道：「殿下，您要的銀票都在這兒呢。」

趙懷淵打開盒子翻了翻，也沒細數，臉上揚起燦爛笑意。「多謝皇兄為我費心。」從中抽出張一千兩的銀票，拍在御案上。「這是給皇兄的抽成，還請皇兄笑納。」

宴平帝被趙懷淵氣笑了。「朕替你討來十萬兩，你就給朕這點抽成？少說該有一成。」

趙懷淵也不在意，笑咪咪地翻出一把銀票，又拍在御案上。「皇兄既開了尊口，那我一定要辦到。不然您全收回，我就沒地方哭去了。」

宴平帝本就是跟趙懷淵說笑，揮揮手讓他全收回去。「朕還缺你這點銀子？」

趙懷淵從善如流地把銀票掃到盒子裡，笑道：「皇兄是大梁最富庶之人，自然不缺。多謝皇兄，我不打擾您了，臣告退！」

宴平帝氣道：「今日就來拿錢是吧？滾！」

趙懷淵揚聲應了一句，沒滾，反而蹦跳兩下，才跑出太和殿偏殿。

宴平帝指著他的背影，對何壽道：「這小子越來越知道如何氣朕了。」

何壽笑道：「殿下是跟您親近呢。」

哪怕所有人眼中的趙王都是任性頑劣，但在何壽心裡，趙懷淵依然是那個頑皮卻知道疼人的好孩子，每一次他來，宴平帝總能高興很久。

趙懷淵走出一段路後，將錦盒裡的銀票全取出來，錦盒被他隨手賜給路過的內侍，然後將銀票端端正正地分成兩份，又從自己那份裡取出一張，塞到趙良手裡。

趙良習以為常地收下，喜孜孜道：「多謝主子賞。」

誰會嫌銀子多呢？他效忠主子，哪怕主子一文銅錢都不給他，也會好好為主子做事。可主子總愛給他賞賜，他心甘情願之餘，又多幾分高興。

趙懷淵頓了頓，又從自己那份裡抽出一張銀票塞給趙良。「這是我替沈晞給的，她說辛苦你和兄弟們了，你拿去分一下。」

趙良應道：「是，小人也謝沈二小姐賞。」

趙懷淵收好剩下的銀票，邊走邊道：「你說，下回我再怎麼幫沈晞搞點銀子？」

趙良一愣。主子不覺得已經替沈二小姐搞了挺多銀子嗎？這輩子都花不完啊。

趙懷淵有些遺憾。「可惜趙王府裡的帳，我動不得，母親會發現。」

趙良腹誹：您乾脆把整個趙王府給沈二小姐當陪嫁好了！

趙懷淵不是個對銀子沒數的人，非常清楚他給沈晞的是一筆多大的財富，但不知為何總是覺得不夠，總是還想給她更多。
因為不久前才引起太妃的懷疑，趙懷淵不敢直接跑去侍郎府，這筆銀票還得再攥幾天。
出了皇宮後，趙懷淵直奔奚府。方才趙良告訴他，沈晞出門去了魏倩家。
趙懷淵立刻決定，今日他就要跟奚扉成為生死之交！
正如奚謙所說，奚扉在家中等著趙懷淵。
從前奚扉不是沒見過趙王，但兩人不是一個圈子的，幾乎沒有交集。他聽說不少趙王的壞名聲，又得了父親的諄諄教導，今日打算看看趙王要做什麼。
趙懷淵見到奚扉，便熱情道：「自古英雄出少年，你才這麼點大，就這樣有出息了。」
奚扉一愣，這話怎麼像是長輩對小輩說的？父親不是說，趙王要來跟他交朋友的嗎？
說話間，趙懷淵已搭上奚扉的肩膀，哥倆好似的說：「聽說你訂親了？真好。先成家，才能立業。聽說你跟你的未婚妻是情投意合，而且騎射功夫都很好？我太羨慕了，走，讓我瞧瞧你們珠聯璧合是什麼模樣。」說完，就把奚扉拉出門。
還沒來得及說半句話的奚扉根本無法求助，被迫上了趙王府的馬車，僵坐一瞬，才終於找回自己的聲音。
「殿下，沒有拜帖便上門，不太合適。」
什麼拜帖？一來一回，人都不見了！

趙懷淵急得很，哪裡等得了？乾脆擺起了趙王的譜。「本王這張臉便是拜帖，誰敢說本王失禮？」

奚扉覺得自己可能要辜負父親的期待了，他完全弄不明白趙王是為了什麼跟他交朋友。兩家剛訂親，貿然上門並不合適，但他也做不出讓趙懷淵自己去的事，不在一旁盯著，他怕替魏家惹來禍患。

因而，哪怕心中忐忑，奚扉依然穩坐馬車內，甚至嘗試向趙懷淵套話。

「殿下，過幾日我再請我的未婚妻出門，到時候您想看什麼，我們都可以演示給您看，可好？」

趙懷淵心道，他又不是為了看他們的騎射功夫，當然不好。過幾日還是可以再約的，但今日也必須去。

「好啊。但今日來都來了，我可不想乘興而來，敗興而歸。」

趙懷淵都這樣說了，奚扉沒了辦法。他沈迷武藝，並不是很擅長言詞，實在沒辦法像他父兄一樣，不動聲色地套話。

趙懷淵可不管奚扉有多麼不自在，想到等會兒便能見到沈晞，且幾日後還能再見，就高興得很，覺得想出這個主意的自己實在是聰明。

至於他母親那邊，只會以為他跟奚家走得近。奚謙是錦衣衛指揮使，她可拿奚謙和他兒子沒有辦法。

此時，魏家的氣氛並不融洽。

剛才沈晞和沈寶嵐來見魏倩，三人高高興興地說著悄悄話，忽有下人來報，說是彭家兄妹上門了。

魏倩眉頭一皺，而沈晞只覺得自己來得正好，不然魏倩說不定會被對方欺負。

彭丹眼睛通紅，顯然是得知魏倩和奚扉訂親的消息後，痛哭了一場，一見魏倩便喊道：「妳這個賤人，妳怎麼敢！」

魏倩脹紅了臉，今日家中長輩不在，下人不敢攔氣勢洶洶又帶著人的彭家兄妹，才讓他們闖進來。

沈晞冷笑。「奚扉和魏倩是奉父母之命，媒妁之言訂下婚約的未婚夫妻，妳算什麼東西，來她家挑釁？」

彭丹聽到沈晞的話，正好新仇舊恨一起算。這回他們帶上不少隨從，膽氣足了不少。

彭琦見妹妹被罵，也怒道：「小妹跟奚扉相熟的時候，魏倩是哪根蔥？凡事講求先來後到！」

發覺魏家不太對勁而趕緊抓了個下人引路過來的趙懷淵恰巧聽到這話，頓時大怒。誰敢破壞奚扉跟魏倩的婚事，就是不讓他跟沈晞見面，找死！

趙懷淵很生氣，但還沒有氣到失去理智，扭頭一看，奚扉才將將趕來。

奚扉的反應沒趙懷淵那麼快，在趙懷淵發覺異樣衝進來時，他還遲疑著，到底擔心出事才跟上，因而比趙懷淵慢了一步。

趙懷淵立即回頭拉住奚扉，在他驚訝的目光中，拽著他往前走，義憤填膺地說：「身為你的好兄弟，本王都看不下去了！你與魏小姐結親乃是大喜事，天作之合，哪裡輪得到妖魔鬼怪大放厥詞？」

趙懷淵的聲音很大，瞬間吸引了正對峙幾人的注意力。

彭琦和彭丹的面色都變了，一方面是趙懷淵說得難聽，另一方面是這個跟他們毫無交集的王爺好像要管這件事。

魏倩本還擔心今日她這邊的人要吃大虧，對方帶來的人個個強壯，而彭家兄妹是吃不得虧的。她不聲不響地跟奚扉訂了親，足以令彭丹被怒火燒毀理智，但她沒想到這對兄妹會如此張狂，直接打上門來。

好在，趙王殿下來了！

趙王嘴上說著跟奚扉是好兄弟，可她哪裡不知趙王跟他們沒有交集，是為沈晞來的。

魏倩鬆開緊鎖的眉頭。從今日起，有趙王撐腰，她母親擔心的事再也不會發生。又默默湊近了沈晞，輕輕勾住沈晞的手，感激又甜美地一笑。

幸好她從未說過沈晞的壞話，因而今日受了沈晞這樣大的恩惠，也不會覺得羞愧。正是有沈晞的鼓勵，她才有勇氣主動展現自我，從而跟奚扉說上話，因此訂親。如今又有沈晞跟趙王的交情，趙王願意出手，她不用再擔心以後的麻煩。

沈晞對魏倩回以一笑，目光隨即落在趙懷淵和奚扉身上。

什麼好兄弟，他要是有知心朋友，也不會逮著她這個朋友就拚了命地照顧。再看奚扉那僵硬的模樣，這好兄弟大概還是陌生人吧。

沈晞揚聲，喜悅地說：「趙王殿下，您最是公平公正，可要替魏小姐作主。今日彭家兄妹居然帶人打上門來，還出言不遜，說什麼凡事講究先來後到，奚扉就該是彭丹的人。我的天啊，怎麼會有這樣荒謬的道理？」

聽到沈晞加油添醋告狀的話，身為話中人的奚扉蹙眉望向彭琦和彭丹，他與他們兄妹不過是泛泛之交，彭小姐總愛往他身邊靠，但他不喜她的任性妄為，一直在疏遠她。

奚扉有些緊張地看魏倩一眼，怕她誤會她品行不端，冷聲道：「我與彭小姐從未深交，還請兩位說清楚，這話是何意？」

趙懷淵偷偷對沈晞眨了下眼，滿臉讚賞。他剛剛聽見彭琦說的話，沒沈晞這樣的直白，她可真是幹得漂亮。

彭丹受不住心上人的逼問，紅著眼睛反駁。「我和哥哥沒有那麼說過，她在胡說！」

沈晞道：「你們說的不就是這個意思嗎？妳說我胡說，那問問在場這麼多人，你們都說了些什麼？」

彭丹不敢再看奚扉的目光，她根本沒想到今日奚扉會來，不甘地叫道：「我哥哥只是講了先來後到而已。」

「哦？那賤人、哪根蔥是哪個狗東西嘴裡吐出來的？」沈晞笑咪咪道。她沒有貴女包袱，魏倩不好意思說出的話，她說得可順溜。

趙懷淵聞言，怒聲道：「什麼，這也太過分了！本王還是第一次見到如此不要臉皮的女子，人家好好訂了親，非要仗著權勢硬插一腳。」

彭丹聽了，當即又氣又羞，簌簌落下淚來。

彭琦心疼自家妹妹，可在趙王面前，他不敢像在韓王世子面前那樣放肆。在韓王世子面前，只要說得出道理，便有得爭辯。可趙王不一樣，仗著宴平帝的寵愛，他是真正的紈袴子弟，無法無天，就算再有道理都沒用，更別說他們確實沒太多道理。

彭琦環顧一圈，除了他們兄妹和他們帶來的人，周圍全是敵方，要是自己這邊對趙王不敬，趙王便能動手教訓他們。

因為不願讓妹妹吃虧，在任何時候都高昂著頭的彭琦垂下眼。「是我們兄妹的不是，我們不該帶人強闖進來，更不該出言不遜。」

彭丹不敢置信，往常與她同進退、從不會服軟的哥哥，居然會如此低聲下氣地說話。

像是能猜到妹妹的心思，彭琦看向彭丹，搖了搖頭。他們來之前，沒想到會遇到趙王橫插一腳，只能怪自己倒楣。

趙懷淵面露遺憾，彭家兄妹這樣快便服軟，他都不好發作了。

不過，今日他是衝著沈晞來的，讓這對兄妹趕緊滾也好，遂道：「行了，滾吧。今後本王若再聽到你們欺負我好兄弟的未婚妻，或者魏家任何人有意外，不管誰做的，休怪本王上門拆了彭家！」

彭琦和彭丹不敢再說什麼，灰溜溜地帶人離開了魏家。

出了魏家，彭丹不甘道：「哥哥，就這樣算了嗎？」

彭琦沒有出聲，他知道哪些人能招惹，哪些不能，有趙王的話，他確實不敢拿自家的前程冒險。畢竟他和妹妹能在外頭橫行，靠的就是家裡。

彭丹見狀，哭了起來。「哥，他們都欺負我！我明明喜歡了奚哥哥那麼久，憑什麼被魏倩那個賤人搶走？」

彭琦安撫著她，但一到家，彭琦就被他父親帶進祠堂家法伺候，彭丹則被關回院子了。

彭琦和彭丹走後，趙懷淵怕沈晞覺得他高高舉起，輕輕放下，看著奚扉，實際是在對沈晞解釋。

「這件事，當然不會這樣算了。明日本王便找皇兄告狀，請皇兄申斥彭總督縱容家眷魚肉鄉里，為禍一方，不用想著回京後升官的事了，彭家人也會好好教他們縱出來的兒女。」

影響到自家祖父的官途，這是多大的罪過，可想而知，這對兄妹今後的日子不好過了。

要是今日趙懷淵揍他們一頓，他們的家長便能哭慘，反而不一定會有這樣的效果。

沈晞一邊覺得這結果痛快、一邊又覺得趙懷淵說這話不害臊，他不也是皇帝縱出來的？

趙懷淵拍了拍奚扉的肩膀，道：「本王對你這個好兄弟好吧？」

沒有被綁架但跟被綁架也沒差多少的奚扉很無言，他真的完全不理解趙王究竟想做什麼了，是利用他家對付彭總督嗎？可趙王並不需要那麼做，只要去找宴平帝就能達成所願。

他想到父親轉述趙王想好好學騎射的事，不禁遲疑地想，說不定最簡單的就是正確答案，以趙王在宴平帝面前的地位，不需要那麼多彎彎繞繞。

奚扉拱手道：「多謝殿下相助。」

趙懷淵擺擺手。「跟本王客氣什麼？好兄弟就是要互相幫助。好了，別冷落你的未婚妻，去同她說話吧。」

才剛訂親，奚扉見到魏倩還是有些羞澀的，被趙懷淵往前一推，匆忙穩住身形，衝魏倩露出淺淺的笑意。

「抱歉，我貿然來訪，還因為我的緣故，讓妳受委屈了。」

魏倩一心二用，一邊聽著奚扉說話、一邊偷偷觀察趙懷淵，見他時不時著急地瞥向沈晞，心中有數了。

「謝謝你和殿下相助，有沈姊姊在，我並未受委屈。我們換個地方坐吧。」

於是，魏倩讓圍過來的下人退下，帶著奚扉去花廳。她故意與奚扉並肩而行，還轉頭看沈寶嵐，問她幾句，沈寶嵐遂只能離她近些。

趙懷淵和沈晞落在後頭，趙懷淵看看前方的人，獻寶似的摸出一把銀票，道：「今日我剛討回來的債。五萬兩，一分不少。」

沈晞覺得他的執行力著實有些高，忙接過收好，看著他，語氣複雜。

「王爺，這麼多銀子，我一輩子也用不完。今後再有搞錢的機會，你不用考慮我了。」

趙懷淵被戳中心思，不甘地問：「妳怎麼還嫌銀子多？」

沈晞道：「用不完的銀子，跟泥沙有什麼區別呢？」

趙懷淵聞言，不禁感慨，沈晞真是完全不貪心。有些人就不一樣了，貪多少都不嫌多。比如原來的吏部尚書，坐著重要位置，還給皇兄添堵，不停斂財，不停在朝堂安插自己人。偏偏那人的父親曾是皇兄當皇子時的太傅，皇兄不好貿然動手，也不好以貪腐為由除之。

皇兄疼他，他自然願意為皇兄分憂，找個藉口跟那人起衝突，給了皇兄收拾他的理由。

他對很多事都看得很清楚，只是很多時候不會深究。誰對他好，他便對誰好；誰給他真心，他就給誰真心。

第三十二章

對上沈晞淡然的神情，趙懷淵好奇道：「妳不愛銀子，那妳最想要的是什麼？」

沈晞被問住了，她最想要的是什麼？老實說，她不知道。

穿越前，她的家境很不錯，父母都是高知識分子，她也從小嚴格要求自己，是所有人眼中「別人家的小孩」。

那時候，她要的不過是父母平安健康，自己前途順遂。

但尚未等她大展鴻圖，家中就發生變故，父母相繼離世。待她能走出陰影，繼續生活，卻連她都穿越了。這個新世界沒有適合她的晉升階梯，之前努力的一切，好像沒了意義。

胎穿的她，帶著完整記憶和三觀，漫無目的地活著。小時候日子過得不算苦，等她能賺錢了，更是衣食無憂。她對物質需求很低，有好吃的就吃，沒有的話，填飽肚子就夠了。

從小到大，她唯一有點興趣的，就是找樂子吧。歸根究柢，她對這個世界沒有歸屬感，也沒有想要達成的目標，只是及時行樂，過一天算一天。

她記得，穿越前的世界，很多年輕人嚮往躺平的生活。躺平是輕鬆的，可也是空虛的。她想來京城，正是因為這份空虛，唯有找更多的樂子，才能抵抗一二。

沈晞答不上趙懷淵的問題，遂反問他。「那你呢？」

隨便問出的問題被反彈回來，趙懷淵也愣了好一會兒。他想要的很多，他希望母親不要再將他當作兄長的替身，不要再拿他跟趙之廷比，不要對皇兄有那樣大的敵意。

見趙懷淵也沒回答，沈晞噗哧一聲笑了。「難怪我們是臭味相投的朋友，誰也不知道要什麼，就是愛湊熱鬧。」

腦子裡的想法被沈晞的笑打散，趙懷淵也不糾結了，笑咪咪地湊過去。「以後我們一起湊熱鬧，今日我們就配合得很好嘛。我已是奚扉的好兄弟了，等他邀魏倩出來，我們便能光明正大地一起玩了。」

沈晞一愣，所以他強行搭上奚扉，就是為了以後跟她一起玩？

由此可見，懿德太妃是有點難搞的，趙懷淵還得搞這種花頭迷惑他母親。

「若你母親知道了……」

趙懷淵道：「奚扉的父親是錦衣衛指揮使，除了我和何壽之外，皇兄最信任的人便是他了吧。」

沈晞很羨慕趙懷淵這股自信，不知他是真相信宴平帝疼愛他，還是在外人面前自欺欺人。但多數皇帝注重名聲，只要他一直這樣胡鬧，但闖的禍又不大，得了他兄長皇位的宴平帝，便會一直寵他。

所以，她覺得趙懷淵這樣挺好，繞那麼一大圈就是為了跟她玩，在這樣的小事上多花精力，很是安全。

沈晞誇道：「還是殿下有辦法，我就只能想出翻牆這種餿主意。」

趙懷淵被誇，心花怒放，忙安慰她。「主意沒有好壞之分，能達成目的便成。」

可能是沈晞說翻牆的次數有些多，他忽然生出奇妙期待，想看看她究竟是如何翻牆的？

他輕咳一聲，覺得這種想法對沈晞不是太尊重，岔開話。「我看魏倩偷看我們好幾眼，還攔著奚扉不讓他看過來，她是不是知道了我們的事？」

這話曖昧，但沈晞不為所動，只道：「她認為殿下是我的靠山。」至於誤會她和趙懷淵是什麼樣的關係，那她就不知道也管不著了。

趙懷淵道：「她可信得過？」

沈晞失笑。「信不過又如何？殿下不會想殺人滅口吧？」

趙懷淵忙解釋。「我不會隨意殺人啊。如果她信不過，我便讓趙良去教教她什麼叫守口如瓶。」

沈晞扭頭看他，他神態坦然，這會兒莫名有種清澈的愚蠢，有點好笑，又有點可愛。

她收回目光，不再說笑了。「魏倩和我妹妹都信得過，我的丫鬟也差不多。」

趙懷淵笑道：「還是妳厲害，來京城不久，便有那麼多信得過之人。不像我，原先只有一個趙良，如今才多了一個妳。」

沈晞忍不住笑，不知他是在誇她，還是在跟她賣慘，或者兩者皆有。

「知己有一二便夠，不必貪多。」

「沒錯，我有妳便夠了！」趙懷淵笑道。

沈晞暗忖，這莫非就是傳說中的撩而不自知？

剛被主子劃為可信任之人而沾沾自喜的趙良傻了，主子在說什麼啊！

花廳到了，眾人一一落坐。趙懷淵戀戀不捨地坐到奚扉旁邊，跟沈晞遙遙相望。多了趙懷淵這麼一尊大佛，除了沈晞之外，其餘人都有些不自在。

奚扉跟魏倩說了幾句，便道：「殿下得知我們擅長騎射，想讓我們演示一番。過幾日若天氣好，可要來我家？我家有校場。」

魏倩還沒習慣跟奚扉的未婚夫妻身分，一直有些緊張，眨眨眼看向沈晞。

趙懷淵道：「你家校場太小了，我們去翠微園，那邊有個大校場。」

去奚家算什麼啊？他又不是真要去看騎射。他可以厚臉皮跟著奚扉來魏家看沈晞，可沈晞不方便跟著魏倩去奚家見他。

奚扉不會駁斥趙懷淵的話，既是為趙懷淵演示，自然是趙懷淵說去哪裡，就去哪裡。

趙懷淵又道：「本王喜歡熱鬧，到時魏小姐把朋友都叫上。」沒說奚扉也叫。人多就吵，少出點事，他還能跟沈晞多單獨待一會兒。

魏倩知道些許內情，知情識趣地說：「我朋友不多，就沈姊姊、寶嵐、鄒家的、陶家的幾個。殿下若不介意，我就叫上。」

趙懷淵一想，女子那邊人少了也不行，沈晞若消失會被發現，遂點頭。「都叫來吧。」

訂下下次的約會，趙懷淵心情很好，天色已不早，他只能跟奚扉一道告辭離開，在魏家門口與沈晞道別。

回程的馬車上，沈寶嵐湊到沈晞耳邊，小聲道：「二姊姊，王爺是不是衝著妳來的？」

沈晞推開她，笑道：「小孩子少打聽。」

沈寶嵐不滿。「我不是小孩子，都能訂親了。」

沈晞調侃她。「那妳想要怎樣的夫婿？」

沈寶嵐雖害羞，還是一五一十地說了。「我想要一個長得好看，個子比我高，不會納妾，還願意聽我說話的夫君。」

她從小不夠優秀，在沈寶音的盛名之下長大，加上又是庶女，受盡那些嫡女的冷待。她姨娘雖然協管沈府中饋，但只是個妾室，名不正言不順，永遠是姨娘，不可能成為嫡妻。而朱姨娘更慘，沒有兒女傍身，日日都要擔心會被發賣出去。

所以，她想要當正妻，想要她的夫君不納妾，這樣她生的孩子就是嫡子女，家中也不會有永遠矮人一截的庶子女。

沈寶嵐說完後，期待地看著沈晞，希望她這厲害的二姊姊能聽進去，幫她物色人選。

她對魏倩是嫉妒又羨慕，瞧瞧二姊姊幫魏倩找了多好的未婚夫啊，她也想要！

沈晞有些稀奇地說：「其他都好說，納妾這點嘛……倘若妳夫君婚前承諾不納妾，婚後卻納妾呢？」

沈寶嵐怔了怔，道：「他要是敢，二姊姊可以幫我教訓他。」如果她未來夫君給了承諾，趙王殿下肯定也會幫忙盯著，就像對魏倩一樣，未來夫君一定不敢。

沈晞笑著拍了拍沈寶嵐。「妳才十四，還不急。想挑可以先挑起來，但還是等大一點再成親才好。」

沈寶嵐不解。「可是二姊姊不是幫倩倩了嗎？她跟我差不多大。」

沈晞道：「就算我不幫她，她家也會替她找婆家。但妳是我妹妹，過早成親生育，對身體不好，我若能管便要管。」

沈寶嵐愣了愣，面上頓時笑出一朵花來。二姊姊果然還是最喜歡她這個妹妹了，看看二姊姊為她考慮那麼多。

她當即撲過去，抱住沈晞的胳膊，甜甜道：「我都聽二姊姊的，只要二姊姊幫我物色好夫君，我到二十歲再嫁都可以。」

沈晞低頭看她。「這可是妳說的。」老實說，二十歲成親她都嫌早，根本還是小孩呢。

沈寶嵐望著沈晞黑漆漆的雙眸，嚥了下口水。「十、十八歲之前……可以嗎？」

二十歲就是老姑娘了，會被人在背後說閒話的。其實十八歲也太大了，但她的大話已經放出去，要是再說小一點，二姊姊該生氣了。

沈晞也不為難她，笑道：「可以啊。」

沈寶嵐這才鬆了口氣。

第二日，趙懷淵果真進宮告狀。宴平帝聽完，當場寫了申斥書，趙懷淵滿意地離開。他回到趙王府不久後，趙良稟報手下傳來的消息。

趙懷淵聽完，皺起眉頭，令趙良偷偷混進沈府，將事情告訴沈晞。他不好再半夜去敲窗，白日上門又太顯眼，只好讓趙良代他去。

因此，沈晞正在房中看話本時，小翠忽然敲門進來，小聲說：「二小姐，趙統領偷偷來見您了。」

沈晞有些疑惑，坐直身體，讓小翠把人叫進來。

趙良進來後，只敢站在門邊，不敢往前多走一步，低聲道：「主子讓我來告訴沈二小姐，王五妹妹和富貴牙行的事有眉目了。王五妹妹被關在碼頭的一處倉庫中，為釣出後頭的人，暫時未行動。富貴牙行那兒，那兩處宅子查出來了，經了幾道手，但都屬於永平伯。」

沈晞還記得永平伯，是在白馬寺外扒灰的公公。永平伯還算有義氣，陪著兒媳婦去鄉下莊子，便沒再回來，永平伯夫人時不時去鬧，可是沒用。

永平伯不是文官，不需要什麼名聲，不顧禮法，頂多是被人嘲笑，只要臉皮夠厚就行。依據《大梁律》，這樣的通姦至少是杖刑，可話又說回來，哪怕報了官，官府對於伯爵的這種「私事」，多半是不會管的。有本事就捅破天，讓皇帝過問，不然誰也不想沾惹。

沈晞又問：「那麼，富貴牙行應該是永平伯的？」

趙良道：「多半是。大梁雖禁止官員行商，但若用親朋的名字便可規避，沒有誰跟永平伯一樣隱蔽，其中可能另有緣由。」

沈晞蹙眉思索。如果有緣由，必定是非常大的事情，而且是二十多年前發生的，她就無從得知了。

說起來，二十年前的大事，她記得的只有先太子莫名去世，難不成王不忘妻女的失蹤，會跟先太子的死扯上關係？要真是這樣，她們的處境便不容樂觀了。

趙良又道：「主子打算今日去會會永平伯，永平伯藏的秘密，應該就在鄉下莊子裡。主子說，請沈二小姐安心在家等候，他定會幫您查清楚。」

沈晞覺得這不太穩妥，道：「你勸勸王爺不要輕舉妄動，至少別以身犯險。」

趙良苦笑。「主子哪會聽小人的。」

沈晞想了想，拿紙筆寫下一封短信，讓趙良帶給趙懷淵，說是不用急在一時，勸趙懷淵從長計議。

趙良接下信，趕緊回去覆命了。

沈晞看著趙良留下的兩個地址，抿了抿唇，該輪到她出手了。

一個是碼頭倉庫，另一個是永平伯的鄉下莊子，若是她入夜後不久便出發，就能趕在天亮前回來。

碼頭倉庫有趙良的人盯著，還得等著魚兒上鉤，她暫時不插手，先去查永平伯吧。之前在富貴牙行沒看到的秘密帳簿，只要藏在鄉下莊子裡，她多半能找到。一次不行，那就多找幾次。

昨日趙懷淵問她最想要的是什麼，她一時答不上來，至少現在她得先完成王不忘的囑託，把他的妻女找出來，不論死活。

打定主意後，沈晞直接睡了，吃過晚飯後，又休息一會兒，見天色漸暗，對小翠說：「今日我想早睡，現在去把桂園鎖上，不要讓任何人來打攪我。」

小翠沒發覺異樣，應下去了。

沈晞換上夜行衣，又化了連親媽都認不出來的妝容，沒驚動任何人，偷偷溜出了沈府。天色還沒有很暗，要躲開行人有些難。沈晞特意避開人多的地方，在屋頂上悄然前行，終於到了城門處。

城門有守衛軍看守，但總有人力不濟的時候。沈晞偷偷觀察一會兒，終於選了個好時機，在離城門有些距離之處，越過高聳的城牆，向遠處奔去。

就在沈晞剛越過城牆不久，一輛馬車帶著一批人，也到了城門處。車簾掀開，露出趙懷淵那張漂亮的臉。

只是去城外而已，又不是帶人闖禁宮，守衛軍不敢不放行，趙懷淵一行人便出了城。

趙良坐在馬車前，還不死心地側頭對著車裡勸道：「主子，沈二小姐也說了不急，您實在沒必要這會兒去見永平伯。」

趙懷淵不肯聽。「沈晞就拜託我兩件事，如今卻一件都沒做好，叫我如何睡得著覺？少廢話，今日我非找出沈晞要的答案不可。」

他這輩子最大的生死危機，就是在濛溪差點淹死。在這皇城之內，沒有人膽敢對他下死手，哪怕安國公的兒子，也不過是想讓他出醜罷了。

因此，對於趙懷淵來說，京城就是安全之地。哪怕永平伯那邊確實藏著重大機密，他讓趙良帶上這麼多好手，已夠給永平伯面子了。

當然，趙懷淵不覺得去跟永平伯談一談，永平伯便會和盤托出，還帶了隱匿的好手。只要永平伯被他「驚動」，就可能露出破綻。

趙良見自家主子勸不動，只好閉了嘴，等會兒見機行事。

趙懷淵一行人繼續前行，小小的馬蹄聲在曠野中飄遠。

沈晞則辛苦得多，一個人苦哈哈在野地奔跑，幸好內力渾厚，足夠支撐她跑幾個來回。

永平伯的莊子說是莊子，其實是個莊園，占地很大，位在偏僻處，但土地並不肥沃。

沈晞一掃，就知道這莊園確實有古怪。鄉下的莊子，哪來那麼多巡邏的下人，而且這些人眼神非常銳利，看著不像是普通下人。

她沒費多少力氣便潛入莊園，莊園內房間很多，她想了想，先去找巡邏守衛最嚴密的房間，竟有六個人守著，而且所有門窗都沒有留下破綻。

沈晞猜想，這裡可能是類似庫房的地方，藏著值錢的東西。更可怕的是，裡面是亮的，任何人進去，不管是被照出人影，還是吹滅燭火，都會立即被發現。

沈晞暫時還不想打草驚蛇，甚至做好只是來探探路的準備，很快離開此地，去尋找主人的臥房。那也很好找，最大間、外頭守衛最多的便是。

沈晞悄然躍上屋頂，悄悄撥開一片瓦，往房裡看去，隨即飛快收回目光。

她來的時候還在想，永平伯該不會以陪著兒媳婦為藉口，來這裡悄悄搞事，但方才卻看到兩人白花花的糾纏在一起。

她的眼睛髒了！

沈晞深吸口氣，沒再看糾纏的兩人，而在角度許可的範圍內觀察整間臥房。

除了那張大床以外，旁邊放著不少的木箱、櫃子、架子，能藏東西的地方非常多。再判斷房間的實際大小，應該沒有密室，但可能有密道、暗格之類的。

兩人床笫間的話語著實辣耳朵，但沈晞怕漏掉重要消息，只好勉強聽著，結果聽了一耳朵的「公公好棒」、「是我還是我兒子更棒」之類的虎狼之詞。

這時，忽然有人小跑著靠近，沈晞忙壓了壓身體，聽見有人敲門，小聲道：「爺，趙王來訪，說錯過了回城的時辰，想要借住一宿。」

沈晞皺眉，趙懷淵怎麼還是來了？

臥房內的動靜驟然停下，傳來女子不滿的聲音。「不要停啊……」

永平伯完全不顧美人挽留，俐落地翻身下床，穿好衣裳出門。

他邊走邊問報信的小廝。「趙王帶了多少人來？」

小廝道：「大約有二十幾人，看樣子都是錦衣衛的好手。」

沈晞聞言，稍稍放心，趙懷淵還是夠謹慎，沒只帶著趙良跑來，悄然跟上。

她的身影隱匿在黑暗中，沒人發現莊園中闖入了一個不速之客。

第三十三章

永平伯問完話，一路上綳著臉沈默。

遠遠瞧見趙懷淵的馬車，他才揚起笑臉，揚聲道：「趙王爺，您能來我這小莊子，真是蓬蓽生輝啊，快請！」

趙懷淵還坐在馬車中，聞言連簾子也不掀，嫌棄道：「若非實在找不到別的地方，本王也懶得來。」

永平伯面上的笑容僵住，很快又笑道：「是，我這邊確實簡陋了些，如蒙趙王爺不棄，進來小歇一夜。」

其實雙方心知肚明，以趙懷淵在宴平帝跟前的面子，只要不是帶著大軍入城，無論多晚，城門都會為他打開。可趙懷淵說要留宿，永平伯便不能提這一點，只能裝糊塗。

趙懷淵這才掀開簾子下車，大搖大擺地走進去。趙良緊隨其後，不動聲色地觀察四方。

趙良身後借來的錦衣衛好手，也以一定的陣型圍攏在趙懷淵身邊，同時眼觀六路、耳聽八方，一身戒備。

沈晞遠遠看到這一幕，覺得趙懷淵這挑釁的勁兒都快溢出來了，可永平伯依然笑臉相迎，好像沒注意到。

沈晞觀察四周，除了嚴密得過分的巡邏人手，這個莊園裡應該沒有藏著更多全副武裝的護衛。

在永平伯的引領下，趙懷淵一路走、一路看，還不老實，遠遠地看也罷了，非要走過去看，這裡瞧瞧、那裡翻翻。

永平伯疑惑地問趙懷淵在找什麼，趙懷淵竟一臉嫌棄道：「本王能找什麼？你這兒還能有什麼好東西？」

看著趙懷淵這欠揍模樣，沈晞都想替永平伯回一句：沒什麼好東西，那你別亂翻啊！

但趙懷淵是跟她一夥的，她覺得他這樣子棒極了，津津有味地看他作怪。

永平伯自然不會反駁趙懷淵的話，依然附和著笑道：「是，這裡是沒什麼好東西。」

趙懷淵走到一個岔道口前，永平伯想將他引去一處客院時，他卻指著另一條路道：「本王今夜想宿在那裡。」

這回，永平伯終於說出了拒絕的話。「那裡不太方便，是我兒媳住的。」

趙懷淵當即強人所難。「讓她搬出來不就行了，很難嗎？」還一臉故作困惑的神情。

永平伯猶豫片刻，道：「那麻煩趙王爺稍等片刻，她需要收拾些貼身物品。」

趙懷淵善解人意地說：「本王理解。趙良，你派兩個人去幫幫伯爺的兒媳。咱們是來借宿的，總不好一點忙也不幫。」

永平伯忙道：「不用麻煩王爺，自有丫鬟幫著收拾。」

趙懷淵哪裡肯理會永平伯的推託。「伯爺，你可別看不起我帶來的這些人，不管收拾東西，還是收拾人，都又快又好，普通丫鬟哪裡比得上他們。」

這話一出，兩人主動站出來，恭敬道：「屬下願替伯爺分憂。」

沈晞看著永平伯那終於被趙懷淵的胡攪蠻纏激怒到沈下來的面色，忍不住想笑。

永平伯冷聲道：「趙王爺，男女有別，您這話過了。」

趙懷淵卻笑咪咪地說：「本王就是說笑，伯爺何必如此激動呢？」

沈晞見狀，想了想，退回屋頂，往下一看，永平伯的兒媳不在床上，可能去沐浴了。

這會兒，房間裡沒人。

許多下人守在房子周圍，沈晞思索片刻，決定冒一點風險，掀開瓦片將屋頂撥出個更大的洞，隨後鑽進去，輕巧落地。

她一邊豎著耳朵注意外面的動靜、一邊飛快尋找可能有的暗格或密道。

方才趙懷淵說要住這裡的時候，永平伯不答應，想來裡頭是有些東西的，後來大概是想起趙懷淵的性子，不滿足他，不知會鬧出什麼事來，因而不得不妥協。所謂的收拾，應當是想將要緊東西移走。

那就不會是密室或密道，應該是暗格，而且不會很大，不然裡面的東西不好轉移。

沈晞仔細在床邊搜尋，地板、床板都沒有放過，就在外頭傳來有人走近的聲音時，她終於發現一處不同尋常的凸起，很細微，要摸上去才能發覺。

她猶豫一瞬，沒有繼續，果斷地飛上房頂，從洞中鑽出，輕輕將瓦片蓋回去。

進來的是永平伯和趙懷淵一行人，不知永平伯和趙懷淵是怎麼說的，趙懷淵帶著的人，大半留在外頭，只有幾個跟著他。

沈晞正疑惑，忽然發覺有人悄然靠近，像是想要上來，微微一驚，趕緊躲到其他廂房的屋頂，彎下身隱藏自己。

不甚明亮的月色下，她看到那人身著錦衣衛的飛魚服，到了她剛才待的位置，將瓦片撥開，未多停留便進去了。

沈晞驚嘆，人家的動作就是比她俐落，比她果斷。

看來，趙懷淵故意留下大半的人，是想以自己為餌，給手下探查的機會。

沈晞本是想自己查的，但以她的力量查不出來，還是要拜託趙懷淵，那時候就不好解釋消息是哪來的，還得想辦法不引人懷疑地送給他，不如今日讓趙懷淵的人去查。

沈晞不動聲色地暗自觀察，倘若有問題，她再出手。

臥室裡的動靜且不提，永平伯的臉色不太好，而趙懷淵到了房門前，卻不動了。

在永平伯說想先讓兒媳出來之前，趙懷淵開了口。

「本王突然覺得髒。」

沈晞雖然知道趙懷淵在拖延工夫，但這話確實夠氣人的。

口趕人。

永平伯黑了臉，哪怕在晚上也看得清清楚楚，他的怒氣終於爆發，或者說，終於找到藉口趕人。

「趙王爺，若您如此看不上此地，那恕我不遠送了！」

孰料，趙懷淵忽然指著臥房道：「富貴牙行的秘密，可藏在這裡面？」

攤牌攤得突然，別說永平伯了，沈晞都有點沒反應過來。

趙懷淵也從永平伯的面色上看出了端倪，笑道：「看來是不在。不過本王有的是耐心，將整座莊子翻過一遍，總能找到我想要的東西。」

在趙懷淵攤牌的同時，跟來的錦衣衛盯緊一旁的下人，任誰敢有異動，都見不著明天的太陽，氣氛瞬間緊張起來。

永平伯繃緊神色道：「我不知趙王爺在說什麼。富貴牙行是我的不假，可每一間商號都有些不足為外人道的秘密，趙王爺來問這個，不太合適。」

趙懷淵眼也不眨地說：「本王懷疑你要謀反！若想證明你無辜，便將該交的都交出來！」他只是隨便找了個嚴重理由逼迫永平伯。在謀反面前，一切都是小罪名。

可他說完後，永平伯的神情卻有一瞬的變化。

趙懷淵吃驚道：「不會吧，我不過是隨便一說，還真說中了？」

這一刻，永平伯下定了決心。趙懷淵不知為何盯上了他，方才他還不確定，不好輕舉妄動。依趙懷淵的性子，今日若讓他離開，死的就是他了！只要毀滅證據，一口咬定沒見過趙懷淵，就沒人知道是他幹的。找不到屍體，趙懷淵永遠只是失蹤，而不是死亡。

永平伯一邊退後、一邊比了個手勢，下人們竟然從草叢、灌木叢、廊下等等地方，取出一把把的弩。

弩這種武器不像弓箭，需要積年累月的練習才有效果，而且射擊力道比弓大多了，連三歲小兒拿到手裡都能用，殺傷力極大。

趙懷淵帶的錦衣衛，武器只有近戰的刀，怎麼鬥得過這種遠程武器？

沈晞暗叫不妙，哪怕趙良能護著趙懷淵，這批人都要死傷慘重，連忙拿出隨身攜帶的荷包，裡面是她為防萬一而裝滿的小石子。

趙懷淵沒想到，這裡依然屬於京城地界，而永平伯的膽子這麼大，敢在莊子裡放那麼多的弩。

「永平伯，你好大的膽子！殺了我，你也得死！」

可嘴上逞強沒用，在永平伯看來，是趙懷淵自尋死路。如果他不莫名其妙查起富貴牙行，就不會有今日之事。

然而，在永平伯下令之前，上方突然射來數顆小石子，擊中下人們握弩的手，讓他們瞬間失力，弩便落了地。

趙良帶來的錦衣衛都不是庸才，見狀飛快一刀砍去，不給對方再拿弩的機會。

與此同時，上方的小石子還在激射，一顆總能打下一把弩。不一會兒，弩落了一地，不少落入錦衣衛手中。

永平伯見如此變故，當即面色大變，往外逃去。

趙懷淵哪能讓他逃了，示意錦衣衛將他抓回來，又看向已沒了動靜的屋頂，揚聲道：「是哪位英雄好漢相助？」

沈晞想，為了不被發現，她現在就該走了，可若不能看著趙懷淵安然離去，怕有別的變故，遂粗著嗓子回話。

「老子就是路過。不用管老子，你們繼續！」

片刻後，趙良低聲道：「主子，人好像沒走？」

沈晞道：「走什麼走，連熱鬧也不給老子看嗎？」

趙懷淵還是第一次遇到這種可能跟武林沾上邊的人物，頗有興致，道：「好漢不下來見一面嗎？我是趙王，我們可以交個朋友。」

見個人就交朋友是吧？沈晞回得乾脆。「不！老子不下來，老子也不走！」

趙懷淵看向趙良，武林人士都這麼有個性的嗎？

趙良不知道，他沒混過武林，但不能對自家主子的求助置若罔聞，只好說：「這位好漢，我們並無惡意。多謝你今日出手相助，今後若有為難之處，我家主子願意為你解難。」

沈晞又道：「老子沒困難！」

趙良語塞。從對方每一顆石子都能精準打落一張弩的手法來看，應是內功高強的高人。

他雖沒混過武林，但也聽說武功高的人，腦子多半跟正常人不太一樣，再勉強也沒用。

哪怕對方能聽到，趙良依然低聲對趙懷淵說：「主子，這位好漢既然不想下來，就算了吧，他對我們並無惡意。」

有惡意的話，那石子該是衝著他們來了。哪怕對方什麼都不做，他們這一行人在弩的攻擊下，也將死傷慘重。

趙懷淵本想結交對方，聞言很是失望，但他的權勢在人家面前沒用，只好作罷。

這時，錦衣衛已將永平伯帶了回來。

趙懷淵剛剛經歷生死危機，但因為太快過去，沒有太多驚心動魄的感覺，更多的是荒謬，便盯著永平伯。

「好好的伯爺不做，這是為什麼？」

永平伯被綁著雙手雙腳，按在地上，垂著腦袋不說話。

趙懷淵想不明白永平伯弄出這些東西的緣由，踱步過去，拿起一把弩，又接著看了好幾把弩，發現都是新的。

「因為察覺本王在查富貴牙行，你便新做了這些？」

趙良仔細觀察與這些弩一起被繳獲的箭，低聲說：「主子，這箭似與當初刺傷沈家馬兒的是同一批。這弩小巧，弩箭也短，但那個要長一些。」

吃瓜吃到自己身上的沈晞傻了，原來是永平伯要害她。

想來是她去牙行尋人，引起對方的警覺，為了安全起見，才想悄無聲息地收拾她。

趙懷淵聽到這話，氣得上前踢永平伯一腳。「你真是好大的狗膽，敢當街殺人！」

永平伯的膽子確實大，今晚甚至敢殺一個王爺。

趙良趕緊拉住趙懷淵。「主子，我們先問明情況，明日還得向皇上交代呢。」

趙懷淵是可以不打招呼借用錦衣衛的人，但他一向懂規矩，用完後，總要跟他皇兄解釋清楚。

今日他帶著錦衣衛來對付一個伯爵，總要有充分的理由才行。

這時，偷偷潛進房裡的錦衣衛出來了，遞上一只盒子。

趙懷淵打開看，僅有一些銀票和地契，沒有他要找的東西。

這時，又一顆石頭射過來，砸在旁邊的房門上。

沈晞在屋頂上說：「那女人怎麼沒動靜了？」

趙懷淵當即想到了永平伯的兒媳，忙命人去搜，她被錦衣衛拖出來後，跪下哭道：「王爺，我什麼都不知道。」

沈晞也覺得，以永平伯兒媳的年紀，肯定不可能參與當年的事。而且，雖說永平伯是為了兒媳才不回家的，可依她的觀察，他也沒那麼在乎兒媳。

趙懷淵道：「若妳說出他藏東西的地方，本王便饒過妳。」

永平伯兒媳慌亂地說：「我真的不知道。」

趙懷淵哼笑。「那妳就沒用了。」

眼見錦衣衛朝自己走來，永平伯兒媳慌得差點連跪都跪不穩，立即道：「我、我記得，臥房裡好似有條密道。」

「賤人，閉嘴！」永平伯怒喝一聲。

永平伯兒媳被嚇到了，趙懷淵一揮手，永平伯便被錦衣衛堵上了嘴。

永平伯兒媳的目光在兩邊掃來掃去，終於還是戰戰兢兢地說：「我願意為王爺指路。」

趙良沒讓趙懷淵跟過去，讓永平伯兒媳帶路，他去房內看了看，隨後出來，動手在永平伯身上搜索，很快摸出一把鑰匙，再入房內。

不一會兒，趙良出來了，在趙懷淵耳邊嘀咕一陣。

這次的聲音真的很輕，沈晞沒聽到，好奇死了，究竟發現了什麼？

趙懷淵皺眉，讓趙良去整理，來到永平伯面前，居高臨下地看著他。

永平伯冷漠地與趙懷淵對視。

半晌後，趙懷淵什麼也沒說，走到屋簷下，仰頭道：「好漢，真的不下來聊聊嗎？俗話說，朝中有人好辦事，我可是趙王，你與我結交不會吃虧的。」

「……老子就是不下來，你真煩。」

趙懷淵一點都不介意，依然笑咪咪地說：「今日多虧了好漢出手相助，我沒什麼可以回報你的。你喜歡珠寶，還是銀子？儘管說。」

「老子喜歡你閉嘴！」沈晞看看天色，有點擔心趕不回去。趙懷淵要是能把這廢話的工夫用來處理事情，那才叫回報她。

趙懷淵發覺，這位好漢自始至終語氣都很衝，明白對方是真不願意與他結交，自然遺憾。但他又不是沒朋友，不想結交就算了，他還有沈晞呢。

想到沈晞，趙懷淵心裡舒服了，掉頭就走。

臥室的密道是通往雜物間的，長年上鎖，藏著富貴牙行裡的帳簿，還有一些別的東西。

趙良不及細看，直接裝箱，整個莊園裡還活著的人也全被綁縛起來。莊園裡有車馬，足夠帶走所有的人和箱子。

臨行前，趙懷淵跑來向沈晞道別，得到了一句「滾」。

沈晞見趙懷淵一行人終於安然離開莊園，這才放心趕回去。

她趕到城牆邊時，已經快天亮，險之又險地避開巡邏的隊伍，終於在天亮時回到自己的房間。

等她卸妝換衣裳躺上床，便聽見外頭有細小的動靜，是小翠起床了。

她不用晨昏定省，因此小翠不必叫她起床，她愛睡到幾時就睡到幾時。

折騰一夜的沈晞，沾上床鋪不久，就睡著了。

沈晞醒來，已近中午，聽到外頭來回踱步的聲音，揚聲道：「小翠。」

小翠趕緊推門進來，沈晞打了個呵欠，像是隨意地解釋了一句。「昨夜我莫名失眠了，快天亮才睡，這會兒好餓，快去拿午飯來。」

小翠應下，連忙出去了。

沈晞慢條斯理地穿衣服漱洗，心裡還在想著昨夜的事。

永平伯寧願鋌而走險也要掩蓋的秘密小不了，不過要查出所有真相，怕是需要時間，她大概有得等了。

下午，韓姨娘和朱姨娘來找沈晞聊天，說起永平伯和他兒媳被綁縛進城的事。

朱姨娘煞有介事地說：「永平伯夫人有本事啊，居然能請動趙王，將永平伯綁回來。」

韓姨娘道：「趙王爺年紀尚小，行事跳脫，願意答應也在常理。」

沈晞暗道，趙懷淵的風評真差，沒想到在別人的眼裡，他還會理這種破事。

幾人談興正濃，主要是韓姨娘和朱姨娘在說，沈晞則邊吃小零食邊津津有味地聽著。

這時，門房忽然來了桂園，說是濛北縣有人送來一個包裹。

送走韓姨娘與朱姨娘後，沈晞才拆開包裹，發現是一疊信，便按照順序慢慢看。

第一封信是知縣夫人褚菱的，乍看褚菱的字，沈晞有瞬間的心虛。不久前，她才折騰了淮陰侯府呢。

信中先是關懷沈晞幾句，問她有沒有受委屈，若受了委屈，到時候去找陳寄雨。褚菱的祖母已答應幫忙教養陳寄雨，大概沈晞收到信後的十日內，陳寄雨便抵達京城了。

沈晞放下信，心想到時候別說找陳寄雨了，若是淮陰侯府的人知道陳寄雨與她交情好，怕是會連帶著討厭陳寄雨。

第二封信是陳寄雨寫的，小姑娘的字尚未練成，十分稚嫩，在信中還要跟她撒嬌，說沈晞去了京城這麼久，都不送信回來，是不是有了新人忘舊人？還說等她到了京城，一定要天天跟沈晞膩在一起。

沈晞摸了摸鼻子，更心虛了。她確實沒寫信，一是送信實在麻煩，二是她沒想到。京城中的日子多采多姿，令人沈迷。另外，她也有意逐漸疏遠，畢竟她很可能在京城玩膩之後便遠走，頂多臨行前去見家人一面，他們總要接受她將遠行不再歸來的事實。

沈晞發了一陣子呆，才打開第三封信。

這封信是沈少陵替沈家二老寫的，說家裡一切都好，她一個人在京中也要照顧好自己，不要總是那麼大方，讓自己吃虧。

沈少陵寫的時候，直接引用二老的話，並未刪改。沈晞看著信，感覺他們好像站在她面前絮絮叨叨，心中不由生出傷感。

她又呆坐了一會兒，才打開最後一封信。

依然是沈少陵的筆跡，說起在縣學中的點滴，他正在努力，會盡快在京城與她重逢，請她到時候不要嫌棄他這個貧寒弟弟。

沈晞笑了，懷疑沈少陵在諷刺她，且證據充分。

要不是這麼大的男孩還被打屁股著實丟人，等他真來了京城，她非摁著他揍一頓不可。

哪怕從小一起長大，沈少陵可能還是有點擔心，她會被京中的富貴迷了眼，從而看不起他這個鄉下來的假弟弟。畢竟誰都想過更好的日子，這是人之常情。

現在，她倒是期待沈少陵來京城了，到時候表演一齣嫌貧愛富，好好捉弄他一下。

沈晞想了想，並未回信，將所有信收好，與她的銀票放在一起。

第三十四章

接下來幾日，趙懷淵那邊沒有遞來任何消息，京中的氛圍卻逐漸有了些變化。

韓姨娘和朱姨娘依然是八卦的主力，之前還拿永平伯的事當豔事講，再後來就嚴肅許多，說是永平伯好像牽扯進謀反之事。而且，除了永平伯以外，還有別的大人物，聽說趙王的母妃也為此進宮了。

沈晞聽著這些虛虛實實的八卦，雖是心癢，但出於對趙懷淵的信任，依然慢慢等著。

再過幾日，永平伯的事有了定論，他因謀害趙王而被處以斬立決。至於什麼二十年前的舊案，則一點風聲都沒有。永平伯兒媳回了娘家，不知今後是何處境。

另外，因趙王府閉門好多天，魏倩還寫信給沈晞，問先前約定要去翠微園的校場，還能不能成行？

這自然無法成行了，沈晞也見不到趙懷淵。

不過，王五真的帶著他的妹妹小七上門磕頭了。

小七不過十三、四歲，有些清瘦，可能是受驚後還沒緩過來，看著很是怯懦，緊緊抓著王五的衣角不肯鬆開，甚至整個人藏在王五身後。但王五讓她磕頭時，她聽話照做了。

沈晞想攔他們，可王五執拗，硬是與小七一道磕了三個頭才起身，跟沈晞道謝的話裡都帶了哭腔。

「小人不敢給趙王殿下惹麻煩，因而尚未去謝過他。」趙王府外發生的事仍歷歷在目，他明白趙懷淵的為難，自然不敢跑去趙王府。

沈晞把兄妹倆帶去桂園，讓小翠陪著小七在一旁吃吃喝喝，對王五說：「好好跟我講講小七被救出來的經過。」

王五道：「當時，小人一直守在倉庫外盯著，雖然急著想救小七，但為了不打草驚蛇，只得忍著。後來有個管事現身，大人們便乘機將人抓了，我與小七在府衙待了些時日，接受訊問，今日才出來。」

沈晞又問：「幕後之人是誰？」

王五回答。「聽說主事的是一個商人，但幕後還有官員作倀，尚在審問。這幾年京中女子失蹤的案子，多半是他們做的，想來今後普通百姓家的女兒們，能睡一個好覺了。」

沈晞點頭，兩件事算是都有了結果。接下來，她得等趙懷淵的消息，並看看能否查出王不忘妻女的去向。

臨走時，王五說今後他是沈晞的人了，她吩咐他做什麼，他就做什麼。

沈晞給了一張二十兩的銀票，讓他帶著小七吃好喝好，多長長肉，不然她看得糟心。

王五眼眶泛紅，嘴唇顫動，欲言又止，但還是收下了銀票，帶著小七離開。

他緊緊拉著小七的手，心想他運道真好，才能遇到沈晞這樣的好主子。

天氣越發冷了，這日沈晞還在睡覺，就聽到小翠驚喜的聲音。「下雪了！」

沈晞穿越前是南方人，見過的雪少，聞言當即穿好衣服開門，仰頭看去，只見細小的雪花一片接一片落下。許是剛下不久，院中還未積雪。

沈晞伸手，雪花降落在她掌心，很快被她掌心的溫熱融化成一小灘水。

小翠呵著白氣，開懷笑道：「二小姐，等雪下得厚了，奴婢可以堆個小小的雪人嗎？」

沈晞也笑。「別說雪人了，雪狗雪豬都隨妳堆。」

小翠雙眼放光地看著降落的雪，忽然道：「多謝小姐把奴婢要到身邊。去年這個時候，奴婢手上都長凍瘡了，今年就沒有長。」她原本是廚房的燒火丫鬟，自然是什麼粗活累活都要做，年年生凍瘡，如今手上還有凍瘡痊癒後留下的疤。

小翠清澈的大眼睛望向沈晞。「奴婢最喜歡二小姐了！」

沈晞笑答。「我也最喜歡我自己了。」

小翠一怔，憨憨地笑起來。

這時，門房來了桂園，說是有人來訪，是淮陰侯家的表小姐，表情有些嚴肅，誰不知道淮陰侯府跟沈晞的恩怨？

可他沒想到的是，沈晞一怔，隨即道：「快請她來桂園。」

門房有些疑惑，但沒敢多問，趕緊跑回去了。

沈晞怕陳寄雨怪她不熱情，讓小翠去找傘，而她回屋找件披風，打算親自去迎接。

就在沈晞翻箱子時，聽見很久沒被敲過的窗戶又響了。

她忙跑去將窗戶打開，發現趙懷淵站在外頭，髮上還頂著尚未融化的雪花，整個人看起來毛茸茸的，甚至連睫毛都有點白。

趙懷淵像做錯了事似的，垂著眼道：「我不是故意不來見妳，實在是我母親那邊……」

沈府不大，門房跑回去將人請進來，要不了多少工夫，再耽擱下去，要麼得把趙懷淵拒之門外，讓他隨便去哪裡待著，要麼就得約陳寄雨改日再見。

她非常想知道趙懷淵從永平伯那裡查到了什麼，好不容易見到他，他不把事情原委說清楚，就別想走了。

而陳寄雨那邊，要是說改日再約，小丫頭說不定會覺得她不想再跟舊人來往，可能會悄悄躲著哭。

於是，沈晞飛快道：「今日王爺還有別的事嗎？忙嗎？可以消磨多久？」

趙懷淵一愣。「今日我都有空，怎麼……」

「好，你先進來。」沈晞拉著趙懷淵的衣袖，將他拉進房間裡，又往外看了一眼，果然看見站在不遠處的趙良。

不等沈晞招呼，趙良立即道：「小人待在這裡就好。」

沈晞沒工夫招呼他，只點點頭，又飛快地對趙懷淵說：「王爺在此稍等，我回來之前可不許走。我有急事，去去就回。」說完，不等趙懷淵回答，快步走了出去。

趙懷淵看著沈晞離開，不自在的情緒稍退，轉頭問窗外的趙良。「你真不進來？」

趙良堅定道：「小人愛看雪。」上次的教訓，他怎麼敢忘？今日又沒賊，加上白雪遮擋，不怕被人發現。

趙懷淵聞言，立刻將窗戶關上。

趙良無言。主子，您剛剛問的那句話是陷阱對嗎?!

因為沈晞的果斷，終於趕在陳寄雨進桂園之前截住了她。

見沈晞親自來迎接，神情忐忑的陳寄雨隨即露出燦爛笑意，遠遠地便喊：「溪溪姊！」

想過來跟沈晞一起賞雪的沈寶嵐瞧見這一幕，眼睛都瞪圓了。晞晞姊？叫得這樣親熱！這是哪裡來的不要臉小娘子，跑別人家認什麼親！

於是，沈寶嵐一個箭步衝到沈晞身邊，一把挽住她的手臂，靠在她肩上，甜甜道：「二姊姊，這是哪家的小姐呀，我怎麼從未見過？」

陳寄雨看看沈晞，再看看沈寶嵐，原本欣喜的表情瞬間變了。她以為沈晞在京城可能會被人排斥，還擔心得掉過眼淚，沒想到根本不是她想的那麼回事。

她噘起嘴，氣惱道：「溪溪姊，妳怎麼趁我不在時，又多收了個好妹妹。」

沈晞一頭霧水，這兩個人在搞什麼？

來京城的路上，陳寄雨天天想著沈晞，一會兒覺得沈晞真是絕情，到京城之後，半點音訊都沒有；一會兒又想，不知趙王是否可靠，沈晞可是在京城受了欺負，身不由已，以至於連封信都送不過來。

就這樣想了一路，到了淮陰侯府，簡單安頓好，見過各位長輩之後，她便趁著老祖宗安排的教養尚未開始，帶著丫鬟跑到了侍郎府。

不送拜帖直接上門是失禮的，但陳寄雨已經等不及了，想知道沈晞過得怎樣。

結果，這一看，沈晞面色紅潤，面上帶笑，還有旁人親近，可見小日子過得非常不錯。

因此，陳寄雨對沈晞的擔心壓了下去，不服輸的勁兒便冒了出來。

她這個妹妹不夠好嗎？憑什麼要再認別的妹妹！

見陳寄雨瞪著眼睛，非要她給個答案，沈晞只好介紹道：「這是我的三妹妹，沈寶嵐。寶嵐，這位是我小時的玩伴，濛北縣知縣千金，也是淮陰侯府的表小姐陳寄雨。」

沈寶嵐一聽到淮陰侯府，便不可思議地說：「她是淮陰侯府的人？二姊姊怎麼還見她呀，萬一害了妳怎麼辦？」

陳寄雨哪能接受這樣的詆毀，當即豎眉。「妳在胡說什麼，我怎麼會害溪溪姊？我看妳才是想害溪溪姊的人，挑撥離間我跟溪溪姊的感情。」

如今沈寶嵐最受不了的就是別人懷疑她和沈晞的姊妹情，立即針鋒相對道：「誰不知道淮陰侯府跟二姊姊的恩怨，妳是淮陰侯府的表小姐，能有什麼好心？我跟二姊姊好著呢，我看妳就是嫉妒我。」

陳寄雨被沈寶嵐的態度激怒，顧不得問淮陰侯府和沈晞有什麼恩怨，大怒道：「我嫉妒妳？我跟溪溪姊同榻而眠的時候，妳還沒見過溪溪姊呢！」

眼看兩人剛見面就吵起來，沈晞忙伸手攔住她們。再這樣吵鬧下去，趙懷淵不知要等多久了。

趙懷淵肯定是不好意思晚上偷偷上門，今日正好下雪，可以遮蔽身形，才過來的。這可能是她近期從他嘴裡得知真相的唯一機會，不想就這麼錯過了。

「好了，別再吵了。妳們都是我的好妹妹，我希望妳們能好好相處。若不能，至少別吵架。」沈晞擺出姊姊的架勢斥責道。不凶一點不行，她們說不定會以為她說著玩呢。

沈寶嵐和陳寄雨果然被沈晞的冷臉嚇到，閉了嘴。

陳寄雨湊過來，挽住沈晞的另一條胳膊，撒嬌道：「溪溪姊，我不是故意的，妳原諒我好不好？以後我不跟她吵了。」

沈寶嵐不甘示弱。「我也不吵了。二姊姊，我是妳的親妹妹，妳不要怪我好不好？」

沈晞見她們立即道歉服軟，便說：「既然妳們誠心道歉，我不追究了。寶嵐，寄雨一直跟著她父母在外生活，不能完全算是淮陰侯府的人。寄雨，寶嵐是我庶妹，自我來後與我很親近。妳們不要因為一些誤會而吵架。」

兩人乖巧點頭，沈晞又問陳寄雨。「妳可是偷偷來的，並未跟侯府的人說過？」

陳寄雨點頭。「我想快點見到溪溪姊嘛。」

沈晞咳了聲，道：「我得先說一下我與淮陰侯府的恩怨。之前參加百花宴，我與褚芹有些誤會，後來褚芹自稱有鬼，被鬼嚇得瘋癲，淮陰侯府要我上門道歉，我帶了不少人上門，並在機緣巧合下治好了褚芹。不過嫌隙已生，之後兩邊沒有來往。」

陳寄雨瞪大了雙眼。「還有這回事。怪不得我覺得褚芹表姊沒有早些年那麼討厭了呢，原來是被嚇到了。」說著，臉上滿是幸災樂禍的笑。

她本來就不喜歡淮陰侯府，每次來都要被當面諷刺，暗地裡還有人說閒話。偏偏她母親非要她來京城找個好夫婿，她哪裡拗得過母親，只好來了，想著至少京城還有沈晞在，不至於那麼孤獨。

沈晞接著道：「所以，妳今日先回去吧。以後最好不要與我太親近，我怕妳被遷怒。」

陳寄雨的笑一下子垮下來，急切地說：「這怎麼可以！我跟侯府的人又說不上話，他們都覺得我是小地方來的，看不上我，我只有溪溪姊了。」

沈晞道：「再看不上妳，還能比得過看不上我嗎？不要在意就好。最近我見過不少青年才俊，其中有些與妳相配，到時候我幫妳牽牽線。」

聽到沈晞不讓陳寄雨常來親近，沈寶嵐臉上的笑容攔都攔不住，但聽到沈晞這話，臉上的笑容也垮了，委屈道：「二姊姊，妳怎麼不幫我介紹？」有好東西不先給自家姊妹，居然給外人，二姊姊太偏心了吧。

沈晞無奈。「忘記那次我們說好的成婚年紀了？」

沈寶嵐登時閉嘴。原想說那為什麼陳寄雨可以，但一想，上次二姊姊說過，過早生育對身體不好，卻不好管旁人家的事，只能管自家的。

也就是說，她才是二姊姊唯一的親妹妹，所以被管著。不管魏倩還是陳寄雨，都沒有她親近。

想通之後，沈寶嵐頓時釋懷，甚至還能心平氣和地看著陳寄雨，笑道：「二姊姊眼光可好了，不久前才幫我的閨中好友找到如意郎君。有二姊姊在，妳放心便是。」

陳寄雨狐疑地看著沈寶嵐，覺得對方好像不安好心，不然怎麼會突然對她改變態度？但她今日就是為沈晞來的，懶得去想別人，遂不管了，仰頭看向沈晞，嬌嗔道：「溪溪姊，我不想嫁人，我還想像以前一樣，經常跟妳一起出去玩。」

沈晞笑道：「嫁了人也一樣啊。妳母親對妳的婚事期待很高，妳若對夫君什麼要求，我可以幫妳留意。既然必須成親，至少要兩情相悅嘛。」

陳寄雨噘嘴。「我不要。到時候不管老祖宗找什麼樣的人，我全拒絕好了，總不能強逼我成親。」

沈晞望著陳寄雨的目光很柔和，還是個不諳世事的小姑娘呢，沒有心機，也不像沈寶嵐這些京城閨秀一樣目標明確，依然想維持現狀。

「行，不急，慢慢看、慢慢找便好。」

見沈晞沒有逼她，陳寄雨開心地笑了。她在家裡說這種話，就會被她母親罵一頓，說她不知好歹，說女子哪有不嫁人的。

可沈晞都十七歲了，沒有嫁人，不也很開心嗎？自由自在的，多好啊。她見過一些嫁了人的姑娘，婚前是活潑的性子，婚後哪怕夫君的性情再好，也總像是被磨了稜角，心心念念只剩下夫家，想為夫家生下兒子，想侍奉好婆母，與小姑、小叔和睦相處。

她不想那樣，她很害怕。

陳寄雨眼眶微微泛紅，小聲道：「有溪溪姊這句話，就夠了。」

沈晞摸摸陳寄雨的腦袋，輕聲道：「今日先回去吧，將來我們還有很多機會再聚的。」

沈寶嵐瞧見陳寄雨泛紅的眼眶，不知她為何難受，但看著也有些心酸，遂道：「妳等著，若是這雪再多下幾日，肯定有人辦賞雪會，到時候妳就再能見到二姊姊了。」

陳寄雨想到淮陰侯府那一大家子，不想讓沈晞為難，只好道：「好吧，我先回去了。溪溪姊，下回妳可要好好跟我說說，到京城之後，都遇到了些什麼事。」

沈晞笑應。「一言為定。」

陳寄雨一步三回頭地被送走了，沈寶嵐想跟沈晞回桂園，她原本就是來找沈晞一起賞雪的，再喝點梅子酒，那真是美極了。

但沈晞卻說有些睏，要睡回籠覺，硬是把沈寶嵐趕走了。

陳寄雨離開侍郎府之後，心情好一陣、糟一陣，等回到淮陰侯府，就讓帶來的丫鬟和嬤嬤出去打聽淮陰侯府和沈晞的恩怨，再回來告訴她。

等所有下人回稟完，陳寄雨瞪大眼睛，連話都不會說了。

她們聽來的不只有淮陰侯府的事，還有沈晞入京後的一連串壯舉。不知真假，但既然有人傳，想必沈晞確實做過一點事來。

陳寄雨與一群熟悉沈晞的下人說了半天，最後忍不住感慨道：「不愧是我的溪溪姊，真厲害啊，竟能讓戰神和趙王都對她傾心！」

第三十五章

沈晞打發走兩個小姑娘之後，趕緊往回走。

桂園內，小翠正滿臉緊張地站在臥房門口，一見沈晞回來，趕緊衝上前，湊到她身邊小聲道：「二小姐，趙王殿下來了！」

剛才沈晞急急跑出去，小翠想追，但沈晞一揮手，只能留下。

她本想進臥房收拾，哪知一進去就看到趙王坐在裡面，差點嚇死，甚至不敢多停留一刻，匆匆說了句「奴婢出去守門」，便守在門外，絕不能讓旁人發現趙王。

沈晞道：「知道了，妳守著門。」頓了頓，又指了個方向道：「先去那邊看看，若趙統領在，請他去空房裡歇著，喝杯熱茶。」

小翠認真點頭，二話不說地跑開了。

沈晞開門，見趙懷淵一副要躲的樣子，示意趙懷淵坐下，關上房門，掛好披風。

房間裡有地龍，很暖和，沈晞先幫自己倒了杯有些涼的茶水，一口飲盡。剛剛匆匆跑去攔截，再把兩個小姑娘勸走，還真費了些口舌。

在沈晞離開時，趙懷淵已經喝了好幾杯水，但此刻見她喝水，水順著喉嚨嚥下，脖頸處高低起伏，忽然莫名乾渴，也忙低下頭，又替自己倒了一杯。

這會兒是白天，隨時可能有人來，因此沈晞直入主題。「王爺今日來，可是要跟我說永平伯的事？」

趙懷淵聞言，微微蹙眉，面上似有些愧疚，垂下目光。「是。」

沈晞看出趙懷淵的複雜心境，安慰道：「不管真相如何，王爺直說就是。若非王爺，我自己很難查到線索，不管其中有什麼內情，我都不會怪你。」

從時間上看，永平伯所做之事說不定與二十年前的先太子之死有關，而這期間趙懷淵的母親進過宮，其中的真相，很可能是牽扯到了趙王府。

她很清楚，若非趙懷淵幫忙，哪怕她能查出王不忘妻女的去向，只怕也要耗費無數工夫，甚至可能遇險。不管真相是什麼，她都不會遷怒。二十年前，他才是個襁褓中的嬰兒啊。

聽了沈晞的話，趙懷淵眉間的皺痕終於淺了些，道：「事情要從二十年前說起。那時我兄長去世，皇兄登基，征西大將軍認為是皇兄害死了我兄長，起兵造反。後來，征西大將軍兵敗被殺，他的親眷、至交全受了牽連。征西大將軍的兒子與當時還是小伯爺的永平伯是好友，自知逃不過，遂將八歲的兒子託付給永平伯。」

沈晞沈默聽著。八歲已到了能被斬首的年紀，所以永平伯幫忙是有極大風險的，甚至很可能被人說是同謀，難怪他會想殺人滅口。

「為了照顧那孩子，永平伯除了安排心腹之外，還利用富貴牙行找下人，先毒啞了，免得洩漏風聲。」
趙懷淵說到這裡，停了下來。
沈晞已有不好預感，目光沈沈地看著趙懷淵。「繼續說。」
趙懷淵低下頭。「一年後，那孩子本就體弱，加之全家遭禍，受了刺激，還是病死了。除了永平伯的心腹，其餘照顧過這孩子的下人全被滅口。」
好似最後一只靴子落了下來，沈晞垂下眼，盯著面前的水杯，喉嚨有些發緊。
看到王不忘那封信的時候，她以為要找到他的妻女沒那麼難，孰料竟然是這種結果。
二十年前，王不忘還在南方武林中叱吒風雲，當著他的武林高手，他的妻女卻早已成了一抔黃土，他卻一點都不知道，還以為她們跟著富商，過上不必餐風露宿的好日子。
沈晞有些難受，哪怕她沒見過那對母女，仍為她們的遭遇感到憤憤不平。先是遇到王不忘這個不負責任的丈夫和父親，好不容易跟了個富商，以為能過幸福平和的生活，沒幾年卻被轉手賣掉。賣就賣吧，又遇到征西大將軍造反，被賣去一個注定無法活著離開的地方。
「不過……」趙懷淵出了聲。
沈晞似看到了轉機。「不過什麼？」
趙懷淵遲疑地說：「還不能確定真假。永平伯的心腹尚在世，他說買來的下人都是些年紀大的婆子，妳要找的母女中，女兒可能還活著。」
沈晞因這話而燃起希望，有一個活著，總比全死了的好。她沒有報答過王不忘，不管他的妻子還是女兒，至少要給她一個還清恩情的機會。

她回憶了下，道：「我那忘年交說過，他女兒是太和十六年生，二十年前是十四歲。」

太和三十年，先太子去世，趙文誠登基，第二年改元宴平。當時王不忘的妻子岑鳳應該是三、四十歲，在這時代都已經能當祖母了，的確可能被永平伯的心腹選中。但王不忘的女兒王岐毓還青春靚麗，送去這種必死的地方不划算，極有可能是被分開賣的。

趙懷淵說：「當年的買賣文書還在，對得上的有兩對母女，但要查清楚具體去向，需要時間，而且不一定查得到。」

見沈晞皺眉，本就心虛的趙懷淵立即接話。「放心，我一定會幫妳查到的。」

有希望，沈晞就很滿意了，也不客氣，點點頭。「之後還要麻煩王爺和趙統領了。」

趙懷淵忙道：「不麻煩，不麻煩，應該的。」

他還猶豫著要不要說出另一件事，卻聽沈晞疑惑道：「永平伯為何還留著那些文書？證明自己有罪的東西，根本沒有必要留存吧？」

趙懷淵嘆了口氣。「是為了威脅我母親。」這才是他感到心虛的原因，既已出口，乾脆一口氣說出來。「當年救出那八歲小孩的事，我母親也摻和了。我母親的堂弟是刑部尚書，富貴牙行還有別的罪行，永平伯便是拿此事威脅我母親，幫著擺平。」

沈晞聽完，見趙懷淵不敢看她，沈默片刻，道：「你母親是你母親，那不是你的錯。」

既然太妃進宮過，且安然出來，而永平伯的罪名裡又完全沒有提及當年之事，說明宴平帝並沒有追究。

對沈晞來說，目前最重要的是先找到王岐毓。至於事後如何報復，將來再說。

至少永平伯這個直接的劊子手已被判了斬立決，她心裡就好過一點了。

趙懷淵抬眼看沈晞，小心翼翼地問：「妳真這樣覺得？」

沈晞笑了笑。「不然呢？難不成我得怪你，然後放掉你這個好助手，從今往後再無線索，永遠找不到人？」

聽出沈晞的話帶了些許玩笑意味，趙懷淵高興起來，忙道：「哪怕妳怪我，我也會替妳找到人的。」

沈晞相信他的話，心想這段時日他得知真相後，可能也備受煎熬，覺得無法面對她。他幫著找人，結果罪魁禍首跟自家府裡有關係，多少有點諷刺。

「我相信你。」沈晞點頭，這會兒才發現趙懷淵頭上有些濕。剛剛他頂著滿頭雪花進來，她來不及多說就走了，他肯定是忘記將雪拍掉，雪花便在溫暖的房裡融化了。

沈晞起身，取了塊帕子過來，遞給他。「你頭髮都濕了，擦擦吧。」

方才趙懷淵滿心焦躁，哪裡管得了頭髮的事，聞言才後知後覺，頭皮好像有點涼涼的，趕緊抬手接過帕子。孰料不小心碰到沈晞的手指，他飛快抽回手，帕子差點落地，又忙彎腰伸手，將帕子抓在掌心。

他的耳尖不覺泛了紅，埋頭拿帕子擦頭髮。

這帕子的手感好似跟上次沈晞給的一樣，上次那塊他用清水洗淨曬乾後，便收起來，至今還有極淡的桂花香。這帕子上的香味是一樣的，只是更濃郁些。

他裝作不經意地說：「這香味很好聞，我看妳有不少這樣的帕子，能給我一些嗎？」

反正都是白色帕子，又沒有繡東西，認不出來是誰的。他要些回去，不要緊吧？

沈晞一怔，既是她當紙巾用的，便覺得無所謂，取了一匣子過來。

「我讓小翠準備了許多，這一匣子，你拿去用。」沒人拿一整盒紙巾當定情信物吧？

在趙懷淵小心翼翼地將小匣子挪到面前時，沈晞忽然抬手按住他，對上他的目光。

「這些帕子，不管誰來要，我都會給。你明白吧？」

趙懷淵明白了，可心裡也不爽快了。原來這待遇不是獨一無二的……

於是，他故作自然道：「當然。我只是覺得這香味好聞，懶得自己去弄罷了。」

沈晞這才鬆手，趙懷淵抱著匣子起身道：「那我先走了。過兩日，若雪下大了，翠微園的雪景會很美，屆時我發帖子邀妳和魏倩她們，到時候妳可要多欣賞。」

沈晞說：「別忘了淮陰侯府。我在濛北縣認識的妹妹是淮陰侯府表小姐，剛來京城。」

趙懷淵點頭。「知道了。」心裡卻有些酸澀，她妹妹可真多，不知將來她有無可能叫他一聲「哥哥」？

這個想法一出，趙懷淵腦子裡隨即浮現沈晞叫他哥哥的情景，臉一紅，抱上匣子快步走到窗邊。

沈晞道：「等等，趙統領應是被小翠請去屋內坐，我去叫他一聲。你也別從窗戶走，我讓婆子們離開，你從桂園出去吧。」

聽沈晞這樣說，趙懷淵又走回來等著。

沈晞出去，將兩個看門婆子叫進屋裡歇著，便去找趙良，又回頭叫趙懷淵出來，看桂園外頭沒人，讓他們趕緊離開。

侍郎府的前門是不好走的，但好歹能少翻一道桂園的牆。

走之前，趙懷淵再三保證會盡快幫她查到人，才戀戀不捨地離去。

得知確切消息後，沈晞的心情穩定許多。接下來又是漫長的等待，還是那句話，都已經過去二十年，再著急也沒用。

然而，不等趙懷淵的請帖送來，另一張請帖早一步到了。

原來是榮華長公主要過壽，沈晞去信問魏倩她們，得知已經訂親的魏倩、陶悅然沒有被邀請，鄒楚楚則收到了請帖。

也就是說，榮華長公主多半是想為她那個浪蕩子竇池挑媳婦了。

這帖子本是要送給當家主母的，但侍郎府沒有，便送到沈晞的大嫂楊佩蘭手上。這樣的場合，韓姨娘是沒資格去的，到時候會是楊佩蘭帶著沈晞和沈寶嵐赴宴。

沈晞本是這樣以為的，可這日午後，楊佩蘭來找她。

楊佩蘭的模樣和性子很溫婉，平常與沈晞來往不多，就是守著自己的丈夫和兒女過日子，若非府中沒有主母，可能連中饋都懶得操持。

楊佩蘭是有些怵沈晞的，今日卻不得不來。在沈晞大方的笑容下，楊佩蘭寒暄幾句，才開了口。

「二妹妹，妳可願意原諒寶音？她閉門思過近兩個月，人也清減不少。昨日她來尋我，說覺得對不起妳，沒臉見妳，怕貿然出現會惹妳生氣，托我問問，倘若妳願意見她，她便來找妳道歉；倘若妳不願意，她就繼續閉門思過。」

沈晞聽到這話，愣了下。這兩個月，沈寶音確實連院門都不出，她都快忘記這個人了。她看過不少真假千金的鬧劇，沈寶音的表現已經算是假千金中的佼佼者。

如果沈寶音一直躲在殼子裡，她也不好去拽。沈寶音想出來，她自然歡迎之至。不過，選在這麼個時機，是巧合，還是另有目的？

沈晞笑道：「我從來沒有怪過她。她母親的錯是她母親犯下的，她也不知。雖說她確實替我享受了好些年的富貴日子，但我在鄉下過得十分痛快，沒有多少不甘心。」

楊佩蘭聞言，鬆了口氣，笑道：「二妹妹想得開便好。那嫂子讓她來桂園尋妳？」

沈晞道：「好啊，隨時都可以。」

楊佩蘭完成任務，心滿意足走了。本來沈寶音來她面前哭泣，她還有些為難，但畢竟是當親妹妹相處了幾年的小姑子，也有些心疼，只好姑且一試，沒想到沈晞如此好說話。

是她錯怪了沈晞，沈晞被她養父母教得很好。

沈晞是在楊佩蘭走後不久見到沈寶音的。

沈寶音冒雪前來，穿著一身雪白狐裘，襯得小臉更顯羸弱。正如楊佩蘭所說，沈寶音比兩個月前瘦了許多。

不過沈晞左看右看，發覺可能是不久前找楊佩蘭哭過而眼睛有些紅腫之外，沈寶音的臉色倒還好，不見憔悴之色。

沈晞猜，這兩個月沈寶音是在養精蓄銳，如今真假千金的事已過了討論最熱烈的時候，她可以「復出」了。畢竟她們同歲，再拖延下去，沈寶音真要過了世人眼中的花期。

「二姊姊，多謝妳願意見我。」沈寶音低著頭，聲音裡還帶著一絲沙啞。

沈晞道：「倘若妳早點去問大嫂，便知道我那時候就願意見妳。」

沈寶音依然低著頭。「二姊姊大度，寶音不及。我始終覺得愧疚，沒臉見二姊姊。蒙父親和大哥大嫂不棄，我才覥著臉繼續當沈家女兒，心中卻一直不安。如今得知二姊姊願意原諒我，終於鬆了口氣。」

沈晞笑咪咪道：「若覺得不安，可以跟父親說，離開侍郎府嘛。想必父親也不會虧待妳，會給妳足夠的銀子，只要不大手大腳地花錢，這輩子都夠用了。」

沈寶音一僵，隨即哭起來。「是我不對。我捨不得父親和大哥大嫂，我在父母的照顧下長到十七歲，從未離開過他們，我害怕……」

沈寶音的模樣相對普通，但儀態是極好的，哭起來不像一般人一樣涕泗橫流，成串淚珠從眼中落下，鼻子微微泛紅，我見猶憐。

沈晞嘆道：「別哭了，我又沒要趕妳走。妳既已是父親的養女，便安心留下吧。」按住搞事的心思，真誠道：「只要妳不惹我，我也不會對妳怎樣。」

沈寶音聞言，哭得更大聲了，好似要將一切委屈全哭出來。

她邊哭邊道：「多謝二姊姊，我今後一定不會惹妳生氣的。」

沈晞掃了周圍一圈，桂園中的婆子乃至小翠，臉上全露出了同情之色，可見沈寶音哭得足夠情真意切。

但沈晞老覺得，沈寶音未必不知道衛琴的謀劃，既存了戒心，就不可能投入沈寶音創造的氛圍裡。

她喝茶吃瓜子，靜靜地等沈寶音哭完。在沈寶音的抽泣聲裡，她這嗑瓜子的聲音顯得那麼怪異，婆子們互相看看，忙收斂神色，不敢再流露出任何同情。

小翠則低聲問沈晞。「二小姐，要不要奴婢幫您剝？」

沈晞擺擺手，那多不禮貌啊。繼續嗑瓜子，直到沈寶音終於在奇怪的配音中哭不下去。

沈寶音擦了擦淚水，頂著一對紅腫的眼睛道：「那寶音不打擾二姊姊，先告辭了。」

沈晞放下瓜子。「不再坐會兒嗎？這瓜子味道不錯，是桂花味的呢。」

沈寶音的貼身丫鬟荷香一直靜靜站在沈寶音身後，聽到這話，心中忍不住想，二小姐這樣嗑著瓜子，她家小姐怎麼坐得住？

沈寶音起身。「不了，不敢再叨擾二姊姊。」

沈晞說：「那妳回去吧。」

沈寶音便帶著荷香走了。

等人一走，沈晞將婆子們趕出去，只留下小翠，問道：「妳同情沈寶音？」

小翠知道不少事，雖然這小姑娘多半不會主動背叛她，但可能被人套話，因而她要先做好預防。

小翠一愣，隨即慌忙道：「奴婢錯了！」說著就想跪下。

沈晞一把拉住她。「同情她沒什麼，她確實哭得挺慘，而且處境也不容易。只是妳得記住，妳是我的人，知道我的秘密。她若想對我不利，會從妳這裡下手。」

小翠面色一白，忙表忠心。「奴婢什麼都不會說的！」

沈晞道：「我相信妳，只是妳年紀小，涉世未深，怕妳著了道。我提醒妳一聲，今後見到她們主僕，妳便當啞巴，做任何事都避開她們。」

小翠立即保證。「奴婢明白，今後一定不跟她們說話。奴婢是二小姐的人，絕不會讓旁人害到二小姐。」

沈晞意味深長地笑道：「倒也不用這麼絕對。倘若是我的命令，妳還是能跟她們說話，到時可別結巴。」

小翠不懂，睜著清澈的大眼睛，茫然看著沈晞。

沈晞笑著拍拍她。「之後妳就明白了。」

她自然不喜歡無知無覺地被人害了，雖然不一定能害到她，但萬一暴露出她的底細，就不好了，她還想先找到王不忘妻女的下落呢。

不過，要是有人主動跳入陷阱，那就是可控的樂事了。

第三十六章

榮華長公主的壽宴是十一月初九，時日尚早。趙懷淵的請帖也來了，直接送給沈晞。

沈晞問韓姨娘、朱姨娘和楊佩蘭是否要去，三人都婉拒了，沈晞便決定只帶沈寶嵐。

沈寶音的貼身丫鬟荷香不知從哪裡聽說了翠微園的賞雪宴，遂來桂園探頭探腦地打聽。

第一次，沈晞當沒注意，後來見沈寶音執著，就讓人將荷香叫進來。

荷香看起來跟沈寶音差不多年紀，模樣普通，但有一種肉眼可辨的機靈勁兒。

「二小姐，寶音小姐不知道奴婢來此，奴婢見她已在府中悶了兩個月，不知二小姐能否帶寶音小姐出去散散心？」

沈晞心道，她已經給過她們機會，非要湊上來，到時候要是真被自己的迴旋鏢扎了，可別怪她。

她意味深長地笑道：「我倒是願意，但寶音自己呢？如今我們家的事還在外面傳得沸沸揚揚，這兩個月我出門時常被人嘲笑，這宴會可不好熬啊。」

荷香心道，她家小姐才不會被人嘲笑是鄉下來的，哪怕身分有瑕疵，但過去十七年的養尊處優卻是真的。除了身分，她家小姐可是誰見了都得誇一句的名門貴女啊。

「寶音小姐總不能一輩子不出門呀，有二小姐在，肯定不會讓旁人欺負到咱們頭上。」

沈晞上淮陰侯府大鬧時，荷香沒去，但不是沒聽過沈晞在外頭的名聲。無論對方是何身分，沈晞什麼話都說得出來，而且如今老爺也不管了。

沈晞沈吟片刻，在荷香忐忑許久之後，鬆了口。「好吧，就帶上她。」

荷香激動道：「多謝二小姐，奴婢這就去告訴寶音小姐這個好消息！」

第二日上午，沈晞走出桂園，看到了神情尷尬的沈寶嵐，和微微低著頭的沈寶音。

沈寶嵐難受死了，今日才知道沈寶音要一起赴宴。沈寶音足不出戶的時候，起初她還會去探望，後來便不去了。上次去看沈寶音，已是快一個月前的事。

她知道自己有些自私無情，但跟著二姊姊確實好玩，她樂不思蜀，不想去春歇院陪沈寶音鬱鬱寡歡啊。

而且，她知道沈寶音沒有多喜歡她這個庶妹，只是需要跟班而已。可二姊姊不一樣，有危險的時候會先護著她，二姊姊是真心喜歡她這個妹妹的。

話是這樣說，再面對被她疏遠的沈寶音，沈寶嵐還是不自在，甚至心想，二姊姊為什麼要帶上沈寶音啊，二姊姊都不會怨恨不甘嗎？萬一賞雪宴上需要吟詩作對，二姊姊不擅長，那不就被沈寶音比下去了？

見到沈晞，沈寶音柔聲道：「二姊姊。」

沈晞笑著說：「妳們久等了吧？我們出發。」

沈寶音在場，沈寶嵐自然不好說什麼，跟著沈晞一道坐上馬車。

這幾日斷斷續續下了幾場雪，前面的雪剛融化，便積了新的雪。這會兒雖不下雪了，地面卻有些濕滑，路不好走。

沈晞專注看著外頭的雪景，沈寶嵐因為不自在而不吭聲，沈寶音也始終一副老實的模樣不說話，三個丫鬟自然也沒有出聲了。

大約一個時辰之後，沈府一行人到了翠微園。

翠微園內的主道上，積雪已經被清理過，路面上撒了木屑。雖然有些不乾淨，但至少不會因為濕滑而滑倒，那才叫丟了大臉。

秋天時，沈晞來過翠微園，下雪後的翠微園果然景致不同，有著別樣的美麗。除了主道之外，園中草木的積雪未被清除，各處還掛上琉璃燈，替銀裝素裹的世界帶來許多色彩。

沈晞一行人剛下馬車不久，便有一小群人在遠處道：「沈姊姊！」

那是奚扉、魏倩、鄒楚楚和陶悅然等人，另外還有一個少年，書生氣十足，看著大約十六、七歲的樣子。

來玩的人多在入口處會合，然後一起往園子裡走。沈晞和沈寶嵐快步走過去，沈寶音遲疑一下，也慢吞吞地跟上。

在一群群的人之中，沈晞發現了個落單的姑娘，正是陳寄雨。
陳寄雨帶著丫鬟，孤零零地站在那裡，眼巴巴地望著沈晞的方向。
褚芹是不敢再來翠微園的，因此淮陰侯府收到請帖後，僅有陳寄雨厚著臉皮過來。
淮陰侯府的人只知道沈晞是從鄉下認回來的，卻沒人知道陳寄雨與沈晞是舊識。褚芹見陳寄雨好奇要去翠微園，還勸過陳寄雨小心沈晞，千萬不要招惹她，不然會撞鬼。
陳寄雨很興奮，她才不怕，什麼撞不撞鬼的，胡說八道。上回她沒跟沈晞多說幾句話，賞雪宴時定要多聊一會兒。
可是，等她過來，發現所有人都是有伴的，也沒什麼人認識她，所以無人來跟她說話。
沈晞總覺得陳寄雨看著她的表情，似乎下一刻就要哭出來了，像是個被拋棄的小孩，執著地等著等不到的家人來接。心中一嘆，揚手朝陳寄雨招了招。
這一刻，陳寄雨灰暗的雙眸瞬間亮了，快步走過來。
其餘人不解地看著沈晞，沈晞輕咳一聲，道：「這位是淮陰侯府的表小姐，我跟淮陰侯府有幾分交情，大家一起玩吧。」
知道內情的眾人無言了，沈晞跟淮陰侯府之間是交情嗎？
可既然是沈晞接納的人，大家都沒有意見，接下來一行人互相介紹一番，沈晞不認得的少年是陶悅然的未婚夫，名叫任泓義，父親是翰林院檢討。任泓義在國子監讀書，這幾日下雪，國子監放假，便也來了。

雖說翠微園是趙懷淵的，賞雪宴也是趙懷淵辦的，但來赴宴的都是年輕男女，可以只管自己熱鬧，不必擔心跟趙懷淵有什麼衝突。

一行人在僕從的引領下往裡面走去，先把整個翠微園逛一遍。

附近的雪都是整塊的，沒有被踏過，惹得年紀小的少年少女們伸手抓雪，捏在手中玩。

南園很大，眾人因賞景而走得很慢，不知誰提議的，想讓沈晞帶他們去傳說中的水池。

沈寶嵐自告奮勇引眾人過去，沒想到水池邊已經圍了不少人，還有人探頭探腦，嘴裡好奇地問：「真的有女鬼嗎？長得好看嗎？」

有人接話。「聽說那女鬼幻化成沈家二小姐的模樣，要知道好不好看，看她就行了。」

那人便說：「那多半不好看吧？聽說鄉下來的，日日勞作，只怕是又黑、又瘦小。」

接話的人又道：「這你就不知道了，聽說是個大美人！」

那人不屑。「能有多美？」

沈寶嵐不開心了，她二姊姊天下最美！

她大聲道：「二姊姊，當時我真以為妳掉進水裡，都快哭昏過去了。」

說話的人聽到聲音，轉過頭來，望向沈寶嵐和被沈寶嵐看著的沈晞，愣了愣。

今日出門賞雪，不想讓自己也一身白，沈晞便挑了一身紅衣，配上黑色披風，讓精緻五官頗有幾分明豔和英氣。

沈寶嵐見那兩人看呆了，心中得意至極，陰陽怪氣道：「有些人，狗嘴裡雖吐不出象牙，但好歹眼睛沒壞，知道美醜。」

說閒話的人羞愧得紅了臉，匆匆離開了。

完成狗腿任務的沈寶嵐挑釁地瞥陳寄雨一眼，眼神裡透露出明晃晃的炫耀。

陳寄雨沒看到，她跟在沈晞身邊，小聲地問：「溪溪姊，妳當時真沒事啊？」

沈晞道：「晚點我們細說。」

陳寄雨乖順點頭，她從未來過翠微園，原來是如此美麗。可惜褚芹被所謂的女鬼嚇破膽，不敢再來了。

等到一行人逛得差不多，便有僕從引導他們去北園用午飯。

今日天冷，就在不同的房間裡擺了大小各異的桌子，下人們一一安排眾人入座。

趙懷淵不玩虛的，好玩的都在下午，因而誰跟誰坐問題不大，也就吃一頓飯的工夫。

沈晞走在靠後的位置，見奚扉幾人被領到同一間廂房，落下她和沈寶音。

沈寶嵐和陳寄雨見沈晞要被帶到別的地方，當即站起來，被沈晞抬手虛按了下，才不怎麼高興地坐下。

沈晞心有所感，繼續和沈寶音往前走，路過一間廂房，沈寶音忽然道：「二姊姊，我有些熟識的手帕交在這裡，妳可要與我同來？」

沈晞掃了眼引路的下人，見他面上帶有焦急之色，像是真怕她答應了，笑道：「不用，妳那些手帕交等會兒寫詩嘲諷我怎麼辦？我又聽不懂，只能用家鄉話罵回去，破壞筵席的氣氛，那就是我的不是了。」

沈寶音道：「是，那二姊姊自便。」進了廂房。

沈晞心情很好地獨自跟著鬆了口氣的下人走了。下人有下人吃飯的地方，沈晞早就讓小翠去吃了，沒要小翠伺候。

下人引著沈晞到了一處僻靜之地，彎腰行禮後離開。

沈晞推開門，裡面只有趙懷淵一人。

他似是等得有些焦躁了，坐姿很隨便，聽到動靜，忙坐直了身子，對沈晞招手。

「妳總算來了。快過來，菜都要涼了。」

屋子裡很暖和，沈晞脫下披風，往旁邊一掛，走到趙懷淵對面坐下。

趙懷淵的目光落在沈晞身上，隨即挪開，掩飾似的說：「已經查出那對母女的去向。」

沈晞微微驚訝。「這麼快。」

趙懷淵笑道：「畢竟答應了妳，不好再拖延那麼久。其實兩日前便查到了，只是不方便去找妳。」

如今他不好去侍郎府了，也不能老是翻牆，翻的次數多，總有被人發現的時候，那可比被人得知他與沈晞有來往更嚴重，是私相授受了。

他不等沈晞再問，便道：「岑鳳確實是被賣去侍奉征西大將軍的孫子，這麼多年過去，連屍骨都找不到。而王岐毓被賣往南方，幾經輾轉，到了一個富戶家當丫鬟，但那富戶十來年前就破敗了，王岐毓的下落還要再繼續查探。」

岑鳳的死，沈晞早有準備，如今聽到王岐毓並未被賣入那種骯髒地方，不由鬆了口氣。「謝謝你如此上心，能這麼快查到這一步，我已經很滿意了。」

趙懷淵喜上眉梢。「應該的。妳不怪我，我做再多也甘願。」

沈晞拿起桌上的酒壺，為趙懷淵和自己各倒一小杯，舉杯道：「願我們的友誼長存。」

趙懷淵也拿起酒杯。「我們永遠是朋友！」一飲而盡，又說：「妳喝一小口便好，這酒雖不烈，到底是酒。」

沈晞從善如流。酒是清冽的梅子酒，微溫，入腹後沒有太過灼燒的感覺。

她不喜歡酒，也不知自己酒量如何，喝了一口後，便將酒盅放到一旁。

趙懷淵露出些許懷念的神情，道：「我們到了京城後，就沒有一起吃過飯了。」

來京城的路上，兩人沒那麼多束縛；在京城，未婚男女單獨吃飯，怎麼聽怎麼有事。

沈晞不跟趙懷淵客氣，拿起筷子道：「我走了好長的路，都餓了。讓我瞧瞧趙王府準備的筵席是何水準。」

趙懷淵殷勤地介紹。「這桌是我要趙王府的大廚另做的，那大廚從前可是名廚，被我挖來的。妳嚐嚐，這是他的拿手好菜。」

二人邊吃邊聊，沈晞問他，午後有些什麼安排？

趙懷淵道：「午後先消食，我請了個會冰嬉的戲班，看完表演再去玩。」會冰嬉的戲班？沈晞露出有些奇妙的神情。「是邊溜冰邊唱戲嗎？」太過獵奇了吧！

趙懷淵的表情更奇妙。「還有邊溜冰邊唱戲的戲班？」好像很有趣啊。

沈晞看看他，趙懷淵這才恍然大悟，哈哈笑道：「不是！是那戲班除了會唱戲，還會不少冰嬉花樣，保證好看。」

沈晞點頭。「那等會兒我可要好好看看。」

趙懷淵說：「不過妳說的邊冰嬉邊唱戲，似乎也不是不能，晚點我問問戲班班主。」

沈晞無語。還是他獵奇，畢竟是能為了看雨神娘娘而差點掉進水裡淹死的奇人。

兩人快吃完時，外頭忽然傳來一陣喧譁聲，似乎是有人大白日便喝醉了，在那裡喊：「趙王爺，你在哪裡？不是你辦的宴會嗎，人呢？」

趙懷淵立即站起來，悄悄打開一條門縫，看看外面的情況。

沈晞慢條斯理地擦了嘴，拿茶水漱口，起身穿上披風。「我先走，還是你先走？」

趙懷淵忙道：「我先吧。門外是恩義伯家的嚴宏章，我離京前同他玩過，回來後便沒與他們在一起。哪知今日他沒請帖也來了，還喝多了，我去將他帶走。」

不方便找沈晞玩的時候，他曾因為無聊找別人一起玩，但總覺得沒有意思，什麼好玩的小玩意兒、好聽的樂曲、好吃的飯菜，全引不起他的興致。

但跟沈晞在一起卻全然不同，哪怕是像今日這樣安安靜靜地吃飯，時不時聊上幾句，他都覺得很愉快，一點也不覺得無聊。

趙懷淵先閃身出去，沈晞坐了一會兒，直到聽不見外頭的動靜，才慢慢走出門。

沈晞回廂房時，小翠正在找她。小翠早跟南珠一起吃完了午飯，只是南珠很順利就找到沈寶嵐，小翠卻怎麼都找不到沈晞，快急哭了。

沈晞連忙安慰她，與眾人會合後，大家一起去看會冰嬉的戲班。

北園這邊有一片大湖，因為連日下雪，湖面已經結了厚厚的一層冰，在上面蹦蹦跳跳也不怕裂開。

湖邊有座三層小樓，臨湖的方向敞開，安排了不少位置。沈晞一行人來得略晚，只能選大家都不喜歡的一樓。一樓視野不夠好，但看個熱鬧足夠了。

沈晞坐下後，左邊是沈寶嵐，右邊是陳寄雨，一會兒是沈寶嵐嘰嘰喳喳地問著戲班會演些什麼，一會兒是陳寄雨低聲詢問沈晞來京之後的事。沈晞同時跟她們說話，忙得很，直到戲班入場才停下來。

上場的男女模樣姣好，穿著略緊身的青色服裝，雖然鼻頭都被凍紅了，依然滿臉笑容。他們的表演包括單人、雙人，還有多人的。各種拋接、蹲地動作不斷，看臺這邊的驚呼聲就沒有斷過，眾人看得津津有味。

沈晞也覺得好看，見不少人都在打賞，遂也掏出一張二十兩的銀票，說是她、沈寶嵐和陳寄雨一起給的。兩個姑娘都沒什麼錢，她這個做姊姊的得幫她們省點銀子。

不過，這樣大方的年輕小姐還是少，戲班班主收賞銀時，連連對她們說了好些吉祥話。

沈晞想起什麼，側頭對陳寄雨道：「等會兒若時辰還早，咱們找條街逛逛。我比妳早來京城便是主，妳是客，一定要送妳見面禮。」

陳寄雨道：「溪溪姊，妳跟我客氣什麼？妳賺銀錢不容易，我才不要亂花。」

沈晞說：「我被認回來時，我父親為了補償，給了六千兩。」

陳寄雨頓時瞪圓了眼睛。六千兩！她爹一年的俸祿才幾百兩，只夠他平日的開銷和迎來送往，還是要靠家裡的產業和她娘的嫁妝支應著。

她娘並沒有瞞著她，就算家中所有田產和鋪子全賣了，也不會有六千兩。當年她娘親是不受寵的庶女，嫁給她爹時，僅有價值一千多兩的嫁妝。

她低呼一聲。「溪溪姊，妳好富有！」

沈晞笑道：「這樣敢花我的銀子了嗎？」只有這六千兩是能拿到檯面上來說的，要是把其餘的五萬五千兩說出來，陳寄雨怕是要以為她瘋了。

「敢，怎麼不敢。」陳寄雨連連點頭，摟著沈晞的手臂。「溪溪姊真好！」

其實她沒什麼想買的，但能跟沈晞再一起逛逛，就覺得很高興。

沈寶嵐見她們竊竊私語，不甘心地湊過來。「二姊姊，妳們在說什麼？我也想聽。」

陳寄雨搶先道：「這是我跟溪溪姊的秘密！」

沈寶嵐氣紅了臉，心中憤憤：妳跟二姊姊能有什麼秘密，有我跟二姊姊的秘密大嗎？妳甚至不知道二姊姊跟趙王交好！

這麼一想，沈寶嵐平衡多了。

恰好，場上有個極為精采的動作，眾人一陣歡呼，三人便繼續觀看起來。

第三十七章

這一場冰嬉表演有半個時辰，眾人看完也消了食，接下來便三三兩兩去玩了。

整個北園被劃分成好幾區，各有不同的安排，沈晞先簡略地看了一圈，莫名有了一種熟悉感。

這好像是她小學時的園遊會，玩遊戲還會根據不同成績給不同的證明，最後結算換成獎品。不過賞雪宴就沒有獎品了，主題就是玩。

一堆人擠在一起，玩起來不方便，因此沈晞、沈寶嵐和陳寄雨成了一組。至於沈寶音，吃完午飯之後就不見蹤影，大概是跟她的手帕交一起玩了。

沈晞對古代的溜冰很有興趣，去場邊找下人拿了一雙溜冰鞋。這種鞋子是船型的，綁在鞋子外即可，鞋頭部分高高翹起，還嵌了鐵片。

沈寶嵐和陳寄雨同樣十分有興趣，她們都沒玩過這個。

三人從湖邊特地為新手架的欄杆旁開始慢慢滑。沈晞會武藝，很快掌握了平衡，一下子滑了出去，猶如一隻張揚的紅鳥，在冰面上翩飛。

沈寶嵐瞪眼看著沈晞流暢的動作，險些沒站穩，喊道：「二姊姊，妳別丟下我啊！」

沈晞邊滑邊回頭大笑。「妳們兩個慢慢學！」

這溜冰鞋做得夠精緻，摩擦力沒有很大，她在冰上前進得很輕鬆，滑得快了，便有風馳電掣的感覺。

場邊的沈寶嵐和陳寄雨看得心驚肉跳，沈寶嵐忍不住小聲問陳寄雨。「二姊姊從前在你們那裡，也是學什麼都快嗎？」

陳寄雨聞言，自豪道：「這還不算什麼呢。每年濛北縣都有慶祝豐收的雨神節，溪溪姊跳的那支豐收舞才叫絕！她在數丈高的木桿上跳來跳去，我每次看都忍不住捏把汗，生怕她會掉下來。」

沈寶嵐想像了下，臉都白了。「二姊姊好厲害！」

陳寄雨的目光跟著沈晞的身影。「那還用說？溪溪姊是我見過最厲害的人了。」

反觀她們，握著欄杆滑，仍然腿軟，隨時可能往前或往後的不受控感覺太可怕。

兩人對視一眼，沈寶嵐道：「我們繼續練吧，我也想像二姊姊一樣厲害。」

陳寄雨點頭。「雖然不可能趕上溪溪姊，但能追上一些是一些。」

而湖邊的小樓上，趙懷淵站在三樓往下望，見沈晞滑得那麼快，心驚肉跳，抓著柱子的手冒出青筋，焦躁地說：「沈晞不會摔吧？這麼快，倘若摔一跤，腿都能摔斷了。」

趙良勸慰道：「主子不必擔心，沈二小姐連那樣難的豐收舞都能跳，這不算什麼的。」

趙懷淵點頭，明白趙良說得有理，但還是擔心，想了想道：「不行，我得下去陪她。」

趙良為難了。「可是，您從前沒溜過冰啊。」

趙懷淵一臉自負。「這有什麼難的？以我的天資，學這個不是手到擒來。」

趙良無法反駁，只得道：「主子說得是。」

他捏了捏手腕，看來得陪著主子上場丟人了，他也沒玩過這東西啊。

在湖上溜冰的人不多，沈晞的動作吸引了一些人的目光，但她不在意，只管自己痛快。

這時，沈晞眼角餘光看到荷香在湖邊拚命招手，覺得玩得差不多了，遂滑到荷香面前。

「有什麼事？」

荷香一頭冷汗，焦急道：「二小姐，奴婢找不到寶音小姐了。」

沈晞邊脫鞋子邊挑眉。「她不是跟她的手帕交在一起嗎？」

荷香飛快地說：「原先是這樣的，可後來寶音小姐的衣裳不慎被人弄濕，奴婢回去拿了衣裳再來，寶音小姐便不見了。」

沈晞讓荷香帶路，邊走邊想，這是針對沈寶音的套路，還是針對她的？好像都有可能。

自古假千金身分尷尬，她就不相信曾跟沈寶音來往的貴女如今還能毫無芥蒂，說不定其中就有以往明爭暗鬥的人，想讓沈寶音出醜。當然也不排除是沈寶音跟荷香聯合起來，想讓她落入某個圈套。

不管怎樣都行，她現在就去看個究竟。

等趙懷淵匆匆下樓，拿來冰鞋想換上時，發覺沈晞不見了。

他去找沈寶嵐和陳寄雨，卻發覺那兩個小丫頭還在抓著欄杆拚命練習，不敢鬆手。

趙懷淵蹙眉。「沈晞若是玩膩了，不會不叫上她們，一定是有什麼意外情況。」

趙良道：「小人去問問。」

他隨便找了幾個人，問出沈晞跟一個丫鬟模樣的人走了，而看樣貌不是小翠。

趙懷淵急了。「她怎麼總敢一個人亂跑！」

趙良安撫道：「主子不必擔心，沈二小姐不是會吃虧的人。」

趙懷淵說：「你不懂！沈晞太光明磊落了，她根本不知道有些人的心眼有多髒。」按照下人指點的方向追了過去。

另一邊，沈晞發覺荷香在將她往偏僻的地方帶，附近都沒有人，遂佯裝無知無覺地問：「寶音怎麼來這麼偏的地方？」

荷香回答。「是柳小姐她們說這邊有好景色，寶音小姐才跟她們來的。」

又走了一會兒，沈晞終於察覺前方有人了。

前面是一段小徑，小徑邊是高大的樹木，樹上滿是積雪；另一邊是一座假山，正有一人扶著假山站著。

「寶音小姐！」荷香喊了一聲，急忙走過去。

沈晞不只感覺到一個人，假山上還有好幾道凌亂的呼吸呢，這是準備在她過去時用石頭砸死她嗎？

她抬頭，發現旁邊有棵高瘦的樹，樹枝全延伸到假山上方，忽然一笑，快步走上前，聲音焦急道：「寶音妹妹，妳怎麼了？」

荷香站在她前進的路上，她這麼擔心沈寶音，不小心把荷香推開了是合理的吧？荷香這麼大的人，不小心撞上那棵樹，把樹上的積雪撞下來，也很合理吧？

於是，在假山上的一大堆積雪被推下來的時候，荷香哎喲一聲撞在樹上，樹上的積雪全部掉落，假山上頓時響起一陣驚呼。

沈晞早乘機躲開，於是積雪全砸在假山下的沈寶音身上；荷香撞了樹，樹上的積雪也落了她一身。

假山上傳來驚恐的聲音。「積雪裡該不會有蟲子吧？我怎麼覺得脖子癢！」

好像是傳染病一樣，其餘女子也叫起來。

只有沈晞一人乾乾淨淨，面露失望。就這樣?!

沈晞裝出發覺上當的樣子，不可思議道：「寶音妹妹，妳聯合外人一起捉弄我嗎？若非我躲得快，就要被積雪砸個正著了。」

這時，沈寶音終於將自己的頭從積雪中扒拉出來，看著清清爽爽的沈晞，再看她跟荷香的狼狽，一時間竟不知該說什麼好。

沈晞抬頭望向上方。「幾位小姐下來一見吧，妳們逃不掉的。」

小姐們繞過假山下來，都是一身狼狽。積雪黏在頭上和身上，很難一下子拍掉，不一會兒便融化。等她們下來時，身上多多少少有些濕了。

這會兒，沈寶音終於反應過來，甚至來不及拿帕子擦去身上的雪，盈盈望著沈晞。

「二姊姊，我沒有想捉弄妳。我是扭了腳，靠在這兒歇息。我不知道妳會來。」

她望向幾個小姐，紅著眼眶道：「我沒想到妳們會如此。」

領頭的小姐冷眼看著沈寶音，很是氣憤。明明想捉弄人的，怎麼最後成了她們被捉弄？

此時，急得差點走錯路的趙懷淵終於追上來，一見到幾個姑娘的狼狽模樣，不禁驚奇道：「妳們在打雪仗？」

眾位小姐臉色不太好看，沈晞噗哧笑出聲來。

趙懷淵看到沈晞毫髮無傷，便放鬆下來，聽見沈晞笑了，也忍不住露出笑容。

「天氣冷，妳們別著涼，不然就是本王的過錯了。」

打頭的小姐反應過來，目光冰冷地在沈晞和沈寶音之間打轉，最後落在沈晞身上，向趙懷淵行禮告辭後，轉身走了。

這虧，她們不想吃，也得嚥下去了。

沈晞還很欠揍地在後面喊：「幾位小心點，雪天路滑，別跌倒了，那就太丟人了！」

幾位小姐灰溜溜地離開，已經夠丟人，而且這副樣子還被趙王撞見。

在趙懷淵來之前，沈晞本想繼續跟她們掰扯，只是他一來，她們自然沒臉承認設下陷阱的事，連追究也不追究，直接走人。

這樣也好，見她們憋屈地離去，沈晞也開心。

不過，她有些想不通，這齣戲就這樣嗎，沒有更多的後續？

她看向沈寶音。如果有的話，這會兒該使出來了吧？畢竟趙王在呢，這麼好的機會。

沈寶音靠著荷香的手臂，眼角泛紅，模樣柔弱無比，含著清淚的眼睛望著沈晞。

「二姊姊，我真沒有想要捉弄妳。我扭了腳，動彈不得，這才讓她們拿我當了餌……終究是我的錯，差點害到二姊姊，妳怎麼怪我，都是應該的。」

沈晞忍不住想，這是以退為進，用這種柔弱姿態博取趙懷淵的同情和好感？沈寶音的目標是趙懷淵嗎？

趙懷淵沒看沈寶音，只看著沈晞，見沈晞看過來，當即道：「這裡是本王的園子，下回沈二小姐再遇到什麼事，來尋本王就好。」

沈晞想，如果沈寶音的目標是趙懷淵，那必定要失望了，他根本就沒多注意她。

「我知道了。」沈晞嘴上應下，但下回還是不改。

沈寶音在荷香的攙扶下上前，微微仰頭望著沈晞。「二姊姊，妳信我。」

沈晞看不出沈寶音是否在撒謊，但沈寶音此刻扭了腳，還一身的雪和水，著實狼狽。此時沈寶音示弱是正常的，因為沈寶音的身分尷尬，而她這個真千金又夠強勢。

沈晞沒回答沈寶音的問題，只笑了笑。「妳的衣裳都濕了，先讓車夫送妳回家吧。」

沈寶音似有些失望，仍乖巧地應下。「好的，二姊姊，妳和寶嵐妹妹玩得盡興。」

她說完，規規矩矩地向趙懷淵行禮，隨後被荷香攙著走遠了。

趙懷淵見沈寶音走了，剛想開口提醒沈晞，以後別單獨跟人亂跑，就聽她冷不防地問了一句——

「王爺，在我沒看到的時候，沈寶音有沒有勾引過你？」

趙懷淵一愣，嘴巴比腦子動得快。「我怎麼會被她勾引?!」

趙懷淵答非所問，但沈晞沒太在意，沈寶音的目標似乎不是趙懷淵。

但她依然提醒了一句。「王爺，接下來這段時日，去哪兒都別讓趙統領離開你身邊。」

趙懷淵以為她是看到趙良不在才不放心，解釋道：「我是怕妳吃虧，才叫趙良與我分開找的。」

沈晞笑道：「王爺，你什麼時候見我吃過虧？」

剛剛趕來的趙良遠遠聽到這句話，心道他早就說過了，誰吃虧，這麼精明的沈二小姐也吃不了虧啊。

趙懷淵反駁。「沒有嗎？那日我初見妳，妳就把一個陌生人放進院子，若非我恰好看到，他就傷到妳了。」

沈晞心道：那你記不記得我還帶你這個陌生人回家換衣服了？不能放那個陌生人進來，但能放你這個陌生人是吧？

但她不好暴露自己有底氣，只能道：「那時屋裡不是還有王爺在嗎？」

趙懷淵一聽，瞬間喜上眉梢。「妳見我第一眼，便知我可靠了？」

沈晞道：「是啊，王爺這面相，寫滿了可靠二字。」

嘖，擁有那張絕美容顏的男人，怎麼可能是壞人呢——至少當時有瞬間她是那麼想的。

趙懷淵眉眼彎彎，笑容滿面。「還是妳有眼光！可見我們是命中注定要成為朋友的。」

兩人好不容易能相處，趙懷淵捨不得就這麼放沈晞回去，便道：「有座觀景樓可以看到整個翠微園的景色，妳要不要去看看？那兒的門鎖著，只有我們去。」

沈晞欣然道：「好啊。」

趙懷淵走近沈晞，與她並肩，引導她往前走。

趙良默默地跟在趙懷淵身後。方才沈晞幾句就哄得主子開懷，幸好她目前看來對他家主子沒那方面的興趣，不然一句話就能讓他家主子開竅了，而以他家主子的性子，肯定要跟不可能看得上沈晞的太妃娘娘狠狠鬧上一番。

他不禁向神佛祈禱，希望沈晞永遠不會對他家主子生出興趣。

路上，沈晞想起剛才那幾位小姐，問道：「王爺，你認得那些人嗎？」

趙懷淵怔了怔。「打雪仗的那幾個？領頭說話的，好像是榮華駙馬家的親戚。」轉頭看向趙良。

趙良道：「回主子，那是駙馬的外甥女柳憶白。駙馬胞妹嫁給都察院左都御史之子。」

沈晞心道，柳憶白就是荷香說的柳小姐，看來從前跟沈寶音是同一個圈子的。但看柳憶白的性子，大概跟沈寶音不怎麼對盤。

從前沈寶音好歹是侍郎府的嫡女，兩人再怎麼不合，也不好搞出什麼亂七八糟的事。如今沈寶音沒了身分，自然會發生作踐她的事。

趙懷淵對柳憶白這個名字很陌生，只因榮華長公主是他姊姊，偶爾會在一些宮宴上見到柳憶白，勉強記得那張臉，其餘的完全不了解。

回想那幾人的狼狽模樣，趙懷淵頗有興致地問：「她們怎麼招惹妳了？」

沈晞一臉無辜。「是意外。她們似乎想在假山上埋伏，好將積雪推到我身上，哪知樹上的積雪卻掉下來，砸了她們一頭。」

趙懷淵哈哈大笑，顯然不信沈晞說的，卻沒戳穿，看到觀景樓就在前方，快走兩步。

「快來，就是這裡了。」

眼前的觀景樓有五、六層那麼高，造型有些像塔，簷角飛揚。

入內的門果真鎖著，趙懷淵使個眼色，趙良便撿了塊石頭，把鎖砸了。

沈晞一頭霧水，自己家的門不用鑰匙開，用砸的？忍不住四下看了看。

趙懷淵疑惑道：「妳在看什麼？」

沈晞幽幽地說：「我在把風。」

趙懷淵忍不住大笑。「去取鑰匙太麻煩了，不如砸了方便。」

沈晞道：「它鎖著是不是有原因的？比如破損嚴重，入內危險？」

趙懷淵擺擺手。「不是。妳放心好了，觀景樓去年剛修繕過，只是我喜歡這兒，不想讓別人進去。」

趙良推開門，趙懷淵遂一馬當先走了進去，沈晞跟著入內。

一樓很大，中央擺了個小佛像，牆壁上有一些佛教壁畫。樓梯在側邊，螺旋向上。

沈晞跟著趙懷淵走上樓梯，而趙良站在一樓守著，並未跟上。

接下來的四層樓都是空著的，只有一些花瓶裝飾。六樓是最小的，各個方向都有窗戶能打開，正南正北各有一座露臺，可以站出去眺望遠方。

趙懷淵帶沈晞來到正南的露臺，指著下方道：「那邊就是南園，好看吧？」

今日賞雪之後，不少雪都被踐踏，可從高處往下看，那點小瑕疵便看不到了，整座南園雪白一片，如畫中仙境一般。

趙懷淵笑道：「我小時候就喜歡來這兒登高遠眺。那時候，我才六歲，搆不著欄杆，每次只能墊個小凳子。」

他回頭掃了一圈，在角落裡發現一張陳舊的木凳，歡喜地指著它，笑道：「妳看，這便是我小時候用的，還在呢。」

沈晞順著他的手看過去，想像著小小的趙懷淵雙手捧著凳子，辛辛苦苦走到露臺，再顫顫悠悠地爬上去，雙手扒著欄杆向遠處望，漂亮的眼睛裡滿是欣喜和驚嘆，不禁笑了。

「可愛。」

趙懷淵感慨地說：「我用了兩年。後來個子竄得快，就用不著了。」

這裡是獨屬於他的秘密基地，不高興的時候愛來這兒看看，但這次回京之後沒再來過。他好像忘記了這裡，情緒低落時，只要想到沈晞，便能好起來。

因此，他帶她來這裡，想與她一起分享。

接下來，誰也沒有再說話。

沈晞微微瞇著眼，感受涼意十足的風，心情疏闊。

趙懷淵悄悄打量沈晞，見她神態放鬆，顯然是喜歡這裡，心情跟嘴裡吃了蜜似的。他喜歡的地方，她也喜歡。

兩人不知站了多久，沈晞才道：「我們走吧。再不走，我妹妹該擔心了。」

趙懷淵遺憾，卻也理解，依然在前面領路，叮囑沈晞小心腳下。

趙懷淵跟沈晞在見到人之前分開，主僕倆遠遠跟在沈晞身後，見她平安跟沈寶嵐和陳寄雨會合，這才離去。

沈寶嵐和陳寄雨早發現沈晞不見，小翠說是荷香把她叫走了，沒讓她跟，便著急了。陳寄雨覺得，假千金能對真千金有什麼好心思啊，沈晞現在肯定很危險。

沈寶嵐雖然嘴上沒說，但心裡也有些擔憂。奈何兩人找了半天都沒找到人，正焦急地想著是不是要去請趙王幫忙，就遇到了悠哉走回來的沈晞。

兩人頓時跟一千隻鴨子一樣吵吵嚷嚷，沈晞趕緊說自己沒事，安撫她們，並順口說了沈寶音弄濕衣裳先行回去之事。

接下來，三人隨意逛了逛，就到了該回家的時辰。

雖是趙懷淵邀請眾人來玩，但他沒露臉。眾人告辭時，跟管事提一句，便坐馬車離開。

沈晞按照之前答應的，帶著沈寶嵐與陳寄雨到沈晞最熟悉的平安街上逛了逛，讓陳寄雨挑了些想要的小玩意兒當禮物後，才各自回府。

第三十八章

沈晞回到府裡，發現沈寶音不知何時已等在桂園門口，臉色異常蒼白，不由蹙眉。

「妳怎麼站在這兒等？病了好讓父親怪我嗎？」

沈晞說話沒有拐彎抹角，沈寶音聽了，面色更是蒼白，低頭柔弱道：「二姊姊誤會我了，是我心中不安，怕二姊姊誤會，才想著盡快同妳解釋清楚。二姊姊還未回來，我不好進桂園，便在這兒等著。」

沈晞的目光微微下垂，看見沈寶音凍紅的鼻尖，也不折騰她了。「進來吧。」

她脫下披風掛好，讓小翠去準備熱茶，招呼沈寶音坐下，親自為沈寶音倒了一杯茶。

「喝點熱的，暖暖身子。」

沈寶音道謝，小口小口喝著茶。

沈晞見她喝了幾口就不喝了，道：「妳說吧，我等妳解釋。」

沈寶音驀地望向沈晞，眼中似有淚水在打轉。「謝謝二姊姊願意給我一個機會。」

這聲謝，沈晞聽得心虛，她確實是給了機會，但不一定是好機會，她就想看看沈寶音打算做什麼。

沈寶音低下頭，語氣失落。「以前我跟柳小姐是同一個詩社的，因往常一道參加的宴會較多，便比其餘人熟悉些。我本當她是手帕交，以為如今這樣……她也願意接納我。是我天真了，今日被她裝出的假象迷惑，上了她的當，還差點連累二姊姊。」

她是故意的，明知那些所謂的名門貴女對身分看得極重，以她如今的尷尬，她們不來找麻煩便是好的了，非要湊到她們面前去，讓她們排擠她，甚至生出作弄她的心思。

她哽咽了一聲，繼續道：「柳憶白極為記仇，今日沒能占到便宜，反而吃了虧，今後二姊姊再遇到她，定要小心。」

若非柳憶白記仇，她也不會找上柳憶白。她雖然待在院中，但自有荷香替她探聽各種消息，其中自然包括沈晞的。她發覺，沈晞與人交鋒，幾乎從未落過下風，若有人要欺辱沈晞，受辱的反而是他們自己，沈晞是個完全吃不得虧的性子。

今日一看，果真如此。唯有沈晞無事，連她在內，其餘人都成了落湯雞。

然而，如果有人對沈晞好，她是會回報的。就像沈寶嵐，狗腿似的賴在沈晞身邊，真拿沈晞當姊姊，沈晞便對她好，甚至買了很貴的首飾給她。

還有最重要的一點，她聽說了一些跟趙王相關的流言，總覺得其中可能另有隱情，今日總算讓她看出端倪。在翠微園中，趙王尋來時，目光幾乎沒從沈晞身上挪開過。她不知沈晞對趙王是何感覺，但她知道，一旦沈晞有事，趙王一定會站在沈晞這邊。

一切合在一起，她才有了謀劃的餘地。

沈晞笑了一聲。「今日，妳便是為了讓柳憶白與我結仇？」

沈寶音微驚，連忙搖頭，神色懇切。「二姊姊，我真的沒有。我本不想讓荷香去找妳的，我知道自己身分低賤，只求安穩度日罷了。」

她曾是侍郎嫡女，是京中出名的才女，如今卻成了過街老鼠，人人都能踩她一腳，隨意輕慢，她無法接受。

只是一個身分而已，她自己沒有，便向別人要。

沈晞托著下巴看沈寶音，忽然問：「後日榮華長公主的壽宴，妳要去嗎？」

沈寶音藏於衣袖中的手指驀地捏緊，低聲說：「我不願再替二姊姊添麻煩。」

沈晞打量著沈寶音，她怎麼覺得，沈寶音滿臉都寫著想去呢？

若是一般的真千金，肯定不讓沈寶音去，沈晞卻笑道：「我不覺得麻煩，一起去吧。」

沈寶音沒想到會這麼容易，愣怔一下，正想推拒，但想到沈晞的性情，怕她一推，沈晞就真的不讓她去了，遂道：「謝謝二姊姊願意接納我，這回我絕不會給二姊姊添麻煩的。」

二人身分尷尬，沒有什麼能聊的，得到滿意結果後，沈寶音便起身告辭。哪怕是穿著披風，背影也顯得柔弱不堪，好像風一吹就折了。

等沈寶音走後，沈晞才舒坦地喝起了茶。

今天只是伏筆，沈寶音真正想做的事，會發生在榮華長公主的壽宴上。

這個壽宴，身為駙馬的外甥女，柳憶白是一定會去的。沈寶音與柳憶白勾結在一起，打算搞她？還是說，沈寶音打算搞柳憶白，或者搞她？不管是哪一種，都教沈晞血液沸騰。

加油啊，沈寶音，讓我看看妳究竟有什麼本事。

初九下午，沈晞帶上沈寶嵐和沈寶音，坐馬車去榮華長公主府。賀禮是韓姨娘準備的，沈晞當然不會拿自己的錢幫沈府做人情。

今日的榮華長公主府十分熱鬧，各家馬車絡繹不絕。

但在沈晞看來，榮華長公主府比趙王府遜色不少，可見兩人在宴平帝面前的受寵程度。

沈晞一行人在管事的帶領下，進入長公主府，一一落坐。

宴客廳在水榭旁，燒了足量的銀絲炭，門窗全開著也不冷。宴客廳分成好幾個隔間，男女分開坐，朝著水榭這邊視野極好，所有人都能看到水榭中正在表演的歌舞。

今日宴會是復古的分餐，一張小桌子跪坐一人，沈晞等人的位置不前不後，坐在一起。

壽宴未正式開始，但水榭中的歌舞不停，不讓先到的賓客無聊。

一名美麗的舞姬在跳舞，穿得很單薄，白皙肌膚凍得泛紅，但舞姿絲毫未受影響，依然嫵媚動人。

一曲舞畢，舞姬下去，沈晞才收回目光，看著外面經過的客人。絕大多數人她都不認識，也有幾張熟面孔。

她還瞧見了趙懷淵，他好像知道她在哪裡似的，直直看了過來，但礙於場面，只能面無表情地轉開目光。

冬日天黑得早，四周點上了燈，榮華長公主帶著駙馬和兒子現身。

榮華長公主的模樣看起來不過三十上下，生得極好，五官十分明麗，有一股屬於天潢貴胄的傲氣。

她剛落坐，便有一位中年公公趕來，送上宴平帝的祝福和一張長長的禮單。

唱完禮單，榮華長公主面上帶了笑，道：「見何公公一次不容易，不如坐下喝杯酒。」

何壽笑著擺手。「皇上等著老奴回去覆命呢，長公主勿怪。」

榮華長公主雖是宴平帝的親妹妹，也要給他的心腹面子，遂不強留，客氣地將何壽送走了。

不知是不是沈晞的錯覺，她總覺得，何壽走之前，好似往她這邊看了一眼。

她聽趙懷淵說過，這位何公公是自小跟宴平帝一道長大的，因而情誼深厚，很多要緊事都會交予何公公去做。有沒有可能，宴平帝得知了趙懷淵身邊有她的存在後，查過她？

沈晞只當沒注意到何壽的眼神，她出入謹慎，不怕查。

送走何壽後，榮華長公主面上的笑容更真切了些，目光在適齡女子身上打轉，對其中幾個的容貌和儀態十分滿意，拉了兒子竇池過來。

「今日母親替你找來這麼多女子，讓你自己挑。再說都看不上，母親可要生氣了。」

竇池苦著臉，怏怏不樂。「母親，兒子還小……」

榮華長公主打了他的手臂一下。「小什麼？你父親在你這個年紀，都已跟母親成親了。」

今日你若不挑，母親便幫你挑。」

竇池心想，母親養的面首還不夠多，這才有心思管他的婚事。

他不應下，根本逃不開嘮叨，只好道：「兒子記住了。母親鬆鬆手，讓兒子仔細挑。」

榮華長公主這才鬆開竇池，竇池如逢大赦，趕緊逃開，溜到男人這邊，隨便挑個位置，喝起了悶酒。

他不就是不想跟那些貴女成親嗎？倘若母親想抱孫子，有的是女人替他生，真不知在急什麼。他不耐煩被管著，誰也別想破壞他如今的逍遙日子。

竇池不跟旁人說話，只顧自己喝酒，不一會兒便醉了。

迷糊間，他聽見有個小廝在耳邊說：「郡王，小人帶你去歇息。」

他睜開眼，發現這小廝有些眼熟，只當是自家的，便將身體壓上去，任由他扶出門。

看見竇池被帶走，有個丫鬟有些不安地低聲對自己主子耳語。「小姐，這樣會不會不太好？到時候查出是您幹的，哪怕駙馬是您舅舅，榮華長公主也會對您發火。」

柳憶白冷笑。「怎麼查得出來？竇池這個浪蕩子一喝酒就會忘事，醒來也記不得是誰把他帶走的。況且……」

她輕輕撫摸新染的指甲，輕柔一笑。「舅母不是一直很操心竇池的婚事嗎？我多孝順啊，送一個侍郎女兒給舅母當兒媳。」

丫鬟仍然不安。「這事鬧開後，只怕榮華長公主不會認。」男方不認，女方就完蛋了。

柳憶白不以為意，輕描淡寫地說：「這能怪誰呢？只怪那人不知好歹，讓我丟了個大臉。好了，別再廢話，快去安排。」

那丫鬟見勸不動，只好領命下去了。

另一邊，沈晞正看表演看得目不轉睛。先是水榭上的歌舞，接著是一些有野心的女子主動要為榮華長公主獻藝祝壽，看得出來，是很想爭取郡王妃的位置。

期間，沈晞看到沈寶音出去，卻沒有管。

等歌舞告一段落，沈寶嵐湊過來，小聲道：「二姊姊，寶音姊姊說要去更衣，這會兒還沒回來，不會出事吧？」

沈晞慈祥地看著沈寶嵐，沈寶嵐被沈晞的目光看得渾身難受，這是怎麼了，是她哪句話不該說嗎？

沈晞道：「我去看看，妳牢牢坐在這裡，不許亂跑。」還把小翠留下，讓小翠和南珠盯著沈寶嵐。

剛才沈寶音出去前，特意跟沈寶嵐說了聲，是想藉沈寶嵐的手催她去找沈寶音。

上回她肯跟著荷香過去，才讓沈寶音認為，這次發現不對勁，她也會去找。

倘若她就是不去呢，不知沈寶音會怎樣？

沈晞一邊想著、一邊誠實地往外走，她實在太期待知道自己會怎麼被害了。

上一回衛琴的事沒有證據，她只當沈寶音是無辜的，沒有對沈寶音做任何事。這一次要是讓她抓到把柄，那她絕不吃虧。

沈晞離開宴會廳後，問了長公主府的下人，該去哪裡更衣？

下人不好擅離職守，又說不清楚，一個丫鬟模樣的人匆匆過來，道：「請跟奴婢來。」

這兒的燈不如宴會廳內多，有些偏暗，看不清丫鬟的模樣，但下人沒有察覺異樣，反而很高興有人替他為客人引路，笑著說：「多謝姊姊。」

沈晞跟丫鬟離開，好一會兒後，故作困惑道：「怎麼那麼遠？還有多久呀？」

丫鬟壓低聲音說：「就快到了。」

沈晞哦了聲，微微側頭，露出一絲淺笑，繼續跟著她往前走。後面還跟著兩個人，不知道會不會是她的好妹妹呢？

丫鬟終於在一間屋子前停下，低頭對沈晞道：「就是這裡。」

沈晞不動，狐疑道：「我怎麼覺得不太對勁呢？妳是不是想害我？」

丫鬟一驚，連忙壓下心中的慌亂。「您是貴客，奴婢怎麼敢害您？」

面對明顯有貓膩的反應，沈晞卻道：「好吧，是我誤會妳了。」

丫鬟鬆了口氣，覺得自己運氣真不錯，沈晞不但沒帶丫鬟出來，竟然也沒有懷疑她。

她不敢耽擱，打開房門道：「請進，奴婢為您在外頭守著。」

沈晞一腳踏進去，房門瞬間被關上，並傳來落鎖的聲音。

沈晞立即回頭敲門，大喊道：「妳想做什麼？快放我出去！」

丫鬟一聲不吭地跑了。

沈晞不再演戲，走到屋內一看，床上果真躺著個男人，衣服還脫了個精光，只用一張毯子遮住重要部位，正是榮華長公主的兒子竇池，也是之前調戲她的慫貨。

小說誠不我欺，女人之間要互相傷害，來來回回就這些手段。

哪怕門上落了鎖，所有人都知道她是被害那個，但她確實跟沒穿衣服的竇池共處一室，這結果是無論如何都改變不了的。

沈晞上前便聞到了濃郁的酒氣，微微一笑，一把掀開竇池最後的遮羞布，丟到一旁，隨後跳上房梁，將瓦片掀開。

正當她想從屋頂離開時，聽到鎖被打開的聲音，驀地停下動作，發現沈寶音衝了進來，邊跑邊叫——

「二姊姊，妳在何處？他們來了，妳快跑！」

這意料之外的發展令沈晞挑了挑眉，這又是什麼情況？

沈寶音環視一圈，眼神落在床上的人影後，驀地一跳，趕緊避開。

這房間不大，她飛快找了能藏人的櫃子和床底，卻完全不見沈晞的蹤跡。

她明明親眼見柳憶白的丫鬟把沈晞鎖在裡頭，為何沈晞會不在？

這時，守在門口的荷香察覺不對勁，探頭進來道：「寶音小姐，怎麼了？二小姐呢？」

沈寶音喉嚨發緊。「她不在。」

荷香驚得瞪大了雙眼。「怎麼會？我們明明看著二小姐進來的，難不成這裡有密道？」

沈寶音知道時間緊迫，容不得她再遲疑，果斷道：「荷香，妳出去將門鎖上！」

荷香大急。「這樣的話，二小姐不願意為您出頭怎麼辦？」

沈寶音道：「妳立即去找她，找到就說我以為她被人陷害，去救她了。」

事已至此，荷香知道沈寶音只能豪賭一場，眼眶紅了。「若是不成……」

沈寶音說：「不成我便死。我寧願死，也不肯再被人輕慢。」

荷香咬著下唇，看了沈寶音一眼，扭頭關上房門，上了鎖。

沈寶音深吸口氣，將地上的毛毯撿起來，蓋住竇池，在凳子上坐下，等待著她的結局。

沈晞有些遺憾，遮起來做什麼？她還想讓竇池也丟個大臉呢。

她沒再待下去，悄無聲息地從屋頂離開，將瓦片全數恢復原狀。

沈寶音確實在算計，但算計的最終目的不是她，而是沈寶音的婚事，連柳憶白都被算計進去了。竇池可不是沈寶音能弄來這裡的，定是柳憶白的手筆。

竇池的名聲不好，這麼個浪蕩子毀了女人的清白，之後照舊可以談婚論嫁，但名聲受損的女子就危險了。

再想到沈寶音剛才的表現和說的話，沈寶音是想弄出救了她的假象，再替代她，讓她為了報恩，助沈寶音嫁給竇池。

可是，沈寶音怎麼會覺得她一個小小的侍郎嫡女，能夠達成這個目標呢？

這時，沈晞忽然看到有不少人朝這邊湧來，跑在最前面的正是趙懷淵，他滿臉慌張，連被絆了個踉蹌都顧不得，好似想第一個跑到房間，將所有人攔在外頭。

這一刻，沈晞陡然明白了。沈寶音定是看出了她和趙懷淵關係好，明面上想借用她的力量，實際上是想利用趙懷淵成事。

另一邊，沈寶音聽到外頭的動靜，心提了起來，腦子裡飛快思索著一切。

第一步是引柳憶白與沈晞對上，以沈晞以往的表現，吃虧的會是柳憶白。柳憶白吃不得虧，必會報復，且手段毒辣，往往不顧他人死活。

上回的賞雪宴，她故意接近柳憶白等人，在她們提及沈晞時，故意遮遮掩掩地說到家裡在為沈晞的親事為難，沈晞霸道，只想找個無妾室的男人。

沈晞搞出來的事，京城裡傳得很廣，柳憶白不會覺得這話不對勁，反而在心中種下一顆種子：要對付沈晞，可以從親事上下手。

跟沈晞想要的男人完全相反的對象，柳憶白身邊正有一個，是她十分厭惡的竇池，因為榮華長公主曾經動過讓柳憶白嫁給竇池的念頭，幸好不等柳家拒絕，竇池就跳出來反對。即便如此，柳憶白絲毫不減對竇池的厭惡，第一個想到的人選，就會是竇池。

完成這一步時，她同時觀察了沈晞與趙懷淵的往來，兩人果真交情匪淺。

今日，她派去偷偷監視竇池的荷香對她比了個手勢，告知竇池那邊有動靜之後，她明白機會來了，想引沈晞離席，好給柳憶白下手的機會。

她躲在暗處看，但柳憶白的丫鬟蠢笨得很，只知道等，幸好她提前佈置，才將沈晞引出來。待丫鬟鎖好門跑開，吩咐小廝去宴會廳後，她和荷香偷偷從後頭拿木棍打昏了她，搶走鑰匙來開門。

計劃進行到這邊，一切順利，接下來卻不對了。

雖然她們離得遠，可那麼大一個人，怎麼會看錯？沈晞明明被柳憶白的丫鬟關進來了，卻偏偏沒找到人。

事已至此，倘若錯過這機會，柳憶白就會發覺事情不對，將來不會有如此好的良機，她只能賭上性命了。

沈寶音捏緊手指，不知荷香有沒有找到沈晞？

這本就是一場豪賭，不成功便成仁。哪怕竇池不是良人，她也無所謂，她要的只是郡王妃的身分。

嘈雜聲越來越大，沈寶音終於站起身，走到門邊蹲下，再把朱釵和髮髻弄得有些凌亂，將腦袋埋在膝蓋中，像是一個被人陷害的無辜女子般，哭泣起來……

第三十九章

趙懷淵是第一個跑到門邊的，哪怕旁人看他的目光很詭異，也顧不得了。

如果沈晞在裡面呢？如果她被人欺負了怎麼辦？他腦子裡嗡嗡響，手緊握成拳。

他知道沈晞一向不在乎虛禮，不然也不會暗中與他來往。可她到底是女子，面對一個醉酒男人的蠻力，如何抵抗？

想到沈晞受人欺辱卻無力反抗，趙懷淵眼睛都紅了。他一定要第一個找到沈晞，不讓任何人看到她可能有的狼狽。萬一事情真那麼糟，他也不能讓她獨自面對所有流言蜚語。

他要當第一個看到沈晞狼狽模樣的外男，他要娶她。他就不信，誰敢看輕趙王妃！

「娶沈晞」的念頭冒出來，趙懷淵忍不住愣怔，隨即心中湧上說不清、道不明的喜悅。

這一刻，他陡然意識到，他不只是把沈晞當朋友。

回想起來，哪有朋友間輕輕碰到手就會心臟亂跳，臉發燙發紅的？或許從第一眼見到起，他就喜歡她了，只是自己沒發現。

房門被鎖著，趙懷淵大聲道：「趙良！」

趙良知道根本不可能勸住趙懷淵，只得聽令，撿起石頭，用了巧勁將鎖頭砸開。

鎖頭剛落地，趙懷淵便迫不及待地推開趙良，將門打開後閃身進去，又飛快關上門。

不久之前，有小厮在宴會廳大喊花房出事了，趙懷淵是第一個跑出去的，因為他發現沈晞不在。本來還在猶豫的眾人，見他一馬當先衝出門，也趕緊追過來。

此刻他們看著趙懷淵進去後，立刻將門關上，不禁面面相覷。

裡面的人是誰，到底出了什麼事，能令趙王這麼著急？不由四下張望起來。

人群中，孤零零的沈寶嵐渾身發涼，二姊姊和寶音姊姊都不在，不會是她們出事了吧？

沈寶嵐正心驚膽戰，就見荷香擠過人群來到她身邊，小聲又焦急地問：「寶嵐小姐，二小姐呢？」

沈寶嵐道：「她說更衣就出去了……寶音姊姊呢？妳和寶音姊姊不會做了什麼要陷害二姊姊的事吧？」

荷香忙搖頭。「沒有，寶音小姐並沒有陷害二小姐。」

若非此事目的不是要陷害二小姐，她也不敢跟著寶音小姐幹啊。寶音小姐答應她，一旦成功，便會帶她嫁入郡王府。當郡王妃身邊的貼身丫鬟，可比當侍郎養女的丫鬟好太多了。

沈寶嵐還想再問，但趙懷淵已開門出來了。

有人喊道：「王爺，怎麼回事啊？」

趙懷淵不吭聲，鬆了一口氣，又覺得有些遺憾。不是沈晞，太好了，但他也沒了娶她的理由……

此時，榮華長公主匆匆趕來，看著堵在房門口的趙懷淵，驚道：「小五，裡面是……」

趙懷淵道：「先請客人們回宴會廳吧。」

裡頭一個是竇池，榮華長公主的兒子，是他外甥；另一個是沈寶音，沈侍郎的假女兒。他不確定沈晞對沈寶音的態度，不打算把這事鬧大。

榮華長公主聽到趙懷淵的話，再看在場的人，其中沒有她的兒子，頓時心裡有數，擠出笑容道：「這兒冷，諸位請回吧。」

然而，總有人愛看熱鬧，喊道：「裡面是誰啊？我看竇池不在，他該不會在裡面吧？」

柳憶白身邊的女子也道：「沈家那位剛認回來的二小姐也不在呢。」

趙懷淵狠狠皺眉，好好的，扯上沈晞做什麼？

「我不是在這裡嗎？」

一道聲音在眾人身後響起，沈晞慢慢踱步過來，表情詫異。「出了什麼事？」

柳憶白看到沈晞，皺起眉頭，沈晞在這裡，那房裡的人又是誰？既是上了鎖，定是有人被關進去。辦事的丫鬟也不知幹什麼去了，還沒回來，難道是事情沒辦好，沒臉來見她？

荷香看到沈晞現身，急得不得了，大庭廣眾之下，又不好說出沈寶音交代的話。

沈晞越過人群，人們不知為何自動為她讓出一條路。她站在花房前，好奇道：「王爺，裡面是誰呀？不會是我的寶音妹妹吧？」

眾人一驚，隨即四下張望，發覺沈寶音確實不在，忍不住竊竊私語起來。

有人驚詫沈寶音怎會遭遇這種事，有人覺得真假千金果然無法和睦，沈晞居然當眾叫破這種事，本來看榮華長公主的意思，是想私下處理的。

柳憶白很不解，她算計的明明是沈晞，沈晞不在裡頭也罷了，怎麼會是沈寶音進去？

趙懷淵聽沈晞說的話，便知她想將事情鬧大，猶豫了一瞬，道：「是竇池和沈寶音。竇池喝醉了，沈寶音在一邊哭。」

不管沈晞做什麼，他配合就是。他跟皇兄感情好，與其他人也就一般，管它做甚。

沈晞是想將事情鬧大，她可不想讓榮華長公主這麼輕易地遮掩過去。

沈寶音算計這麼多，是為了自己的婚事。竇池是什麼樣的人，她又不是沒見識過，既然沈寶音想要這麼個東西，那就成全沈寶音。

在沈晞看來，名聲都是虛的，實際上過得怎樣才重要。但沈寶音顯然不是這樣想的。盯上竇池而不是趙懷淵或趙之廷，可見沈寶音是個相對務實的人，不去妄想搆不著的，而是在可努力的範圍內抓到最好的對象，哪怕只是名頭上好聽。

沈晞完全想像得到，以這種方式嫁給竇池，沈寶音婚後面臨的會是怎樣的水深火熱。既然這是沈寶音自己想要的，何妨成全？她可以私下鬧，但她偏不，她就要在所有賓客面前鬧，讓大家看個真切，誰叫沈寶音要設計她呢？

「他對寶音妹妹做了什麼?!」沈晞說著，就要推開趙懷淵進去。

趙懷淵一把拉住她。「別進去，他沒穿衣服。」

聽到趙懷淵這話，眾人大譁。

沈晞怒道：「他怎麼敢！」又大聲喊：「寶音妹妹，妳在嗎？妳出來，有什麼委屈跟二姊姊說，二姊姊替妳作主！」

屋內，沈寶音豎起耳朵聽，但沒想到沈晞會在如此多人的面前這樣說。

按照她原先的盤算，出了這種事，主人家會讓賓客先離開，才是牽扯其中的兩方拉扯。可如今，賓客都還沒來得及走呢。

聽沈晞話中的意思，荷香應當是找到了她，而沈晞也覺得該「報恩」。

沈寶音總覺得哪裡不對勁，可這會兒騎虎難下，只得硬著頭皮，低聲哽咽道：「二姊姊，有人害我。我是被人推進來的，那人把門鎖了，我出不去。」

沒關係，哪怕今日所有人都看她笑話，以後他們還是要恭恭敬敬地叫她郡王妃。

沈晞道：「豈有此理！長公主殿下，我妹妹在您府上發生這樣不幸的事，您是不是該給我們一個交代？」

榮華長公主陰沈下來的目光在房門上掠過，好似能看到門後的沈寶音。

什麼害她，胡說八道！她看就是沈寶音想攀上她兒子，才故意設計了這齣戲。

從前沈寶音在她眼裡確實算是香餑餑，但早訂給趙之廷了。如今既知道沈寶音是賤奴之女，又怎麼配得上她的寶貝兒子？

榮華長公主跟身邊的嬤嬤說了句話，嬤嬤便進去查看竇池的情況，又慢條斯理地說：

「事情弄清楚後，自然會有交代。」

至於是誰給誰的，那便不好說了。

榮華長公主剛要張口再請賓客們離開，沈晞卻揚聲道：「這交代是三媒六聘讓寶音妹妹過門嗎？在我老家，男子污了女子清白，要麼娶了她，要麼就去死。不知京城是怎樣？」

趙懷淵附和道：「定然是要娶的，不然得報官抓起來。」

榮華長公主面色鐵青，她沒跟沈晞打過交道，不知沈晞這樣難纏，還敢讓她寶貝兒子去死。什麼娶不娶的，哪怕是沈成胥來這裡，也休想讓她兒子娶沈寶音。

但她不知為何方才還幫著遮掩的趙懷淵突然倒戈了，居然幫沈晞說話。

看在趙懷淵的面子上，榮華長公主勉強笑道：「沈二小姐，此事自有妳父親與我商議，小輩不可插嘴。」

沈晞心道，哪怕沈成胥偏心沈寶音，在榮華長公主的權勢面前，只怕也要當縮頭烏龜。她故作不解道：「商議什麼？讓寶音妹妹吃了這啞巴虧，當無事發生？我沈家女兒絕不受這種委屈。長公主若覺得兩家不必結親，那我今日便報官吧。」

沈晞轉頭問趙懷淵。「王爺，京兆尹可會秉公處理？我要告竇池辱我妹妹清白！另外，寶音妹妹說是有人害她，我也要揪出害她之人，一個都別想跑。」

趙懷淵不理榮華長公主看過來的目光，點頭道：「本王最見不得這種事，自會督促京兆尹秉公處理。倘若京兆尹怕事，本王便去找皇兄，給沈家一個公道。」
沒受過多少委屈的榮華長公主聞言，氣急敗壞道：「小五，你究竟是站在哪一邊的？」
趙懷淵正色道：「本王自然是站在正義一邊。」
這時，進屋查看的嬤嬤出來對榮華長公主耳語兩句，榮華長公主鬆口氣，冷眼看沈晞。
「此事跟我兒有什麼關係？他喝醉了，什麼都沒做。本宮倒想問問妳，我兒怎會無緣無故來這裡，還被扒光了衣裳？」
沈晞也不怵，怒聲道：「長公主懷疑是沈家謀劃了一切嗎？好，長公主今日之話，所有人都聽到了，待我父親來了，我定要跟父親說，想必他會找皇上好好問問，是不是長公主就可以信口雌黃，隨意誣衊他人！」
沈晞這副架勢，完全沒為將來跟長公主府當親家留有餘地，義正詞嚴的模樣好像受了多大的委屈，怒目瞪著榮華長公主，像是隨時會上去撕扯下一塊肉來。
不但眾人聽得膽戰心驚，屋子裡的沈寶音也是。沈晞這樣得罪長公主，是結仇而不是結親，哪怕她成功嫁給竇池，今後兩家也不會再有多少來往。
沈寶音終於明白過來，沈晞不是在幫她。
她不覺咬緊了嘴唇，血腥味溢滿口腔，卻已感覺不到痛。沈晞便是這樣恨她，哪怕她「幫助」了沈晞，沈晞也不肯讓她好過？或者，因為沈晞並未真正踏入這個陷阱，根本不在乎這所謂的恩情？

沈寶音軟軟地癱坐在地。事到如今，她想不到更好的破局辦法。

外面的對峙還在繼續，沈晞的話牽扯到宴平帝之後，榮華長公主的氣勢弱了幾分。

她確實是皇帝的親妹妹沒錯，但之前不是沒有被宴平帝斥責罰過。倘若只有沈晞一個人，她是不在意的，如果有沈成胥，再加上趙懷淵，這次定會被罵。可是，真要讓她的寶貝兒子娶沈寶音，她絕不可能答應。

這時，榮華長公主忽然道：「不是說有人害了沈寶音？先把人找出來。本宮倒要看看，背後搞事的小人是什麼樣的鼠輩。」看向趙良。「趙統領，麻煩你審一審涉事的所有人。」

她打心底認定是沈家主謀，因而這話的意思，頭一個要審的人就是沈寶音。

趙良看趙懷淵，趙懷淵卻看沈晞。要真是沈家做的……那他就讓趙良作假。

沈晞忽然想起一事，揚聲道：「我想起來了，還在宴會廳時，我無意間看到一個小廝帶走竇池，後來還看到那小廝找柳憶白小姐回話。」

柳憶白面色一變，厲聲道：「少血口噴人！」

沈晞確實亂說了幾句，竇池什麼時候被帶走的，她不知道，但後來小廝趁亂找柳憶白回話時，她看到了。竇池那麼個大男人，丫鬟可搬不動，定是小廝帶去的，而丫鬟則負責帶她過去。

丫鬟不在場，她懷疑是沈寶音和荷香黃雀在後，為了搶鑰匙，弄昏那丫鬟藏起來。

沈晞語氣平靜。「我是不是說謊，讓趙統領審審，不就知道了？柳小姐，兩日前在翠微園，可是妳先害我和寶音妹妹，如今不想想自己是不是罪有應得，怎麼反倒來報復寶音妹妹？」又對趙良說：「趙統領，柳小姐的丫鬟也不見了，我看是躲起來，把人找出來好好審審，總能真相大白。」

「妳……妳在誣衊我！」柳憶白本以為自己做得天衣無縫，沒想到會被人當眾戳穿，她是絕不能承認的，只能厲聲否認。

沈晞看向榮華長公主。「長公主殿下，您不是說要審一審涉事的所有人嗎？麻煩您派人搜一搜，柳小姐的丫鬟到底藏去了哪裡。」

榮華長公主一時沒出聲，銳利目光落在柳憶白身上。柳憶白是她駙馬的外甥女，之前她還挺想讓柳憶白當她兒媳的，可惜兒子死活不肯，她才作罷。

見柳憶白臉色有異，榮華長公主心中嘀咕，莫非不是沈家謀劃的，而是柳家這小丫頭？若真如此，那就枉費了她往日對這丫頭的好，竟算計到她兒子的頭上來了。

榮華長公主道：「池兒是憶白的表哥，憶白怎會如此對他？沈二，妳休想挑撥離間！」是不是柳憶白做的，她私下再問，這會兒非要一口咬定是沈家做的。

沈晞笑道：「是我在挑撥，還是長公主呀？讓事實來說話。請趙統領審吧，反正我沈家問心無愧。」

趙良瞧見趙懷淵的眼神，當即道：「小人願為主子分憂。」看向沈晞，恭敬問道：「沈二小姐，您可還記得那小廝的容貌？」

沈晞點頭。「記得清清楚楚，他就躲在假山後頭。」指了個方向。

眾人一驚，小廝更是驚得兩股戰戰，他是怎麼被發現的？這裡明明這麼黑，而且離花房很遠。

趙良並不假借他人之手，逕自快步跑過去，將想逃跑的小廝逮了個正著，像拎小雞一樣把小廝帶回來，往地上一丟。

「沈二小姐，可確定是他？」

沈晞篤定道：「就是他帶走竇池的。」

宴會上還有兩、三個人見過這小廝，也紛紛指認。倘若今日不是當著眾多賓客的面，直接把人揪出來，而是讓賓客們先回去，幾日後誰還記得小廝的樣貌？

趙良跟在趙懷淵身邊就沒怕過誰，直接問柳憶白。「柳小姐，妳還有什麼話說？」

小廝是哪家的人，一查便知，又不止一人證明是他帶走竇池，趙良甚至不用費心刑訊。

柳憶白面色蒼白，覺得所有人的目光像是利箭刺向她，令她無地自容。她不明白事情怎會這樣，按照往常慣例，為遮掩醜事，根本不會有人當場細查，事後誰能知道是她做的。

這時，有人道：「找到了！」

柳家丫鬟也是運氣不好，迷迷糊糊醒來，還沒搞清楚發生什麼事，就被人抓走了。

柳憶白看著自家丫鬟迷茫的模樣，氣不打一處來。怎麼會有這樣的廢物，連點小事都做不好！

丫鬟被帶到趙良面前，見榮華長公主和趙王都盯著她，嚇得撲通一聲跪下，口中喃喃道：「奴婢什麼都不知道！奴婢什麼都沒做！」她的後腦還在一陣陣發疼，不明白發生了什麼事，只能跪下磕頭求饒。

這時，一道細細的嗓音道：「是她把寶音小姐引走的。」

眾人聞聲看去，荷香緊張地說：「方才奴婢陪小姐去更衣，因小姐落下了護身符，便要奴婢去找，奴婢回來時遠遠看到她正跟小姐說話。奴婢認得她，她是柳小姐的丫鬟，奴婢想追卻沒追上，一眨眼她們就不見了。」

指證柳憶白的證詞不止一句，趙良問丫鬟。「妳可承認？」

丫鬟很茫然，她什麼時候引了沈寶音？她引的明明是沈晞啊！

但她絕對不能承認，只能低著頭，惶恐地否認。「奴婢沒有。」

沈晞慢吞吞地笑道：「我聽聞趙統領出自詔獄，審人很有一手。不如今日空出房間給趙統領，好讓我領教趙統領的本事。」

聽到沈晞的話，小廝和丫鬟的身子忍不住一抖。

柳憶白終於道：「夠了！是我做的又如何？」

誰都知道趙王身邊的趙統領有多大本事，那兩人根本熬不住，不如認了。

但是，休想她認下不屬於她的罪名。

聽到柳憶白承認，眾賓客不禁竊竊私語起來。他們跟著趙懷淵來查看之前，真沒想到這齣戲有這麼精采。

榮華長公主的面色越發陰沈。

柳憶白咬著牙道：「然而，我叫丫鬟引的人是沈晞，而非沈寶音，不知為何在裡面的人成了沈寶音，而沈二小姐卻在外頭，逼我表哥娶沈寶音？」

聽到這話，沈晞暗暗點頭，柳憶白還是有點水準的，這話將禍水引得不錯。

眾人中，臉色最難看的是趙懷淵。原來真的有人要害沈晞，還差點成功了！

第四十章

原本趙懷淵只是在配合沈晞，這會兒卻忍不住了，冷聲道：「妳的意思是，沈晞為了搶走她十七年榮華富貴的人，甘願謀劃至此，不惜得罪長公主？」

這話讓眾人被引導的思緒又回來了。對啊，一個是真千金，一個是假千金，真千金真就這麼大度？

再想想先前沈晞為沈寶音「說話」的內容，越想越覺得，沈晞的話處處得罪榮華長公主，她可能更想直接報官，讓沈寶音的人生就此終結。

柳憶白也覺得這事古怪，可她知道，她叫人害的是沈晞，而不是沈寶音。沈寶音不需要她害，身為賤奴之女，還能攀上什麼高枝？

面對趙懷淵的冷臉，柳憶白白著臉道：「我不知，但我讓丫鬟引的人，確實是沈晞。」

沈晞沒理會柳憶白，轉頭對榮華長公主道：「您聽到了，害您兒子的罪魁禍首在這裡。」

她才不會讓柳憶白將話題引到害的人是誰，反正就問是不是柳憶白把竇池送來的，是不是柳憶白的人上的鎖？答案都是，那沈家人就是無辜的。

榮華長公主快氣死了，真是她萬般疼愛的晚輩在搞鬼，還當眾承認。如果是旁人也就罷了，偏偏柳憶白是駙馬的外甥女，自家人出事，害到了旁人，她都沒有什麼理可說。

「憶白，舅母太失望了。」榮華長公主冷冷看了柳憶白一眼，再看向沈晞時，卻揪著柳憶白說的話道：「可就算憶白做了什麼，沈二小姐也發現了吧？妳發現了卻故意將計就計，好讓沈寶音嫁給我兒！」

沈晞露出不可思議的表情，隨即點頭。「既然長公主要這麼說，那我也不用在乎兩家的臉面了。我會去報官，不管竇池還是柳憶白，一個都別想跑。長公主，您最好不要用權勢壓人，趙王殿下說願意秉公處理，您不希望我告的人裡多一個您的話，就捨棄兒子吧。」

眾人一驚，沈晞果然就是想報官而已。之前要求竇池娶沈寶音的話，只是為了不讓人覺得她太冷漠惡毒。

沈晞扭頭看趙懷淵，露出徵詢之意。「王爺，您看他們的事能入詔獄嗎？柳憶白太膽大妄為，居然陷害正三品大員的女兒和長公主的兒子，這麼張揚跋扈的性情，多半是家裡教的。我不信養出這樣女兒的人家會一點事都沒有，好好查查，說不定能查出什麼來。」

趙懷淵見沈晞故意裝出的無辜模樣，心裡好像有什麼東西在撓，癢得很。她怎麼可以這樣可愛，當著他的面就如此胡亂攀扯，威脅旁人？

他壓下笑，問趙良。「詔獄收不收啊？」

趙良哪裡敢說個不字，低聲回答。「應該是可以的。」

趙懷淵道：「那本王去問問皇兄吧。真是的，皇兄日理萬機，每日為大梁操碎了心，有人身在朝堂卻不幹好事，老讓皇兄費心。」

眾人發覺事情不對了，明明沈晞的話只是一種可能，到趙王這裡，好似成了板上釘釘。

柳憶白哪裡想到事情還會牽扯自家長輩，慌忙道：「此事是我一人所為，跟我父親和祖父有什麼關係？」

沈晞不耐煩地說：「聽不明白嗎？歹竹出不了好筍，上梁不正下梁歪，妳可以隨意陷害三品官員之女，妳父親、妳祖父還能剛正不阿啊？聽說妳祖父是都察院左都御史，是監察、糾劾百官的清正官吏。但見了妳這個樣子，我是不信他們能秉公執法的。」

柳憶白一聽，腿都軟了，險些摔倒，多虧旁邊的人扶住她。

她哆嗦著唇說不出話來，就這一點小事，怎麼可能牽扯到她父親和祖父頭上？

還在看戲的眾人，這會兒連大氣都不敢出。原是簡簡單單的男女之事，竟生生叫沈晞弄成了朝堂之事。若只是沈晞說說便罷，偏偏唯恐天下不亂的趙王也跟著附和，這才是天大的麻煩。

榮華長公主驚聲道：「小五，你在說什麼，這等小事怎好去打攪皇兄?!」

這朝堂上，誰又禁得起查呢？倘若趙懷淵非要鬧大，她也要挨訓。不久前，她才被皇兄斥責過，今日皇兄送來賀禮，她才鬆了口氣，要是這麼快再惹出事端……

沈晞的目光從眾人神情各異的面上掃過，心想沈寶音這次算計確實厲害，因為她確實能扯到趙懷淵這張虎皮，否則兩邊頂多鬧個兩敗俱傷。

可惜她只能保證沈寶音嫁給竇池，卻不能保證沈寶音嫁過去過的是什麼日子。

趙懷淵正色道：「任何跟社稷有關的都不是小事，皇兄最厭煩的就是不公，不會嫌我給他惹麻煩的。」

榮華長公主無奈，終於軟下語氣。「沈小姐何必如此咄咄逼人？本宮說了會給妳家一個交代，便不會食言。此事還需要請妳父親過來一敘。」

沈晞聽她的語氣，知道這才開始有得談，壓下不能報官的淡淡遺憾，不鹹不淡應了好。

榮華長公主轉向賓客道：「今日讓諸位看了笑話，還請大家見諒，請回吧。」

眾人知道接下來就是兩家私下商量的事了，反正最大的熱鬧已經看完，遂相繼離開。

小翠和南珠跟著沈寶嵐站在不遠處。

沈寶嵐的腿也是軟的，覺得沈晞真厲害，面對長公主也這樣毫不退縮，從今往後看誰還敢欺負沈家人！

賓客們很快走了個乾淨，榮華長公主掃過搖搖欲墜的柳憶白，再望向暫時不會離開的趙懷淵，心中煩躁得不得了。

接下來，她派人去柳家和沈家請家長過來，再把竇池安頓好。沈寶音也終於走出屋內，低著頭、紅著眼睛，站在沈晞身後。

沈寶音慶幸她一直躲在屋內，不然她那變幻莫測的表情只怕要讓所有人看去了。中間她幾度以為沈晞要報官逼死她了，孰料最後還是答應了榮華長公主再談談。

接下來依然是一場硬仗，她那個父親看似寵愛她，卻不會願意為她招惹榮華長公主這樣的麻煩，暗暗回想沈晞之前的話，思索等會兒該如何做才能達到目的。

一行人在堂屋坐下。榮華長公主坐上主位，駙馬沒來，不知是喝多了，還是懶得理會這種事。

趙懷淵坐在榮華長公主下首，再後面則是沈晞三姊妹，對面則是面色慘白的柳憶白。誰也不說話，直到腳步聲響起，沈成胥先到了。他在路上只聽說了大致情況，卻不知細節，急得不得了。

沈成胥先向榮華長公主和趙懷淵行禮，再看老神在在的沈晞，心頭猛地一跳，幾乎立即肯定，這一定又是沈晞搞出來的。

沒事沒事，反正如今誰都知道他家這個剛找回來的女兒頑劣，不是他的錯。

榮華長公主輕描淡寫地說：「沈大人，今日你女兒與我兒子意外共處一室，本宮找你來，就是為了商議此事。」

沈成胥沒有細問事情經過，便忙道：「是下官教導不嚴，定把女兒帶回去好好管教。」

趙懷淵聞言，嗤笑一聲。

沈成胥驀地一頓，又驚又怕，他說錯了什麼嗎？

沈寶音冷眼看著沈成胥甚至沒問是哪個女兒，便一口承認錯處，雖早料到，依然感到齒冷。幸好她指望的就不是他，不然這會兒該直接撞死了。

榮華長公主並不知道沈家目前的情況，聽沈成胥這樣說，心裡一鬆。他這個家主都發話了，事情自能完美解決。

孰料，沈晞站起來，悲憤地說：「父親不問問究竟是誰的錯，就這樣獨斷？我來京城後，您時常對我耳提面命，一切要以事實為依據，不可聽人一面之詞，難道您忘了？」

當著眾人的面，再加上趙懷淵的盯視，沈成胥根本拉不下臉來反駁沈晞的話，只能好聲好氣地說：「是為父的疏忽。那妳來說說，究竟發生了何事？」

他想好了，他就當個應聲蟲，能爭出什麼結果都行。又看了沈寶音一眼，收回目光。

真假千金一事剛鬧出來的時候，他還是惦念與沈寶音的父女情。然而，隨著時間流逝，每回他去看沈寶音，都會忍不住想起她的生母是如何醜陋，如何設計沈家，讓他白白替賤奴養了十七年的女兒。

被人愚弄的憤怒日日增長，再加上同僚有意無意的嘲諷，他對沈寶音的親情日漸淡薄。

相較之下，沈晞雖然老愛鬧事，讓他日日提心吊膽，偏偏又能安然無恙，這不能不說是一種本事。有時候，沈晞把他氣壞了，他甚至會生出一些奇怪的念頭，覺得她如此張揚還挺順眼，到底是他的親生女兒。

沈晞道：「這位都察院左都御史家的柳小姐陷害寶音妹妹，將她與竇池關在一起，所有賓客都看到了。既然寶音妹妹的清白因此被毀，竇池就應當娶她，但榮華長公主不肯，我便提出可以報官，榮華長公主還是不肯。」

榮華長公主重聽事情始末，還是忍不住生氣。這丫頭也不看看她提的是什麼，誰能答應?!

「倒也不必將事情鬧得太僵。方才沈二就是太草率了，將此事在大庭廣眾下鬧出來。明日起，不知多少人會談論這事。」

沈晞聽得好笑，這是在沈成胥面前說她不是呢？那也得她在乎啊。

沈成胥早習慣了沈晞什麼事都愛鬧大的性子，當初他想讓她守孝，她就能鬧得闔府不得安寧；跟淮陰侯府的小過節，也能領著全府下人過去鬧大，有什麼做不出來啊？

因此，聽到沈晞話裡居然提到都察院左都御史，聽到榮華長公主話裡話外指責沈晞，沈成胥絲毫不見驚訝，甚至覺得，沈晞讓沈寶音過了兩個月的清靜日子，已經足夠大度，到了今日才乘機鬧大，也不算狠。

沈成胥不好罵沈晞，萬一被當眾頂嘴就太難堪了，跟聽不懂似的，小心賠笑道：「晞兒才回來幾個月，確實還不太習慣京城的規矩。」

榮華長公主冷眼看著沈成胥，不知他是真沒聽懂，還是故意裝作沒聽懂，不再說別的，只道：「事已至此，為了兩家顏面，本宮願聘寶音為我兒側妃。」

沈寶音一直不說話，聞言眉頭微皺，顯然是並不滿意這個結果。

沈晞注意到了，她當然會滿足沈寶音啊，反正滿足之後造成的後果，也不是她來承擔。

沈成胥有些心動，他不知方才沈晞鬧著要報官，一副大家一起玩完的模樣，對榮華長公主造成了多大的恐懼，只覺得真要如此，沈寶音還是賺到了，他也算是成了皇家姻親。

他剛露出一抹微笑，便聽沈晞斷然道：「不可能！要麼讓寶音妹妹當郡王妃，要麼我們報官！」

榮華長公主橫眉氣道：「本宮與妳父親商議，有妳插嘴的餘地嗎？」

趙懷淵立即道：「沈大人不知前情，自然要沈二小姐多籌謀。她身為沈寶音的姊姊，為妹妹打算天經地義。」

榮華長公主生氣地看向胳膊往外拐的趙懷淵。「小五，本宮都已經鬆口了，你何必咄咄逼人？」

趙懷淵心道，沈晞不滿意，那他也不滿意。正色道：「此言差矣，我只是站在公正的一方罷了，總不能讓沈二小姐勢單力孤。」

她父親在場，算什麼勢單力孤?!榮華長公主差點吼出這句話，到底忍住了。

沈成胥看看榮華長公主，再看看趙懷淵，忽然福至心靈。趙王莫非是在藉由此事對付榮華長公主？不然，總不可能是他喜愛沈晞，甚至願為她棄姊弟親情於不顧吧？

原本榮華長公主說想讓沈寶音當她兒子的側妃時，沈成胥還心動了一下，想順勢答應，然而見此刻的狀況，只好將貪婪的想法壓回去。

不答應榮華長公主不會怎樣，她要是敢妄議朝事，可能被宴平帝申斥；但趙王不一樣，得罪了趙王，會被他反擊，他還不用擔責。

因而，沈成胥一臉誠懇道：「晞兒，此事確實是妳最了解，為父不清楚，不好多插嘴，在一旁聽著便是。」

榮華長公主不可思議地看著沈成胥，沈晞這個從鄉下來的村姑不知禮數就算了，怎麼連工部侍郎都這樣？哪有父親要看女兒的臉色。

沈晞也是一臉孝女表情。「多謝父親相信女兒，女兒不會讓沈家丟臉的。」

她說著，看向榮華長公主，義正詞嚴道：「長公主，您看到了，我父親也認為，倘若寶音妹妹當不了郡王妃，今日這事便無法善了。」

榮華長公主氣結。本以為沈成胥來了之後，事情會有轉機，哪知沈家亂了套，父親不像父親，女兒不像女兒。

此時，有下人來報，柳家來人了。

柳憶白一直不敢說話，這會兒終於怯怯地抬眼看向門口，緊張得手指絞在一起。

柳家是長公主的姻親，下人去報時，把事情講得比較清楚。柳憶白的母親竇氏是冷著臉進來的，一來便向在場眾人行禮道歉。

「是我治家不嚴，教出這樣有辱門風的女兒，之後我定攜她上門賠罪。」

沈晞道：「就這樣嗎？」

竇氏將姿態放得很低，但顯然在維護自己的女兒，歉然道：「她年紀小不懂事，還請海涵，之後我會好好懲罰她的。」

什麼懲罰，都是空話。

沈晞起身道：「我認為太輕了。柳小姐差點害了一條性命，夫人說得太過輕描淡寫。」

竇氏淡淡地說：「幸好並未出人命。」既是未發生之事，又怎能拿出來指責旁人？

沈晞微微一笑，看向榮華長公主，凜然道：「長公主，寶音妹妹對清白的看重遠甚於性命，倘若您今日不能許她一個妃位，她便會當眾撞死在這裡。對吧，寶音妹妹？」最後一句話，是對沈寶音說的。

沈寶音反應快，當即紅著眼睛，頹然道：「二姊姊是我的知音。若非顧惜沈家名聲，我被鎖在裡面時，就已自盡。可當時若自盡，便什麼都說不清了。」

榮華長公主聽得怒火上湧，什麼意思，拿死來威脅她嗎？倘若死了，倒也省事。

沈晞又看向竇氏。「您聽到了，今日本來會出人命。」

倘若榮華長公主不答應，就會鬧出人命，這筆帳自然會算在柳憶白身上，柳家休想撇清，而長公主府也逃不了逼死人的罪名。

沈晞繼續道：「我們沈家也是清白人家，沒有被逼死了一個女兒還忍氣吞聲的道理。屆時，我父親自會上達天聽，讓皇上知道，他的親妹妹和他所倚重的都察院左都御史家做出了何等喪盡天良之事。」

竇氏抬眸看沈晞，她知道公公愛惜名聲，如果真按沈晞說的鬧大了，事情便無法挽回，到時候只怕她女兒也沒了活路。

於是，竇氏望向長公主，聲音裡帶著些許懇求。「嫂嫂，此事是憶白的錯，還望您身為她的舅母，可以留她一條性命。」

以往竇氏跟榮華長公主並不親近，她哥這個駙馬當得窩囊，眼看榮華長公主養了那麼多面首，卻只能當沒看到，誰叫她姓趙呢？她一直覺得榮華長公主虧欠了她的兄長，因為榮華長公主的荒淫無度，才讓她兄長成了如今這副頹唐模樣。

那麼，今日以一個郡王妃之位，救她女兒一條性命，不是應該的嗎？

榮華長公主的目光在竇氏和沈晞之間打轉，差點氣得坐不住。好啊，沈晞當場拿竇氏來壓她，而且竇氏居然還真站到沈晞那邊去了。

榮華長公主這輩子沒有受過這樣的委屈，正想掀桌子不談了，卻瞥見正冷眼看著她的趙懷淵，滔天怒火頓時被澆滅。

她兀自氣惱了半晌，忽然想到一個她不好過，讓別人也不好過的主意。

「讓我兒聘沈寶音為正妃也可以，但我有一個條件。」

她頓了頓，自覺吊起了所有人的胃口，才露出惡毒的表情道：「既是憶白害了我兒，我兒迎娶正妃時，她也要一道成為我兒的側妃。」

柳憶白當即白了臉。「我不要！」

竇氏也狠狠擰眉，當初榮華長公主不是沒有提過要親上加親的意思，只是柳家看不上竇池，她和她女兒也看不上。幸好竇池自己先拒絕了，省得他們為難。

沒想到，今日此時，榮華長公主竟然乘機要挾。

沈寶音哪裡肯跟柳憶白同時入門，但她無權開口，只能緊緊掐著手指，強行忍住。

沈晞見榮華長公主提出這種「沒有人可以好過，包括我自己」的主意，不禁在心中對她豎起大拇指。

柳憶白手段惡毒，倘若換個人，只怕已經中招，要是性子烈一點的，說不定真的會自殺。她也不信竇氏會把柳憶白帶回去懲罰，也不滿意這般處置。但榮華長公主這樣提議，她覺得挺好，完全是自作自受。

哪怕是在這起事件裡看似無辜的竇池，在沈晞眼中也是活該。他過去以「你情我願」為名，不知禍害了多少姑娘，如今遭到這種算計，也是他應得的。不是喜歡女人嗎？一下子娶兩個，高興吧？

沈晞道：「我沒有意見。」

榮華長公主瞪了沈晞一眼，替自己順了順氣，不懷好意地看向竇氏。「如何？」

至於柳憶白的想法，不重要。不是看不上她的寶貝兒子嗎？不是肆無忌憚地害他嗎？柳憶白不想要什麼，她非要給她什麼。

第四十一章

所有人看著竇氏，柳憶白落下淚來，哽咽地朝著自己母親搖頭。

沈晞見沈寶音神情有異，瞥了她一眼，意思很明確：別壞事，不然我會中途退出。

沈寶音收到這個警告，只能老老實實地坐好。

竇氏咬著牙，不肯輕易鬆口。任何人都是如此，勸旁人時很輕鬆，但輪到自己時，怎麼樣都不可能輕易做決斷。

這是她精心教養長大的女兒啊，嫁給竇池這麼個紈袴，還是當側妃，怎麼接受得了？

方才被沈晞逼迫時，榮華長公主滿心的憋屈與怒火，如今對方明明沒讓步，但當她可以將這種逼迫轉嫁他人時，先前的憋屈好像一瞬間都沒了。

榮華長公主催促道：「不是想要留憶白一條命嗎？她嫁進來，本宮身為舅母，自會好好待她。」

竇氏依然沈默，柳憶白的哭泣聲越發響亮。

見竇氏不吭聲，趙懷淵道：「柳夫人倒是快些，妳不答應，本王便連夜進宮見皇兄。」

私下裡能解決一切，自然是最好的，這種三家之間男女之事的糾葛，皇帝不會有閒心管。倘若有人真去告狀，皇帝也不好置之不理，這事確實敗壞風氣，隨便扣帽子便能治罪。

想到臨行前公公冷著臉的吩咐，竇氏挺直的肩膀瞬間垮了下來，垂眸低聲道：「柳家願將憶白嫁給郡王為側妃。」

榮華長公主大笑出聲，像打了一場勝仗似的。

柳憶白癱軟在椅子上，像是毫無聲息的娃娃。

沈寶音的手指被捏出了印子，半晌後，接受了這個結果。

當隱形人的沈成胥感到高興的同時，也覺得不可思議，怎麼就成了呢？按理說，這本該是不可能發生的事，不由看向沈晞，滿心驚嘆，他這女兒了不得啊。

沈晞這個真正的贏家鼓掌，笑得開心。「這不就是皆大歡喜嗎？柳小姐和寶音妹妹的命保住，長公主府和沈家的名聲也保住了。」

沒人想理會這像是陰陽怪氣的話，只有趙懷淵笑道：「本王也不必去打擾皇兄了。」

沈晞打了個哈欠，道：「既然事情已完美解決，我們該告辭了。成親的事，之後便與我父親商量吧，他畢竟是一家之主嘛。」

沈寶音和沈寶嵐跟著沈晞離開，走出去之前，沈晞回頭看向榮華長公主。

「對了，我是鄉下人，不太清楚京城人的規矩，失禮提一句，以後我好好的妹妹嫁到府上，可不能突然歿了。她身體康健得很，若病重或病逝，一定是您害的，我會追究到底。」

她不知衛琴之事，沈寶音涉入多少，至少今日算計她的事，罪不至死。如果榮華長公主打著娶來之後便讓人「病逝」的念頭，那就別想了。

沈寶音怔怔看著沈晞，只見她的側臉一片冷然。

沈晞幫她，是真的中了她的報恩之計嗎？如果不是，那又是為什麼呢？

榮華長公主沒想到臨了還要被沈晞威脅，她雖動過這樣的念頭，這會兒卻不會承認，冷聲道：「本宮自不會做這種骯髒事。」

把人全送走後，榮華長公主去見竇池。

竇池剛醒來，人還迷糊著。

榮華長公主見竇池這迷茫的樣子，氣不打一處來。早讓他挑個好的成親了，現在好了，弄來那麼個正妻。

於是，她陰陽怪氣道：「好兒子，開心吧，你將有聰慧得不得了的正妃和側妃了。」

竇池頓時呆住。

回沈府的路上，沈晞姊妹坐一輛馬車，沈成胥坐另一輛。

誰也沒有說話，到府裡後，沈寶嵐帶著滿心的震撼回去了。今日看到那一場場的交鋒，實在太精采，今晚她都睡不著了。

沈寶音則跟著沈晞到桂園，沈晞沒有阻攔，反而叫小翠下去。

沈寶音凝視沈晞一會兒，才道：「我不明白妳是如何逃脫的。那間屋子沒有窗戶，只有一扇門，我和荷香親眼見妳被鎖。」

沈晞微微一笑。「結果是妳想要的就好了，何必問那麼多呢？」

既已攤牌，沈寶音便說出了自己的疑惑。「明知被我算計，為何還要幫我？」

單看沈晞為沈寶音那副竭力爭取的模樣，誰都會認為沈晞把沈寶音當成了好姊妹，但當事人都知道不是如此。

沈晞笑了一聲。「我幫妳了嗎？」

沈寶音一怔，明白了沈晞的意思。她想要的，沈晞不屑一顧，反而認為是泥潭，所以沈晞不認為是在幫她。

沈寶音咬了咬唇，道：「但我得償所願。」

沈晞搖搖頭。「妳今日看重的，將來很可能會成為困住妳的枷鎖。但我不會同情妳，這是妳自己要的。」

名聲、地位，這些表面的東西，哪有實際的得利重要呢？就像她，別人或許看不上她的身分和性情，那又如何？她自己知道，她從未吃過虧，開心得很。

沈寶音頓了頓，神色篤定。「我絕不會後悔。」

沈晞無所謂地說：「好。」

二人再無話可說，沈寶嵐帶著荷香離開，沈晞等她們走遠，才回到自己的房間。

接下來，沈寶音成婚的事已經跟她無關，她該想的是，今日趙懷淵以為她被傷害時，那副不顧一切的神情。

躺在床上的時候，沈晞忍不住捂臉。

什麼在外當不熟啊，哪怕今日賓客們被竇池和沈寶音的事震驚了，一時顧不上，事後回想起來，總會察覺到趙懷淵的異樣。沈寶音沒見過趙懷淵幾次，都能發現趙懷淵對她的感情，其他人難道就發現不了嗎？

從前放下的煩惱，再次襲上心頭。

她看得清清楚楚，趙懷淵以為被傷害的是她時，天都要塌下來的神情，甚至差點摔倒。

但是，她卻不可能一直在京城待下去……

趙懷淵在長公主府門口戀戀不捨地向沈晞告別後，依然保持著興奮。

他知道了自己真正的心情，他要好好想想今後該怎麼辦。

趙懷淵輾轉反側一整夜，第二日一大早便去皇宮找宴平帝。

宴平帝見到他，叫還在議事的幾個官員下去，笑道：「怎麼今日有空來看皇兄啊？」

趙懷淵看看何壽，扭捏道：「皇兄，可不可以讓何公公先下去？」

宴平帝哈哈大笑。「何壽見過你穿開襠褲的時候，有什麼不能讓他聽的？」

趙懷淵惱羞成怒。「皇兄，小時候的事就不要提了，你小時候不穿開襠褲嗎？」

宴平帝語塞，何壽忙笑道：「殿下大了，有自己的小秘密。奴婢去幫殿下泡壺茶來。」

見何壽離開，趙懷淵才湊到宴平帝身邊，小心翼翼地問：「皇兄，如果我想娶一個女子為妻，你會不答應嗎？」

宴平帝失笑。「瞧你說的是什麼話，皇兄不是一直催你娶妻？」

趙懷淵道：「我的意思是，假如那女子沒有烜赫的家世，也不懂端莊是何物，但她特別特別合我心意，你會不會答應？」

宴平帝笑著問趙懷淵。「有多合心意？」

趙懷淵思索了下，篤定地說：「非她不娶的那種。她要是不肯嫁給我，我就打一輩子光棍。我明白自己的心意之後，連跟她兒孫繞膝的樣子都想好了。」

宴平帝看著趙懷淵眼裡的光，有些愣住。太像了，當初皇兄與他談論今後要與他攜手治理這大好河山，令天下海晏河清時，眼中便是這樣的光，充滿了對未來的期許。

「既是你喜歡的女子，我怎會反對呢？可要我為你們賜婚？」

趙懷淵連忙擺手，笑得輕鬆又燦爛。「不用。只要知道皇兄不會反對，那就夠了。」他的婚事，皇兄和他母親都有資格過問。如今皇兄這邊沒問題，便剩下他母親那邊了。

宴平帝笑道：「真不用？」

趙懷淵堅持。「千萬不要，還不知她願不願嫁我呢。要她願意才行，我不想委屈她。」

宴平帝見他情竇初開的羞澀模樣，取笑道：「堂堂趙王爺也有這般不自信的時候。」

宴平帝沒問趙懷淵口中的「她」是誰，他又不是不知，這兩個月來趙懷淵沒事就去找沈晞。何壽還跟他說了昨夜榮華府裡發生的事，這丫頭有點本事，難怪能叫小五傾心。或許，他也該見見那丫頭。

不知是猜到了宴平帝的心思，還是純粹提前打招呼，趙懷淵一臉警惕道：「皇兄，在我事成之前，你可別嚇到她。」

宴平帝看趙懷淵這護短的模樣，忍不住想，他是真的長大了。

「好，朕不會替你添亂，你且安心吧。」

有了宴平帝的承諾，趙懷淵才安心離開。

趙懷淵走出太和殿，以往平平無奇的風景，好像多了不少色彩，看什麼都覺得順眼，景色是美麗的，空氣是香甜的，連走過的每一個人都是歡喜的。

他的好心情一直保持到了宮門，忽然想起一事，問趙良。「你說，溪溪也喜歡我嗎？」

他還記得，沈晞說過她的小名叫溪溪，此前他跟她是朋友嘛，不好亂叫。如今，他想這樣叫她，連這個簡簡單單的稱呼，都讓他覺得口舌生津。

面對這死亡問題的趙良不敢吭聲，說喜歡，是撒謊騙主子；說不喜歡，是讓主子傷心。

「小人不知道……」

趙懷淵喜孜孜地說：「我覺得她也是喜歡我的。她送我帕子，還願意跟我坐一輛馬車，願意讓我進她的閨房。」

不需要趙良回答，他便自顧自說下去。「我是先去說服母親，還是先去跟溪溪互通心意？母親固執，很難說服，可我現在就想去找溪溪了。」

趙良實在不忍讓自家主子興致勃勃地跑過去，結果碰一鼻子灰，只能硬著頭皮道：「主子，從前您一直跟沈二小姐說，把她當朋友，說不定她會認為這是警告，也將您當朋友。」

趙懷淵大驚，他從沒有喜歡過別的女子，對感情之事陌生茫然。倘若趙良所說是真，那他從前豈不是自掘墳墓。

他驀地停下腳步，扭頭問趙良。「那要如何是好？」

面對自家主子咄咄逼人的目光，趙良甚至不敢說不知道，小心地回答。「是否應當逐漸讓沈二小姐知道您對她的情意？」

趙懷淵追問道：「如何個逐漸法？」

母胎單身的趙良語塞。他不知道啊，他也沒經驗。

趙懷淵見趙良一臉生無可戀的樣子，知道問不出來，想了想，道：「算了，我直接去問溪溪。」

趙良傻住了。

趙懷淵心中急切，甚至沒去想沈晞在不在，或者會不會被發現，再次在趙良的幫助下，翻牆進了沈府，敲響沈晞房間的窗戶。

沒一會兒，窗戶打開，沈晞那張盤桓在趙懷淵腦海的美麗臉龐出現在面前。

趙懷淵一頓，差點忘了他是來做什麼的。

今日沈晞沒叫趙懷淵進來，外面雖冷，但沒下雪，一開窗，熱氣往外湧，也能暖到他。

沈晞眼底有點青黑，昨晚她沒睡好，看到這個罪魁禍首，很難擺出太好看的表情，只問道：「怎麼了？」

趙懷淵處在興奮中，沒有察覺沈晞的異樣，又怕自己會說不下去，飛快開了口。

「我有個朋友，他最近好像喜歡上了他的朋友，但他不知道他的朋友喜不喜歡他。妳說，我……我這個朋友該怎麼讓他的朋友逐漸發現他的情意？」

說完了，他才有些羞澀地垂下目光。

沈晞暗道：你的朋友就是我是吧？

擔憂成真，沈晞只覺得頭疼，又不好直說讓趙懷淵難堪，只能假裝不知道，無知無覺地回答。

「最好不要。朋友比情人更持久，他的朋友哪怕知道了，也會當不知道。」

趙懷淵驀地抬頭看沈晞，沈晞硬著心腸跟他對視，還反問道：「怎麼了，我說得不對？」

趙懷淵的心情霎時冷卻下來，蔫頭耷腦。「不是，妳說得很對……我會轉告我朋友。」

他轉身走了，趙良趕緊跟上。

沈晞站在窗邊看著趙懷淵攀上圍牆，還不小心失手滑了下，幸好趙良在一旁接應著，不然從牆上摔下來，臉怕是丟大了。

離開沈府後，趙懷淵突然砰的一拳砸在旁邊的圍牆上，嚇了趙良一跳，慌忙去查看趙懷淵的手是否受傷。

趙懷淵縮回手，不讓趙良碰，沈著臉，半晌才道：「溪溪拒絕我了。」

方才面對面時，他便察覺到，沈晞已經明白了他問話的意思，順著他的話來拒絕他。知道主子此刻心情糟糕，趙良安靜如雞，半句話都不敢說。

過了一會兒，趙懷淵氣得重複道：「溪溪拒絕我了！」

趙良心想，好歹沈二小姐是委婉地拒絕，沒讓主子丟面子。

可趙良不知道，趙懷淵根本不想要什麼面子，他想要沈晞也喜歡他。

這輩子，他沒有這樣強烈地想得到什麼。他就想跟沈晞在一起，如果能跟她在一起，日子該會是多麼愉快。

趙良提議。「不如請皇上賜婚？先把人娶回家，以主子的英姿，總能讓她喜歡上您。」

趙懷淵心動一下，立即拒絕。「不行，如今溪溪不喜歡我，請皇兄賜婚的話，不就是強迫她嫁給我嗎？溪溪這樣不肯吃虧的性子，會多恨我……」

一想到沈晞可能會用仇恨的目光看他，趙懷淵忍不住打了個冷戰，那還不如永遠跟她當朋友呢，她好歹還會跟他說說笑笑。

趙懷淵想了好一會兒，面色逐漸平靜下來。「如今她不喜歡我不要緊，今後我會努力讓她喜歡我的。」

雖發下豪言壯志，但趙懷淵不知道該怎麼讓沈晞喜歡他，想到他文不成、武不就，除了吃喝玩樂什麼都不會，焦躁起來。

沈晞連文武雙全的趙之廷都看不上，又怎麼會喜歡他呢？他有什麼值得她喜歡的？

趙懷淵不覺陷入了自厭，失魂落魄地回到趙王府，讓趙良守著門，別讓任何人進來，頹喪地躺到床上，盯著帳頂發呆。

母親一直認為他比不上兄長，也比不上趙之廷。小時候他曾因此難過失落，之後便不想再計較了。他就是比不上他們，又怎樣？他們還不如他懂吃喝玩樂呢。

但擁有了心愛的女子時，他恨自己什麼都不會，一點能讓她喜歡的地方都沒有……

等等！趙懷淵陡然坐起身，他並非一無是處，至少他還有一張她喜歡的臉啊。

他們相遇時，她就盯著他的臉看呆了。毫無疑問，她喜歡他的臉！

想到這個，趙懷淵立即去洗了把臉，將臉上的妝清洗乾淨。

接著，他找出不少新做的衣裳，一件件的試，直到選中滿意的才換上，再仔仔細細地梳頭，讓髮絲沒有一點毛躁。最後精心挑選一塊玉珮掛在腰上，隨後才叫趙良進來。

趙良早聽見屋內動靜，但趙懷淵沒叫他，不敢亂闖。等他進來看到趙懷淵，頓時呆了。

趙懷淵轉了一圈，期待地問：「怎麼樣？」

趙良身為趙懷淵的貼身侍從，自然知道主子真正的模樣，驚訝的是，主子偽裝多少年了，怎麼突然不再偽裝？他記得，主子認為自己生得太像女子，不肯以此容貌面對世人。

趙良一時不知道該怎麼回答，只能小心道：「您是問哪件事怎麼樣？」

趙懷淵嘖了聲。「我是問你，我這模樣好不好看，能不能勾得小姑娘動心？」

趙良傻眼。被拒絕後，主子終於瘋了嗎？

趙懷淵見趙良傻愣愣的模樣，決定不問他了，想親自走出去試試。

要是真能成功，他才不在乎沈晞喜歡的是他的人，還是他的臉。反正都是他，只要能讓她喜歡他就行！

第四十二章

趙懷淵很久沒有以真面目示人，此刻去除所有偽裝，肌膚吹彈可破，秀美長眉微微挑起，一雙丹鳳眼湛然含情，顧盼間勾人心魄。天生的紅唇是芙蓉面上的豔色，再加上高挺的鼻梁，襯得整張臉立體生動，映入旁觀者眼中，似捕捉到了提前到來的春色。

趙懷淵溜溜達達地去了太妃那裡，一路上，他一直在悄悄觀察旁人，不少丫鬟第一眼看到他時都愣住了，在他看回去時，便紅了臉，別開頭，神情又陷入困惑。

以前他的偽裝並不多，如今還是能一眼認出他，只是感覺上差了不少，變化極大。

趙懷淵心滿意足，當初連沈晞都被他的樣貌驚呆，這些丫鬟怎麼可能躲過？

太妃看到今日的趙懷淵時，神情一愣。

以前她經常從小兒子身上看到已逝大兒子的影子，現在他的模樣就更像了。

本來今日她的心情是不錯的，因為她聽心腹花嬤嬤說，昨夜趙懷淵在榮華長公主那裡大鬧了一場，逼得榮華長公主不得不為她兒子娶了沈家那個賤奴生的女兒為正妃。

榮華長公主是宴平帝的親妹妹，能看到榮華長公主吃癟，而且還是趙懷淵做的，她怎麼能不高興？她甚至在想，趙懷淵是不是終於明白了她的良苦用心，不再親近宴平帝。

但這會兒看到趙懷淵，看到他那張跟趙文淵更為相像的臉，又想起了慘死的趙文淵，不由落下淚來。她的大兒子本該是大梁的主人，卻死在了十八歲。

趙懷淵看到自己母親落淚的架勢，就知道她在想什麼，上揚的嘴角垂下，沈默了。

等到太妃平靜下來，已是一個時辰後。趙懷淵離開長安院，想起沈晞看到他可能有的表情，心情才好起來。

雖然沈晞委婉地拒絕他，但他是不會輕易放棄的。

他甚至想好了，要是將來沈晞也喜歡上他，願意嫁給他，他就和她住在外面。趙王府的家當確實不歸他管，但他皇兄大方，給他的賞賜，他都自己保管的。

因此，沈晞嫁給他，絕不會吃苦。至於他的母親，就由他一個人相處好了。這麼多年下來，他已經習慣了，但他不能讓沈晞受這種委屈。

趙懷淵暢想著未來，迫不及待地想去勾引……不是，想以朋友的身分去找沈晞玩。

從前他怕自己阻了她的好事，才私下來往，可如今他想光明正大地跟她在一起。如此，至少像昨夜那樣差點傷害到她的事，能少一些。

沈晞是講理的人，他可不是。哪一個不長眼的敢招惹她，他一定不會讓對方好過。

但趙懷淵在走出府門前猶豫了，他這樣貿然打破先前的約定，似乎不太好。

於是，他折回自己的院子，寫了一封信給沈晞，然後交給趙良，讓他送去沈府，一定要親眼看到小翠接了才行。

沈府內，沈晞看到小翠送來的信時，有些遲疑。這麼具有儀式感的行為，信裡的內容會是什麼？重新認真地表白一次，還是絕交信？

沈晞拆開信封，裡面是一張寫滿了字的紙，帶著淡淡桂花香。她嗅了嗅，香氣跟她用的差不多。

趙懷淵的字偏秀氣，跟他的人一樣，乍看並無鋒芒，但細看每道筆鋒裡都藏著暗勁。

信上寫，昨夜的事令他十分後怕，擔心將來還有人不長眼欺負她，不想再遮掩他們之間的來往，讓所有人知道他們是朋友。但這麼做可能會影響她的名聲，不知她是否介意？

沈晞看著最後那句「妳覺得怎樣？我都聽妳的」，不禁沈默。

她不信他沒聽出她的拒絕，甚至以為他傷了自尊，今後會疏遠她，再見就當不熟，反正旁人也不知他們私底下的交情。

可是，他這麼快就寫信給她了，還半點不提那事，好像真是在為朋友問的，整封信裡只有對她的擔憂。

沈晞沈思時，小翠道：「趙統領還在門房，說等到您的回信才走。」

沈晞無奈，這下不能裝死了，只好也拿出紙，讓小翠磨墨，寫了一封簡單的回信，吩咐小翠交給趙良。

趙良見沈晞願意當場回信，大為感動，接過信後，連忙趕回趙王府。

沈晞的回信信封上沒寫字，趙懷淵收下後，趕走趙良，小心翼翼打開，仔仔細細地看。

沈晞在信裡說，她在京城待不了幾年，根本不介意名聲，很願意與他光明正大地來往。

這回信是答應了趙懷淵的意思，可趙懷淵光盯著待不了幾年那幾句話看。

為何會待不了幾年？她不喜歡京城，今後還要回濛北縣嗎？還是濛北縣有等著她的人？

趙懷淵想了不少有的沒的，不得到答案根本無法安心，再加上沈晞不介意兩人往來，乾脆叫上趙良，駕馬車前往沈府。

門房看到趙懷淵，頓時驚了，他怎麼覺得趙王爺越來越俊俏了？原來就遠比旁人好看，如今更是跟天仙似的。

對上趙良的冷眼，門房趕緊低頭，說老爺尚未下值，請他們入內稍等。

趙懷淵隨口應下，被領到堂屋後，對奉茶的丫鬟說出去走走，便大搖大擺地去了桂園。

當小翠匆匆跑進來說趙王來了時，沈晞正在想，假如趙懷淵沒看明白或者假裝不明白她信中的暗示，她又該怎麼辦？

趙懷淵模樣長得好，有錢有權，性情跟脾氣還好，這樣的英俊少年郎，放在哪個時代都是績優股。但她沒把他當成可以交往的人看待啊，除了拒絕，她也沒有別的選擇。

聽見小翠著急的通報，沈晞一邊驚訝於趙懷淵的行動力、一邊開門出去。

院中的人聽到動靜，轉過身，露出一張絕色傾城的面容，笑吟吟地走上前。

沈晞陡然一驚，想起當初將趙懷淵從水裡撈出來時，他的容貌對她的衝擊。

今日，他卸去所有偽裝，露出真正的一面，真是美若天仙，讓她移不開眼。都裝了多久，怎麼突然就想開，不偽裝了？而且偏偏是在她拒絕他之後。她有理由懷疑，趙懷淵是在對她用美人計。

出來之前，她還堅持絕不可能喜歡他，她將來還要離開京城的。但看到他此刻的模樣後，卻不道德地想，離開京城之前，也不是不能談一段戀愛啊……

真的太無恥了！沈晞唾棄自己被美色沖昏頭而陡然降低的底線。

瞧見沈晞的愣神，趙懷淵知道自己賭對了，她真的喜歡他的臉。

因而，他走到距沈晞只有一步遠的地方，身子微微往前傾，故作茫然地說：「怎麼一直盯著我的臉看，我臉上髒了嗎？」

沈晞捂住胸口，痛苦地想：你的臉沒髒，是我的心髒了。

她退後一步，避開這張放大之後依然無懈可擊的俊顏，道：「你曾覺得自己的容貌沒有男子氣概，如今可是改了想法？」

趙懷淵心想，什麼男子氣概不氣概的，只要沈晞喜歡，他都可以！

他點頭道：「今日我忽然想開了，沒必要為外物所困，我便是我。沈晞，妳幫我看看，還有哪裡有問題嗎？」探頭湊到沈晞眼前，將沈晞剛剛拉開距離的努力化為烏有。

這就太明顯了吧！沈晞到底沒忍住，按著趙懷淵的肩膀讓他退開，面無表情道：「沒有問題。」

趙懷淵見沈晞好像要生氣了，連忙見好就收，規規矩矩地站好，拿出她回的信，略顯焦急地開了口。

「妳說在京城待不了幾年，是什麼意思？妳要回濛北縣嗎？」

別人或許會貪戀京城的權勢地位，但趙懷淵知道沈晞不會，她對他從沒有諂媚奉承，她也不在意侍郎嫡女的名頭，甚至根本不在意旁人是怎麼看她的。

在他看來，她就像是空中的一片雲，瀟灑飄逸，來去自由。

小翠還在，沈晞示意趙懷淵跟她進屋，才道：「這裡不是我的家，我待夠了便會走。」

趙懷淵蹙眉，她的意思是，今後他們連朋友都當不了了？

他定定地望著她。「這兒沒有值得妳留戀的人？」

沈晞微頓，也直視著他。「沒有。」

趙懷淵聞言，失落地垂下雙眸。他們只是朋友，而朋友的分量果然留不下她。

忽然間，他期待地問：「妳走的時候，可以帶上我嗎？我想同妳一起天南地北地玩。」

是他想岔了，只要能跟沈晞在一起，是在京城，還是在別的地方，又有什麼關係呢？

沈晞一怔，這……這算什麼啊？

「要是出去玩，一走就是好幾年，你母親和皇兄不會想念你？」

趙懷淵知道他們會，甚至不會讓他離開那麼久，但他可以偷跑啊，之前又不是沒跑過。

「我會寫信給他們的。」

沈晞托腮，無奈地看著趙懷淵，他真是把什麼都想好了。

「可我要是不讓你跟呢？」沈晞道。

趙懷淵顯然沒想到這一層，不可置信地看著沈晞，眼中期待的光一點點暗淡。

沈晞艱難地別開目光。可惡，讓美人失望真不是一般人能承受的，這種壓力讓她恨不得當場答應他任何事情。果然人類的本質就是顏控，長得好看就是可以為所欲為。

沈晞不忍心再看趙懷淵那張臉上浮現出的失落神情，只好道：「我保證，我走之前一定先跟你商量，好嗎？」

趙懷淵雖然不怎麼滿意這個答案，但她這樣說了，便不會偷偷離開，到時他能再想別的辦法，點頭應道：「這可是妳說的，不許食言。」

沈晞無奈地伸出右手小指，調侃道：「要不要拉勾？」

趙懷淵不給沈晞反悔的機會，立即伸出小指勾住沈晞的，用力晃了晃。「拉勾，誰騙人，誰是狗。」拉到手了！溪溪的手指好白好細啊……

見趙懷淵終於重新帶上笑容，沈晞的心情跟著好起來。京城她還沒玩夠呢，離別還早，至少得等沈少陵來趕考之後再說吧，希望他可以一舉高中，讓她安心離開。

既然趙懷淵不提表白的事，沈晞遂當沒發生過，轉而問道：「還有一事。如果我們不再遮掩，你母親可會來找我？」

她倒是不怕見太妃，但那畢竟是趙懷淵的母親，還是要給點面子，希望可以避免衝突。

趙懷淵知道，只要消息一傳出去，他母親一定會干涉，但哪怕是撒潑打滾，他也要讓母親答應，絕不能找沈晞麻煩。

他認真道：「我會先同她說。如果她要找妳，能避就避，不能避便拖延工夫等我來。」

沈晞點頭。「好。不過醜話說在前頭，我脾氣不好，倘若你母親對我說了難聽的話，我會忍不住反擊。」

這話也是在提點他，她跟他母親那種控制欲很強的人無法相處。婆媳處不好，每天上演家庭大戰，誰受得了？所以，他還是早點放棄喜歡她的念頭為好。

趙懷淵一臉認真。「我知道妳從不會無緣無故招惹他人，如果妳與旁人起了爭執，必定是對方的錯。我了解我母親的性情，妳按照心意來便好，我不會怪妳的。」

沈晞想，要是怪倒好了，她跟他母親吵個幾次，他們自然會疏遠。但她與趙懷淵是朋友，不好故意搞事，能避就避。至於他的感情，她的暗示已經夠明顯，先順其自然吧。

「明白了。」沈晞笑道：「我們的關係傳出去之後，榮華長公主定認為我們狼狽為奸，說不定還會認為竇池和沈寶音的事，是你偷偷派人做的。」

畢竟證詞有出入，柳憶白說害的是她而不是沈寶音，既然趙懷淵跟她關係匪淺，很可能是他做的手腳。哪怕當時趙懷淵以為房裡的人是她，慌張地去撬鎖，也會被當成在演戲。

趙懷淵不滿地說：「我們這叫珠聯璧合。」他跟沈晞多契合啊，哪怕沒有提前商量過，也能好好配合，誰能說不是天生一對呢？
這時，守在外頭的小翠揚聲道：「二小姐，韓姨娘來了。」
趙懷淵一驚，不由跳起來，要往窗戶旁跑，被沈晞一把拉住，對上沈晞無語的目光。
「不是說好了不遮掩嗎？你是從正門進來的，躲了反而顯得可疑。」
趙懷淵這才反應過來，前幾次來的時候躲習慣了，忘記這回不用躲。
片刻後，沈晞領著趙懷淵出去時，韓姨娘立時瞪圓了眼睛。
這是哪裡來的俊俏小郎君，怎麼會跟二小姐單獨待在屋裡？莫非二小姐終於膽大包天到包了小白臉？
韓姨娘再一看，哦，不是小白臉，是不知為何又俊俏了許多的……趙王?!
沈寶嵐的嘴嚴得很，哪怕韓姨娘有那麼一點懷疑，也沒多想沈晞與趙懷淵的關係，因此見到這一幕，驚得說不出話了。
趙王終於對沈家下手了嗎？他們家只是個小小的侍郎府，沈晞可是被逼的？但不對啊，沈晞還笑著呢。
韓姨娘心中千迴百轉，面上卻露出大大的笑容。「王爺來了，可要留下吃頓便飯？」
她只是客氣一下，趙懷淵卻順著竿子往上爬，笑道：「我有些餓了，添一副碗筷吧。」
韓姨娘暗暗咬牙，瞧她這張破嘴，瞎客氣什麼？

「那請二小姐招待殿下，妾身去盯著廚房。」既是沈晞招來的人，自然歸沈晞接待，她可不敢多跟這小祖宗來往，說不定哪句話便觸怒他了。

趙懷淵道：「你們吃什麼，我也吃什麼，不必鋪張。」

韓姨娘道：「妾身明白。」嘴上是這麼說，心想她哪敢隨便弄，還要趕緊派人把沈成胥叫回來。

韓姨娘匆匆走了，沈晞本想乘機送趙懷淵出去，這下好了，得繼續待著。

今日楊佩蘭帶著韓姨娘去榮華長公主府商量沈寶音的婚事，她本想問問是什麼情況，這下得先憋著了。

這幾日，雪化得差不多，今天陽光很好，總不能一直待在屋子裡，沈晞便邀趙懷淵去外頭走走。

趙懷淵欣然答應，他從未以這樣輕鬆的心情逛過沈府，遇到下人也不必躲開。沈府的下人管得不嚴，有些會驚訝地盯著他們；有些則飛快低頭，不敢多看。

趙懷淵忽然想起一件事，道：「這個月的二十二日是萬壽節，當日有宮宴，妳想去嗎？妳可以先隨妳父親入宮，我去尋妳，再帶妳看看皇宮各處。」

從前沈晞去過故宮，卻從未去過大梁皇宮，不禁生出些許興趣來。

「若不會很麻煩的話，我想看看皇宮有多氣派。」

趙懷淵擺擺手。「妳放心，我跟皇兄說一聲，再派一隊侍衛跟著，連後宮都去得。」不過他自然不會去後宮的，那不是沒事找事嗎？

沈晞道：「你皇兄對你真好。」像趙懷淵這樣赤忱的性情，哪怕一開始宴平帝對他的兄弟情是假，相處久了，也會處出幾分真心來。

趙懷淵談起宴平帝，倒是很有話說。「是啊，我自小便跟皇兄感情好。」

不過，他母親總為此罵他。那時候，趙之廷已經開蒙，顯露出天生的聰慧。原本他讀書時經常受人誇讚，說他有兄長之風，可趙之廷開蒙後，一切就變了。

他母親從誇他變成了誇趙之廷，說他時，哪怕語氣溫和，也掩藏不了其中的失望。她總說趙之廷多麼聰慧優秀，要他再努力些，要他向趙之廷好好學，不要貪玩。

他沒有貪玩。跟同年紀的人相比，他已是佼佼者，只是比不過趙之廷，但在他母親眼裡就成了不上進，整天想著玩耍。

他掙扎過一段時日，那是他最痛苦的時期，後來便徹底放棄。說他貪玩，那他就真的去玩；說他不上進，他就把書全撕了，連課也不上。

他母親只會怪他，可時常接他去皇宮的皇兄不一樣。他剛開蒙讀書時，被人誇聰慧，皇兄也會誇他，還送他禮物，提醒他戒驕戒躁。後來他徹底放棄時，皇兄也未曾像他母親一樣責備他，說他是皇帝的親弟弟，不用跟任何人比，還給了他趙王的封號。

母親說皇兄是在捧殺他，要將他毀掉。可他知道皇兄不是，皇兄只是愛屋及烏。如今皇兄提起兄長時，依然充滿孺慕之情與遺憾自責。倘若像母親說的那樣，他兄長是皇兄害死的，皇兄不會如此，但母親不肯聽，還指責他為了權勢地位，忘記仇恨。

趙懷淵笑道：「我母親不喜歡我跟皇兄親近，總認為皇兄想害我。」

沈晞理解趙懷淵母親的想法，人心隔肚皮，皇家的親情最是淡薄，先前她在濛北縣聽聞此事時，也認為宴平帝是在捧殺趙懷淵。

這會兒，她卻有些改觀了。或許，捧殺是真，親情也是真。只要趙懷淵永遠是紈袴子弟，宴平帝便會永遠跟他兄弟情深。

沈晞笑道：「你這樣挺好。皇上寵愛你，你才能繼續囂張跋扈啊。」

趙懷淵哈哈笑起來，唯有沈晞才會當面說他跋扈，他還聽得高興。

沈晞也很囂張，他們這是絕配！

兩人一路走、一路說笑，趙懷淵乘機問了，沈晞更喜歡吃鹹口味的東西，不怎麼挑食。愛用的香也不是桂花香，有什麼用什麼而已，沒有特別的喜好。

第四十三章

沈成胥匆匆從衙署趕回來，就見到沈晞和趙懷淵邊走邊說話，不知沈晞說了什麼，逗得趙懷淵笑得直不起腰。

沈晞看他好像要摔，伸手握住他的手臂。

沈成胥登時心驚肉跳，忙揉了揉眼睛，這不是他的幻覺！

所以，沈晞跟趙王真的有戲？

雖然過程凶險，但沈寶音到底成了郡王妃。這門姻親或許完全派不上用場，但至少名頭好聽，而且誰知道今後會如何？因此，沈成胥是有幾分志得意滿的。

難道，繼郡王妃之後，他府裡還會再出一個趙王妃？

以他這女兒的脾性，休想讓她做妾。之前趙王又處處護著她，說不定真有可能。

想明白之後，沈成胥笑容滿滿地上前。「王爺，讓您久等了。」走近了，才發覺今日的趙懷淵格外俊美，真如謫仙一般。

趙懷淵想到沈晞沒把這裡當家，也沒把沈成胥這個生父當一回事，遂不拿沈成胥當未來岳父，不給面子地冷淡道：「本王又沒等你。」

沈成胥無言。

趙懷淵看了看天色，說：「沈晞，妳餓了沒？走吧，我得好好嚐嚐妳府裡大廚的手藝。」

兩人越過沈成胥，沈晞道：「大廚手藝尚可，但肯定比不上趙王府的廚子。」

趙懷淵說：「東西好不好吃，得看跟誰吃。我看，我今日定能吃撐而歸。」

被無視的沈成胥不生氣，默默跟上，怎麼想怎麼覺得趙懷淵當著他的面說了句情話。因為是與沈晞一道吃，感覺飯菜變得美味，才會吃撐嗎？

沈成胥倒吸一口涼氣，再看沈晞，她卻是稀鬆平常地說：「那你今日得走回去了。不消食，晚上怕是睡不著。」

趙懷淵心道，多想沈晞幾次，晚上便睡不著了，哪用得著消食？

他不敢說，如今這樣不用避開旁人的親密無間，已夠讓他滿意，遂笑道：「走吧。」

沈成胥的目光在兩人身上打轉，最後落在沈晞身上，滿是驚嘆。

他親眼見沈晞如何逼得榮華長公主就範，哪怕其中有趙王的襄助，不也是沈晞的本事嗎？而她自己更是了不得，直接攀上了趙王。怪不得之前跟他說什麼不要管她的親事，原來是早有成算，怕他插手壞了她的事。

趙懷淵年過弱冠，早該是訂親的年紀，但他從未跟任何貴女親近，也不曾傳出訂親的事。這樣的趙王，偏偏對他女兒親近，可見沈晞本事極大。

沈成胥決定當作什麼都不知道，任由沈晞發揮。他已經開始想像，將來侍郎府裡能出一個親王妃了。而且，那可是趙王，身為趙王的岳父，豈不是可以在朝堂橫著走？

沈晞看沈成胥一眼，當即猜出他在想些什麼，但他注定要失望了。先不說她跟趙懷淵不會成，哪怕成了，她要做的第一件事，就是請宴平帝降他的職。

想借趙懷淵的勢，作夢呢！

平常侍郎府內是分開吃飯的，但今晚趙懷淵在，一大家子便聚在一起，只有沈寶音和沈元鴻的孩子們沒上桌。

原本是沈成胥和兒子沈元鴻招待趙懷淵，其餘子女坐另一桌，可沈成胥已看出趙懷淵和沈晞的關係，知道趙懷淵是為了什麼留下吃飯，哪會拆散他們，就同坐一桌。

趙懷淵坐主位，右側是沈成胥，接著是沈元鴻。趙懷淵左邊是沈晞。

趙懷淵在，眾人多少有些拘謹，唯有沈晞一臉平靜。趙懷淵用公筷幫她挾了塊搆不著的紅燒獅子頭後，她還淡淡地道了謝。

沈寶嵐悄悄瞪大了眼，他們這是不裝了？哇，那今後可就熱鬧了，看誰還敢瞧不起她二姊姊，姊夫一定會給予雷霆一擊。

韓姨娘見狀，埋頭吃飯，當作什麼都沒看到。朱姨娘探頭探腦，自以為目光隱晦地在沈晞和趙懷淵身上打轉。

沈成胥雖是看著趙懷淵，卻好像沒看到他的舉動，客氣周到地招呼他用飯。

沈元鴻不明所以，驚訝地對楊佩蘭耳語。楊佩蘭拉了拉他的衣袖，示意他不要說話。

趙良也被請來坐下，他同樣埋頭吃飯，假裝看不到自家主子對沈晞的大獻殷勤。他實在是沒眼看啊，他家主子當這麼一大家子人是死的嗎？還沒成親呢，這也太過親暱了吧。

這一頓晚飯就在詭異的氣氛中結束了。當然，身為始作俑者的趙懷淵沒覺得詭異。

他發覺，原來看著沈晞吃飯，他確實能多吃一大碗，戀戀不捨地告辭離開，而且是走回趙王府的。

趁著太妃尚未睡下，趙懷淵去了長安院。

不再掩藏之後，他才發覺，當著眾人的面與沈晞親近有多暢快，他太喜歡了，哪怕是跟他母親大吵一架，他也要護著沈晞，不讓沈晞被欺辱。

太妃看到趙懷淵時，依然有些發愣，真的是太像她的文淵了。

趙懷淵只當沒發現她的異樣，低頭道：「母親，我有一事想求您。」

太妃回神，稀奇道：「往常都是母親求你，今日倒是你求我了，什麼事如此鄭重？」難道，是有想娶回家的貴女？

她皺了皺眉。她不是沒幫趙懷淵相看過，但實在沒有配得上他的。他還年輕不懂事，別被外頭的妖嬈女子哄去了。

想到上一次來趙王府外找趙良的女子，她警惕地盯著趙懷淵。

趙懷淵道：「多謝母親一直操心兒子的事，但如今我已及冠，如何交朋友，交怎樣的朋友，是我自己的事。還望母親聽到風聲後，不要著急上火，更不要把人找來訓話。」

太妃蹙眉，聽趙懷淵話中滿是蹊蹺，分辯道：「母親何時不讓你交朋友了？你看看，你從前交的都是些什麼狐朋狗友，母親也是為你好。」

趙懷淵沈下臉。這些話，他聽了多少次？若真是為他好，又怎會完全不顧他的心情？

「母親，這次我是認真的。如果您還插手，我便從趙王府搬出去。」

太妃驚得站起身，瞪著趙懷淵脊背挺直的冷硬模樣，顫抖著手指他。

「你這樣跟母親說話，是不是你口中的朋友攛掇的？一定是那白眼狼派來的。你為何就是不明白母親的心呢？那白眼狼一直想著害你，他就是想讓我們母子不合。」

太妃說著，哭了起來，花嬤嬤忙上前攙住她，勸道：「娘娘莫氣，氣壞了身子，還有誰幫您護著殿下？您可要長命百歲啊。」

太妃聞言，不停點頭。「是，我得好好活著，不然懷淵怎麼死的都不知道。我可憐的文淵，便是我一時沒派人照看，才讓人鑽了空子啊……」

趙懷淵希望自己的母親可以好好活著，但聽見她們說要長命百歲地活著「照看」他，感到了窒息。

往常這時候，他不會言語，等母親平靜後再離去。

但此刻，他不能退縮。

他的退讓，意味著沈晞將來無盡的麻煩。這種窒息與憋悶，他一人領受便夠了，今日他必須將一切堵在源頭！

等太妃的心情稍稍安定下來，趙懷淵才再次出聲。「母親，這次兒子沒有說笑。您什麼時候找我朋友的麻煩，我便什麼時候搬出去。」

太妃已經習慣了，哪怕小兒子不聽話，但她每次哭訴之後，他都會說軟話安撫她。這回，他不說軟話也罷了，居然還說這些話來氣她。

太妃好不容易平靜下來的心情再次激動，死死盯著趙懷淵，雙目通紅，嘴唇顫動。

「懷淵，你要在外人面前欺負你的母親嗎？你什麼時候變成了這樣？」

趙懷淵靜靜聽著，沒有反駁。

太妃像是無力地倚靠在花嬤嬤身上，哭得上氣不接下氣。「懷淵，你從前不是這樣的，那時你多乖巧啊，簡直跟你兄長小時候一模一樣，怎麼長大卻變了？」

趙懷淵聽著，忽然跪下，磕了三個頭。「母親，該說的，我已經說了。不打擾您休息，我先告退了。」一起身後，轉頭就走。

太妃急切地在後頭喊他，他卻頭也不回。

花嬤嬤趕緊扶穩了太妃，才沒讓她摔倒。

太妃悲切地大哭起來，千難萬難才生下的兒子，為何跟她離了心？

走到院中的趙懷淵腳步微頓，依然繼續往外走。

每走一步，他都覺得沈重，好像身上背負了太多重量。但走出一步，又覺得輕鬆一些。

他不知道母親會不會聽進他的話，如果母親非要逼他，那他正好離開這個讓他窒息的地方，只是會讓沈晞受委屈。

面對母親，他一直沒有更好的辦法，因為那是生養他長大的人。今日說的話已經夠重，讓他生出愧疚，只是強忍著不回頭而已。

倘若沒有沈晞，他早已麻木，還能繼續過這樣的日子。但他已經明白了對沈晞的感情，便不能再這樣下去。

走出長安院後，趙懷淵對趙良道：「皇兄不是給了我好幾間宅子嗎？你找人去打掃修繕離侍郎府最近的那間。」

趙良沒有多問，出聲應了。

另一邊，送走趙懷淵後，沈成胥和沈元鴻回房，而一直埋頭吃飯的韓姨娘吃撐了，又有事想跟沈晞商量，遂問：「二小姐，可要走一走消食？」

沈晞還沒有回答，十分好奇的沈寶嵐便喊道：「要！」

韓姨娘瞪她一眼，朱姨娘也滿臉燦爛笑容地接話。「我也要。」

韓姨娘無語。

沈晞替韓姨娘解圍。「明日我不出門，寶嵐和朱姨娘來桂園坐。韓姨娘，我們走吧。」

沈寶嵐和朱姨娘見沈晞趕人，也沒辦法，只得戀戀不捨地離開。

回去的路上，朱姨娘湊到沈寶嵐身邊，偷偷地問：「三小姐，妳與二小姐走得近，可清楚她與趙王殿下……」

沈寶嵐口風緊得很，連連搖頭。「我什麼都不知道，別問我。」

朱姨娘見沈寶嵐這可疑的模樣，猜出她定知曉一二，哪肯輕易放過，追著她問。

沈寶嵐閉緊嘴巴，一個字都不肯多說。二姊姊的秘密，絕不能是從她嘴裡洩漏的。

這會兒，沈晞正與韓姨娘走在廊道中，丫鬟在前方提著燈籠照路。

韓姨娘道：「二小姐，長公主府真是無禮得很，今天長公主根本沒出面，只派個嬤嬤來，談及寶音小姐時，話語間滿是輕慢。」

沈晞不覺得意外，畢竟昨夜可不是什麼友好協商，而是她單方面的威逼利誘。婚姻是結兩姓之好，她這麼一通鬧，怎麼好得起來？

她的行為看似是在為沈寶音謀福利，可她那樣咄咄逼人，榮華長公主怎麼可能不憤怒？只是，長公主再生氣，對她也鞭長莫及，不就會遷怒到沈寶音頭上？

想到將來長公主府還有熱鬧可看，沈晞便覺得早上起來更有盼頭了。

單一個沈寶音可能還不夠，偏偏又多了個心腸歹毒的柳憶白。柳憶白與沈寶音同時嫁給竇池，還是以比沈寶音低的側妃身分，定會氣瘋，今後只怕跟沈寶音還有得鬧呢。

沈晞想起沈寶音說絕不會後悔，但說不定當時就後悔了，只是騎虎難下。沈寶音想要的大概是私下協商，利用趙懷淵的助力嫁給竇池。可她偏偏把事情鬧大，弄得人盡皆知，而且觸怒了榮華長公主，還設計柳憶白一起嫁給竇池。

這些變數，任何一個都會增加沈寶音將來融入長公主府的困難，她卻一下子送了三個。沈寶音不後悔？嘴硬罷了。

韓姨娘一邊說著、一邊觀察沈晞的神態，並無太多反應，便知沈晞的意思了。若說從前她還只是隱晦地聽沈晞的，今日趙王來過之後，心態就完全變了，這個家可不該是沈晞作主了嘛。

沈晞問她。「那婚期訂下了嗎？」

韓姨娘忙回神道：「訂下了。想著年前將婚事辦了，訂在十二月十二，是個吉日。」

沈晞又問：「跟柳家是同一天？」

韓姨娘說：「看那邊的意思，是同一天。不過，長公主府不肯多出聘禮。」

沈晞笑道：「這也正常，人家被我們強逼娶一個瞧不上的正妃，怎麼甘心多出銀錢？」反正聘禮是給沈家的，到不了她手裡，她也看不上。

「寶音妹妹的嫁妝，可要多準備些日用品。那邊心有芥蒂，說不定伺候不周，多半只能靠寶音妹妹自己了。」

韓姨娘微怔，明白了沈晞的意思。多備些便宜的用物，整個嫁妝的價值就會很低了。

其實她不明白沈晞和沈寶音之間究竟是什麼情形，沈晞明明那麼費力幫沈寶音謀得婚事，卻不好好準備嫁妝。

不過，上回在趙王的監督下，給了沈晞補償，如今沈府公中可是缺錢得很。既然沈晞發了話，回頭她再跟老爺吹吹枕邊風，置辦嫁妝的銀錢便能省下一大筆。

韓姨娘道：「我明白了，我會提醒老爺莫昏了頭。」

沈晞笑看韓姨娘一眼，取出一張銀票塞到她手裡。「韓姨娘，看妳為這些事操心，都累瘦了。這是我孝敬妳的，多買些補品補補身子。」

韓姨娘的心怦怦跳，沒有當場看數目，笑吟吟地應下。「還是二小姐有孝心，時時想著我這樣不中用的妾室。勞您惦記，我可得養好身子，今後還要為您多操持呢。」

兩人對視一笑。

分開後，韓姨娘藉著光看銀票一眼，竟是二百兩的，連忙捂住，臉上忍不住浮現笑容。二小姐多好啊，再加上還有趙王爺當靠山，她該向著誰，還用說嗎？

第二日一大早，沈寶嵐和朱姨娘憋不住了，一前一後到了桂園。

沈晞沒有理會她們那充滿八卦的目光，慢條斯理地替她們倒茶。

在她們喝茶時，沈晞說：「趙王與我是好友。」

朱姨娘聽了，噗的噴出嘴裡的茶水，沈寶嵐也被嗆到了。

沈寶嵐想，昨晚趙王那殷勤的樣子，好像恨不得親手餵二姊姊吃飯，還好友呢！

朱姨娘掏出帕子擦嘴角的水漬，心想二小姐可真有本事，連趙王都能當朋友。今日能交朋友，明日便能當王妃啊。

兩人盯著沈晞，想聽到更多，卻被沈晞一句話堵了回去。「王爺不喜歡我跟他之間的私事被別人知道。」

這話一出，朱姨娘只好憾憾告辭。能知道趙王真的跟沈晞關係匪淺，她已經滿足了。可見，她的眼光還是很好的，知道二小姐是個了不起的人物，早早來投誠。今後二小姐吃肉，她也能有湯喝。

沈寶嵐沒走，取出一封信，是魏倩和陶悅然寄過來的，想過來拜訪。

沈晞看今日天氣不錯，讓沈寶嵐寫回信，大家乾脆一起去吃飯，她請客。

能出門玩，沈寶嵐哪有不高興的，連忙回房寫信，讓下人送去。

第四十四章

上回沈晞和沈寶嵐在望月樓吃過飯，沈晞覺得望月樓的菜餚賣相和味道都很不錯，這次也約在那裡。

沈晞和沈寶嵐在包廂坐定，不久之後，三位小姐先後到來。

五人落坐，曾親眼見沈晞是如何在大庭廣眾之下不畏強權據理力爭的鄒楚楚，眼中已多了許多崇拜，語氣有些激動。

「沈姊姊，妳真是厲害。」沒能親眼見到沈晞在聆園雅集的表現，鄒楚楚很是遺憾。

魏倩笑道：「早告訴妳了，妳還將信將疑。」

起初陶悅然覺得沈晞有些過於出挑，如今卻不這樣覺得了，好奇地低聲道：「聽聞是趙王爺替沈姊姊出頭的？」

三雙眼睛灼灼看著沈晞，沈晞聳聳肩。「我與趙王有緣，如今我們算是好友。」

三聲驚嘆從三人嘴裡冒出，而魏倩嘴裡的別有一番意思，甚至跟沈寶嵐對視一下，兩人心照不宣地淺笑。

魏倩打趣道：「那今後我們姊妹豈不是也可以在京中橫著走了？」

陶悅然調侃她。「人家趙王爺的好友是沈姊姊，又不是我們，還能愛屋及烏不成？」

幾人一陣輕笑。鄒楚楚看了沈晞半天，還是說不出心中期盼的事。

經過榮華長公主壽宴之後，她忽然發覺，沈晞真的好厲害啊。魏倩喜歡奚扉，沈晞出謀劃策，魏倩就真的跟奚扉訂了親，而且彭琦兄妹被禁足，想搗亂都不行了。沈寶音被人毀了清白，沈晞便能讓對方不顧沈寶音的身分，娶了沈寶音當正妃。沈晞好像是在世的月老，什麼親事在她這裡都能成。

其餘人鬧了半天，鄒楚楚才終於鼓起勇氣，小聲道：「沈姊姊，我認識一名書生，文采斐然，未來定能高中。但我父母覺得他家太窮，妳、妳有沒有辦法讓我父母答應？」

幾人沈默一瞬，沈晞笑道：「這個簡單啊。」掏出一把銀票，放在鄒楚楚面前。「這裡應該有一、二千兩，妳拿給那書生，他便不窮了。」

哪怕知道沈晞一向大方，幾人還是被她隨手拿出千兩的舉動鎮住了。富婆誰不愛呢？大方的富婆更是多少人的心頭好啊。

鄒楚楚終於反應過來，連忙擺手，著急道：「沈姊姊，我怎麼能要妳的銀錢呢？我不是這個意思。」

沈晞也不是真想直接給銀子，鄒楚楚的問題就不是銀錢的事。

她把銀票收回去，笑道：「好吧，我比較喜歡先了解情況再想辦法，不然妳告訴我那書生姓甚名誰，家住何方，我先探探情況再說。」

如今鄒楚楚已對沈晞很信任，照實說了。但問到兩人如何相識，又羞得滿面通紅，不肯多說。

沈晞記下名字和地址，幾人便岔開了話。

鄒楚楚的情況跟魏倩不一樣。魏倩看上的是奚扉，錦衣衛指揮使的兒子，出身有頭有臉的人家，至少不會貪魏倩家的財跟權。可窮書生不同，跟窮書生有關的故事，古往今來可太多了。

鄒楚楚不提這事也罷了，既然提了，好歹相識一場，她總要幫忙看看。

五個女孩子聚在一起吃飯，能談的很多，從各自的婚事聊到日常往來，胭脂水粉、隱秘八卦等等，時間過得很快。

這時，沈晞跟她們說了一聲，起身去更衣。

望月樓的茅廁很乾淨，這也是沈晞願意再來的原因之一。

察覺到有兩個人蹲在茅廁邊，像是在埋伏，沈晞忽然一笑，對小翠道：「小翠，妳不用跟來了。」

小翠一愣，以為沈晞不想讓她跟著，沒有多問，轉頭回去了。

沈晞繼續往前走，越是靠近，越能清楚地看到，那兩人鬼鬼祟祟地躲藏在盆景之後，手中還拿著麻袋。

是隨便一個女的都可以，還是衝著她來的？沈晞決定冒險試試。

她和趙懷淵光明正大來往之後，來找她麻煩的人肯定會少很多，自然要趁現在再享受一下刺激。

倘若這些人不是衝著她來的，而是專門抓落單的女子，她也能乘機找出他們的窩。照理說，上次人口拐賣案，應該已滅了一個賊窟，但這種無本萬利的事，總會有人做。

沈晞像是無知無覺地走過去，走得夠近後，兩人突然跳出來，一把將麻袋往她頭上套。麻袋很大，無甚異味，沈晞假裝驚慌掙扎，而對方完全沒有停留，扛起她便跑。

沈晞在麻袋中判斷他們並無拳腳功夫，剛才匆匆一看，感覺他們身上沒多少市井氣，可能是哪家的小廝。

她的仇家不少，不知是來自哪家的人，膽子還挺大。

沈晞像是被嚇暈了，沒發出一點聲音，任由他們扛著她走。

她聽出他們應該是從後門離開望月樓，望月樓後面是一條小巷子，沒什麼人經過。

沒一會兒，她被放下，底下很硬，像是木板，可能是牛車或馬車。

不等她身下的車動起來，便聽到一道喝斥。「你們在做什麼?!」

這聲音有些耳熟，還不等沈晞想到是誰，外頭就傳來一陣砰砰砰的動靜。接著，麻袋被割開，她只能假裝昏迷。

「沈二小姐？」

對方認出了她，而沈晞也聽出對方的聲音，竟是趙之廷。

她假裝剛醒來，緩慢地睜開雙眼，驚喜道：「世子爺！」好嘛，她深入敵方的計劃就這麼泡湯了。

趙之廷沒想到救人還救到熟人，忙把沈晞從麻袋中扶出來。

沈晞揉了揉額頭，好似還有些頭昏。

兩個綁她的傢伙已經趴在地上，鼻青臉腫，一副不中用的模樣。

沈晞道：「這兩人真是可惡，不知為何要綁我。世子爺，您可要好好幫我審一審。」

趙之廷見沈晞沒事，還有心思要他審犯人，放了心，提起其中一人道：「說實話，就饒你一命。若有假話或不肯說，遲一息，我便割下你身上一樣東西。」

趙之廷可是上過戰場的人，這話說出口，即帶著隱隱的殺氣，讓人忍不住瑟瑟發抖。

小廝被揍過一頓，已是怕了，再聽到趙之廷的話，更是嚇破了膽，連忙道：「小人是趙王府的，只是想請沈二小姐去做客。」

沈晞聽到這話，微微放心，幸好沒有更多女子遭殃，只是衝著她來的。

至於所謂的趙王府，主使肯定是那位太妃娘娘了。

趙之廷蹙眉。「趙王要你們做的？」

小廝的眼珠一轉，剛想認下，沈晞道：「不是趙王。趙王是我的朋友，他要見我，直接上門便好。」

趙之廷側頭看向沈晞，沈晞一笑。「世子爺沒聽說嗎？」

趙之廷不答，稍稍一想便猜出是懿德太妃的手筆，將小廝丟開，問道：「沈二小姐打算怎麼做？」

沈晞說：「放了這兩人吧。告訴太妃娘娘，我自會上門拜訪，不必這麼客氣來請。」後一句話是對那兩個小廝說的。

兩人一愣，再看趙之廷，並沒有阻止的意思，遂連滾帶爬地跑了。

沒能多收拾一個賊窟，沈晞覺得既慶幸又遺憾。

趙之廷似有猶豫，半晌後又問：「沈二小姐真要去見太妃娘娘？」

沈晞反問道：「不能見嗎？」

趙之廷頓了頓，道：「太妃娘娘對趙王頗多寵溺，妳去多半不會愉快。」

沈晞笑了笑。「倘若我就是衝著不愉快去的呢？」

趙之廷略顯詫異地望著她，似是不明白她的意圖。「那是太妃娘娘，妳會吃虧。」

沈晞道：「這可說不定。」

「妳覺得趙王會站在妳這邊？」趙之廷誤會了沈晞的意思。

沈晞想，趙懷淵是站在她這邊沒錯，但她的底氣不是來自趙懷淵。

趙懷淵曾跟她說過，會要他母親不來打擾她，但太妃卻用這樣極端的方法「請」她去，多半是趙懷淵的話起了點作用，但也不多。人家不光明正大，改走陰的了。

沈晞想起，趙懷淵談及他母親時，總有深深的疲憊，且時常逃避，完全強勢不起來。

一個拿小兒子當大兒子替身的母親，精神上多半是有些不穩定的。倘若太妃真被趙懷淵勸服，那她很願意避開。如今以這種方式找上門來，她倒真想會會對方了。

她隱隱有種想跟太妃對上一場的衝動，大概是因為趙懷淵每次提起太妃時，那一閃而過的失落與痛楚，刺痛了她的眼睛吧。

沈晞沒有回答趙之廷，只笑道：「這次多謝世子爺相救，之後再上門拜訪道謝。」至於是什麼時候，是誰上門，就說不定了。

見沈晞心意已決，趙之廷沒再說什麼，目送沈晞從後門回到望月樓。

沈晞整理好髮髻和衣裳，沒事人似的回到包廂，愉快地吃完這一餐，又跟沈寶嵐她們上街逛了逛，才各自離去。

沈晞先將沈寶嵐送回沈府，才令車夫送她去趙王府，連小翠都沒帶。

上一回沈晞等在趙王府外，是為了小七的事，還要小心不被人發覺，今日卻可以光明正大地讓車夫找門房說明來意。

沈晞沒等一會兒，便有一位自稱姓伍的嬤嬤出來，請她進去。

伍嬤嬤有著王府下人特有的氣派，穿的衣裳料子好，樣式也好看，身上戴著不少首飾，走起路來頗有氣勢，眼神裡流露出對她的輕蔑。

伍嬤嬤走得急，沈晞卻不，難得來一次趙王府，總要好好看看。

走出一段路後，伍嬤嬤一回頭，發現沈晞落在後面，甚至停在原地，望著遠方，不知在看些什麼。

伍嬤嬤氣勢洶洶走回去，冷聲道：「沈二小姐，您在看什麼？讓太妃娘娘久等不好。」

沈晞莞爾一笑。「太妃娘娘不是中午起便在等我嗎？多等一時半刻，又有什麼關係？」

伍嬤嬤沒想到沈晞會這樣說，覺得詫異，隨即驚怒。今日沈晞敢獨自前來，可是篤定了太妃不能拿她如何？呵，真以為她不知用什麼法子傍上趙王，便能橫行霸道？

伍嬤嬤冷下臉。「沈二小姐，此時伶牙俐齒沒用，等會兒您還笑得出來才好。」

沈晞笑容未變。「有什麼能笑不出來的？我又無須跟太妃娘娘多待，只怕片刻後趙王殿下就會過來了。」

伍嬤嬤陡然明白，原來沈晞是在拖延工夫；不是大膽，而是有幾分小聰明。知道太妃想見她，她無論如何都逃不開，若被悄悄綁來，等不到援手，遂故意光明正大地上門，趙王得知消息，一定會趕來救人。

伍嬤嬤當即揚聲道：「沈二小姐若走累了，老奴可以請人來幫您走。」

沈晞笑咪咪地擺手。「何必這麼客氣。走吧，我迫不及待想要見到太妃娘娘了。」

伍嬤嬤快被沈晞的模樣氣瘋了，不肯再跟沈晞說話，掉頭便走。走了幾步，回頭見沈晞確實跟上了，才加快腳步。

沈晞被伍嬤嬤領到長安院，院內院外站滿下人，一個個虎視眈眈地看著她。

沈晞捂嘴打了個呵欠，剛才吃完午飯逛了街，現在真是有些睏了。

她毫不在意地忽略這些用來立威的下人，入內後，一眼看見趙懷淵的母親。

懿德太妃養尊處優，再加上美麗的容貌，本該是個優雅的老太太，但此刻的神情卻充滿扭曲的敵意，冷冷地看著沈晞，好像在看什麼骯髒的垃圾。

太妃身旁還站著一位嬤嬤，見沈晞進來，便道：「妳就是沈侍郎家的二小姐？」

沈晞道：「正是我。您如何稱呼？」

聽到沈晞說話，太妃和花嬤嬤都皺了皺眉，果真是鄉下回來的，不知禮數。

太妃也怕趙懷淵會聽到消息趕回來，不好拖延，直接開口。「妳想要什麼？如果不太貪心，我可以答應妳的要求，妳別再纏著我兒。」

沈晞雙眼微微瞪大，心中不禁有些激動。沒想到啊，她也有面對「給妳五百萬，離開我兒子」的時候，笑了起來。

「看得出來您對王爺的母愛，我也是個講理的人。您給我十萬兩，我就不纏著他了。」

十萬兩，相當於後世的一億元，但對趙王府這種巨富之家來說，不過是九牛一毛。

太妃不敢置信地看著隨口報價的沈晞，又氣又鄙夷。「妳果真是衝著這些接近我兒！」

花嬤嬤趕緊替太妃順氣。

這時，外頭忽然傳來下人們的喧譁聲，隱約聽見「殿下，您不能進去」之類的話。

沈晞頓時面露遺憾，不能繼續玩下去了，原本還有「原來您的兒子在您心中連十萬兩都不值」之類的臺詞沒說呢。

有趙良開路，趙懷淵順利闖過下人的阻攔，看到站在屋裡的沈晞，見她似乎並未受委屈，才放下心來。

他幾步來到沈晞身邊，低聲道：「抱歉，我來晚了。」

沈晞挑眉。「不，你來早了。」

太妃見趙懷淵這麼快就來了，心中一緊，顫聲道：「懷淵，母親早告訴過你，他們接近你，絕對不懷好意。她要我給十萬兩，便不再纏著你，她要的只是銀子。」

趙懷淵轉頭看向沈晞，沈晞無辜地眨了下眼。「我就問問，但看樣子娘娘不願意給。」

趙懷淵一頭霧水。為何向他母親要？她缺銀子，直接跟他拿不就好了嗎？他有啊。

沈晞嘆道：「王爺，看來您在娘娘心中還不值十萬兩。」終於把這句臺詞說出來了。

太妃怒聲道：「少挑撥離間！妳這樣不安好心的人，一文錢都別想要！」

沈晞一臉遺憾。「王爺，現在你一文錢也不值了。」

趙懷淵納悶，他不是來解救沈晞的嗎？怎麼覺得她好像完全不需要他幫忙？

聽聞沈晞上門，他慌忙趕來，心想怕是要跟母親大鬧一場，今日大概得搬出去了。

想到這些，他的心情自然壓抑沈重。可哪裡想到，沈晞兩句話就說得他有點想笑，以往面對母親時如一整座山壓在肩頭的沈重感也消失了。

這會兒太妃氣得青筋直冒，趙懷淵自是不可能笑出來，咳了一聲，轉向太妃，恭敬道：「母親，我曾同您說過，您若找沈晞麻煩，我會搬出去。」

太妃和花嬤嬤面色一變，花嬤嬤當即道：「殿下，今日是沈二小姐自己找上門的，與娘娘無關。」

趙懷淵雖不知前因後果，但他非常清楚，沈晞才不會主動挑事，哪一次不是旁人先招惹她的？

「那一定是母親先做了什麼。」

太妃一愣，隨即含淚道：「懷淵，母親為你付出了多少，你竟信任旁人，不信母親？」

沈晞一臉無辜。她什麼都沒說啊，別誣衊她。

她也發現了，太妃很擅長以親情綁架趙懷淵。這樣窒息的氛圍裡，怎麼還能養出趙懷淵那樣赤忱的性情。

趙懷淵目光微垂，長長睫毛落下些許陰影，唯有抿緊的唇洩漏了情緒。

「母親能保證什麼沒做嗎？」

太妃一時無言，忽然捂住胸口，嚶嚶哭道：「你居然為了一個外人質問母親。倘若你兄長還在，絕不會讓你做出這樣大逆不道的事。」

胸口悶窒的感覺又出現了，趙懷淵正要開口，卻聽沈晞笑道：「如果他兄長還在，您也不會拿他當替身，這般折磨了。」

沈晞話音剛落，所有人屏住呼吸，連太妃的哭泣都停了。

這些話太過大膽，大膽到有些人聽都不敢聽。

趙懷淵側頭望著沈晞，眼神中有些茫然，胸中卻湧上暖流。他沒跟沈晞細說過這些，可她竟然都知道。

太妃忽然尖叫一聲。「妳懂什麼?!我們母子之間的事，哪裡容得妳胡說八道！來人，掌嘴！」

趙懷淵橫走一步，擋在沈晞身前，冷冷看向想動手的下人。「本王倒要看看誰敢！」

沈晞從趙懷淵身後探出頭，笑道：「不是吧，被戳穿心思，便惱羞成怒了？」

第四十五章

太妃出身清貴，入宮得寵，生下皇長子和皇五子，沒被人這樣當面頂撞過。後來趙懷淵封王，她隨他出宮，更是一家獨大，除了趙懷淵偶爾惹她生氣之外，沒人敢這樣跟她說話。哪怕是宴平帝，那日因永平伯之事召她入宮，也不過輕飄飄說上兩句。她沒給好臉色，他也沒說什麼。他能說什麼？他心中有鬼，怎麼敢開口。

太妃面上憤恨，心中不覺湧上一陣恐慌，忙對趙懷淵道：「懷淵，她一定是那個白眼狼派來的，想讓我們母子生出嫌隙，你莫上當。」

趙懷淵靜靜地望著她，漂亮的丹鳳眼滿是自嘲。他以為沈晞當面挑明之後，母親會有所悔悟，但她沒有，也不承認。這些年她如何看待他，她和他都清楚，只差沒人挑破罷了。

見趙懷淵不語，太妃又是一陣心慌，急切道：「是，我是常常提起你的兄長，可我只是想要你向他學學。當年他那樣出眾，誰見了不誇一聲翩翩君子？我讓你學他有錯嗎？」

沈晞離趙懷淵很近，能感覺到他全身的僵硬，心想她早該來會會這位太妃的。趙懷淵身為人子，卻這樣日日夜夜被比較、被貶低，能上進才怪，沒去當個殘暴荒淫的紈袴，已是他本性夠純良了。

沈晞隔著衣袖捏了下趙懷淵的手腕，見他茫然地側頭看過來，純然無辜的模樣令她想起了初見時他露出真容時的場景，一樣惹人憐愛。

沈晞忙拉回飄遠的思緒，對他笑了笑，才看向太妃。「您聽聽您說的，是真心想要人學好嗎？沒有兩個人是完全一樣的，哪怕是親兄弟，也有各自的性情喜好。您不管王爺擅長什麼、喜好什麼，逼著他跟他兄長一模一樣，這不是拿他當替身是什麼？」

她說到這裡，語氣緩了緩。「娘娘，斯人已逝，活人永遠比逝者重要。」

太妃被困在大兒子早逝的痛苦裡，也是可憐，但總該看開的，不然她自己痛苦，還要折磨完全無辜的小兒子。趙懷淵做錯了什麼，要承擔他兄長的死亡？

太妃不知被哪句話刺激到了，紅著眼，面容因悲憤而扭曲，忽然尖聲叫道：「我兒那麼好，死的為什麼是他?!若連我這個做母親的都忘記他了，還有誰記得？他本不該死，坐在皇位上的人本該是他！」

此言一出，眾人駭然，而太妃好像喘不上氣，癱軟下去，一旁的花嬤嬤趕緊扶住她。

趙懷淵見狀，也連忙上前。

沈晞見所有人一副慌亂的模樣，想了想，退了出去，也沒人注意到她。

雖然她說的是實話，但把太妃氣出了毛病，大概還是會怪到她頭上。

沈晞不後悔措詞激烈，難道就任由太妃這麼欺負趙懷淵嗎？趙懷淵乖巧聽話，就是太妃親欺負他的理由？

幸好她對趙懷淵說過，哪怕是對上他的母親，她說話也不會好聽。

守在屋外的人不知屋內發生了何事，見沈晞出來，全盯著她看，但也沒有做些什麼。
沈晞在他們的注視下走出長安院，想了想，還是沒有走，靠在院外牆上靜靜地等待。
王府下人面面相覷，見沈晞沒做什麼出格的事，只能等裡頭主子的吩咐。

長安院裡，趙懷淵幫著把太妃扶到床上。
太妃緩過一口氣後，淚眼婆娑地看著趙懷淵，語氣虛弱。「懷淵，母親真的沒有拿你當替身，你不要上了旁人的當。」
趙懷淵垂下目光。「母親好好歇著。」
太妃死死拉著趙懷淵的手，趙懷淵掙了下，沒掙脫開，又不好用力，望著她道：「母親，每年兄長忌日時，您看到的究竟是我，還是兄長？」
太妃微微一驚，心虛之下，鬆開了趙懷淵的手。
趙懷淵後退一步，低聲道：「母親安歇，我去找大夫。」頭也不回地離開了。
關上門後，他立即快步跑出去。剛剛母親癱倒，他只顧著關心母親，眼角餘光看到沈晞離開，卻不好叫她。
她會不會以為她幫了個白眼狼？她明明是在為他說話，他卻棄她於不顧。
趙懷淵心中焦急，匆匆跑出長安院。沈晞剛出去沒多久，他定能追到她的。

他身後突然傳來一道清脆動人的聲音。

「王爺！」

趙懷淵頓住腳步，轉頭見沈晞直起身，笑著對他招手。「找我的話，我在這兒呢。」

他長舒了口氣，連忙掉頭，急切地解釋。「方才我沒有忘記妳，只是我母親……」

沈晞抬手打斷他的話。「你關心你母親，哪有什麼錯？抱歉，是我說話太尖銳了。」

趙懷淵急忙搖頭。「不，不是妳的錯。」見長安院中的下人還在探頭探腦，忙拉著沈晞走出去，又對遠遠跟著他們的趙良比了個手勢，示意趙良盯著，別讓人靠近他們。

隨後，他才抬眼望著沈晞，雙眸中藏著淺淺的笑，低聲說：「謝謝妳。」

謝謝她說出所有人都看得清楚但沒人敢說出來的事實，謝謝她願意為他出頭，謝謝她如此明白他的哀傷與苦痛。

沈晞微微垂下眼，岔開話。「那她要緊嗎？是不是要找太醫來看看？」

趙懷淵回道：「不用。我母親不信任宮裡的太醫，府中有一位致仕的馮太醫，他熟悉我母親的情況。」

兩人正說著，得了下人通報的馮太醫匆匆趕來了。

馮太醫看到院門口的趙懷淵，頓了頓，行禮道：「王爺。」

趙懷淵道：「馮大夫，我母親被我氣著，麻煩你了。」

馮太醫大約六十來歲的模樣，聽到這話也不意外，點點頭進去了。

趙懷淵說：「我出宮開府不久後，馮大夫來了趙王府。我母親很信任他，又常常會被我氣到不適，因而馮大夫的住處就在附近。」

沈晞想，難怪來得這麼快。「恕我再說句不敬的話，太妃不是被殿下氣到，是她沒想開，自己氣自己。」

沈晞知道太妃的痛苦，她站著說話確實輕飄飄的。但一個兒子歿了已成定局，再痛苦，二十年都過去了，是打算連另一個兒子也不要了嗎？

趙懷淵一笑，並未說什麼。

沈晞仰頭看著趙懷淵，忽然道：「有一種人是窩裡橫，在外唯唯諾諾，在內重拳出擊。王爺是完全反過來的，在你母親面前，外頭那個囂張的樣子是一點都見不著。」

趙懷淵脫口而出。「我在妳面前也是。」

沈晞聞言，假裝沒聽懂，趕緊說完剛才想說的話。「可見王爺哪怕面對長輩的不公平對待，也依然心懷感恩，孝順敬上。」

想到趙懷淵小時候就要面對這樣的母親，她一下子就窒息了。幸好宴平帝是疼愛他的，即便有摻假，但至少給了他一個可以暫時躲藏喘息的地方。

趙懷淵被沈晞誇得臉紅，他真那麼好？又聽沈晞繼續道：「往常你提起皇上時，我能聽出你對皇上是發自內心的敬重和親近，可見王爺對皇上為君臣忠義，為兄弟悌順。」

趙懷淵耳朵也紅了，看著沈晞，眼裡慢慢滲出微光來。

沈晞繼續說：「旁人說你蠻橫，我卻覺得那是率性而為。王爺跟我初見時，便能不顧自身安危保護我，之後遭遇不平事也從不推託，不求回報為此奔波。王爺聰慧過人，許多時候我不用言明，也早已猜到，與我默契配合，且王爺待朋友真誠、體貼，沒有高高在上的架子，十分平易近人。」

趙懷淵聽得心怦怦直跳，他從來不知道，原來在沈晞眼中，他有那樣多的優點。

他忽然很想問一句：*倘若在她眼中他這樣好，她可不可以喜歡他一點？*

可他忍住了。她看到了他這樣多的好，再相處久一些，就更容易日久生情了吧？

「所以，王爺……」

沈晞正要總結，趙懷淵忽然道：「妳叫我名字吧。我們已是這樣久的朋友了，妳怎麼還是王爺、王爺的叫？」

沈晞心裡一算，他們認識滿打滿算才幾個月，倒也不能說是「這樣久」吧？

她不想跟他爭辯，破壞氣氛，遂道：「所以，不管今後你母親再說什麼你不行，你不如你兄長，都不要聽。我沒見過你兄長，但你們兄弟倆站一起，我也只願意跟你交朋友。」

這話太真心了，畢竟光風霽月的先太子不會偏心，更不會陪她胡鬧啊。

趙懷淵捏緊自己的拳頭，怕自己一激動，就要失禮地抱住沈晞了。

他和兄長，所有人選的都會是兄長，只有沈晞選他。哪怕她還不喜歡他，她也選他！

心中十幾年的空洞好似被填滿，趙懷淵幾乎手足無措，又高興得想拉上沈晞大醉一場，不由脫口而出——

「那妳今後叫我懷淵，我叫妳溪溪好不好？跟妳親近的人，都這麼叫妳的對吧？」

沈晞很想打趙懷淵，她努力開導他，想讓他不要再被他母親那些殘忍的話傷害，結果他居然還在糾結稱呼問題。

她瞥他一眼，故意道：「京中跟我最親近的是寶嵐，她叫我二姊姊，你也要這樣叫？」

今日既然提了稱呼的問題，趙懷淵便想定下來，當即耍賴道：「如果妳不讓我叫妳溪溪，那我今後便叫妳二姊姊，還要當著所有人的面叫。」

他說著，往前踏一步，微微低下頭與沈晞平視。哪怕他明明比沈晞大三歲，也不妨礙他覥著臉，輕聲喚道：「二姊姊……」

眼前的俊顏雙眸中只有專注，沈晞心頭一跳，莫名的羞恥感立即湧上心頭。

趙懷淵見沈晞似是不為所動，稍微退後一些，再次張口，聲音比剛才大了點。

「二……」

沈晞忍不住了，出聲阻止他。「停！」哪怕她知道趙懷淵目的不純，但為了不要再從他嘴裡聽到「二姊姊」，只好答應了。

「私下裡隨你怎麼叫，出去時你還是跟以前一樣，叫我沈晞吧。」

趙懷淵不糾結，只要答應他能叫她溪溪就足夠了，連忙點頭。

這時，去院內診治的馮太醫出來了，趙懷淵讓沈晞稍等，向馮太醫詢問他母親的病情。

馮太醫道：「還是老樣子，沒什麼大礙。」

趙懷淵徹底放了心，對沈晞道：「我送妳回去吧。對了，妳今日怎麼會來？」

兩人一道往外走，沈晞並不想隱瞞，不然豈不是顯得她無緣無故上門挑事？她分明最講道理，別人不莫名招惹她，她都不好意思下手的。

「你母親派人來綁我，沒成功。我得知是她派來的人，便主動上門來見。」

趙懷淵皺眉，母親是不是認定了他不會搬走，才完全不聽他的話？幸好沈晞沒事。

他低聲道歉。「對不起，是我的錯，沒能說服我母親。妳放心，今後我讓趙良派人保護妳，絕不會再出現這樣的事。」

沈晞心想，趙懷淵盯著，她還怎麼悄悄搞事啊？萬一遇到意外，不是很容易暴露底牌？

她搖搖頭。「不用了，今日之後，你母親應該不會再想見我了。而且，我不希望有人盯著我，天天監視我在做什麼。」

趙懷淵忙道：「不是，我並非這個意思……」他不想讓沈晞誤會，但之前確實有過派人盯著侍郎府，一看到她出門便立即出來偶遇的時候。

見趙懷淵一副心虛又慌亂的模樣，沈晞忍不住笑了。「我知道。平日我不是在侍郎府，就是待在人多的地方，將來哪怕你母親想綁我，也不會有多少機會。況且，今日不是沒讓她成功嗎？」

趙懷淵還是有些不安，擔心母親會做出比綁架更瘋狂的事，低聲問沈晞。「那妳今後出門玩，都叫上我可好？」至少，他在的話，母親就不可能動手。

沈晞抬眼看他。「我跟手帕交出去玩，也要叫你嗎？」

趙懷淵理所當然地說：「人多熱鬧，光妳們幾個玩有什麼意思，再叫上奚扉他們。」他強行跟奚扉交朋友，不就是為了這種時候嘛。

沈晞不知趙懷淵是真為她安全著想，還是私心作祟。這樣每次出門，豈不是興師動眾？她敷衍應下。「我儘量吧。」

這會兒，兩人已到了王府門口，沈晞上馬車前，還是多嘴說了一句。「下回你母親又在你面前提你兄長，能反駁就反駁吧，你不說，別人當你不在意。心裡不高興，便要說出來，不要委屈了自己。」

趙懷淵聞言，心中熨貼，沈晞是在關心他，笑得一臉燦爛。「我記住了。」

他送沈晞上了沈府馬車，又目送馬車離開，才戀戀不捨地回去，讓一旁目睹全程經過的門房驚得連話都說不出來。

送走沈晞後，趙懷淵想了想，回了長安院。

他問了下人，得知母親還醒著，敲門入內，懇切道：「母親，沈晞真不是誰派來的。之前我一直沒有跟您說，當初我在濛北縣時，不慎落入濛溪，是沈晞及時將我撈上岸，不然這會兒我說不定連屍身都找不回來。」

太妃不知趙懷淵曾有過那樣驚險的經歷，腦子嚮起嗡的一聲，忙扶住床沿。

趙懷淵繼續道：「母親，適才沈晞還勸我不要搬出去，說您畢竟是我的母親，我不該與您鬧得這樣僵。」

沈晞當然沒說這種話，但他想過了，若真搬出去，母親只會認為他們母子離心都是沈晞的錯，反而更容易對沈晞不利。不如像沈晞說的，他繼續留在趙王府，有不高興的就說出來，說不定哪一日母親便能接受沈晞了呢。

太妃道：「那一定是他們設的局！先害你落水，再救你上來，讓你感激她。」

趙懷淵心中微沈，面對母親時常有的無力感再次出現，不過這次持續沒多久，腦中浮現沈晞的笑容，將之驅散。

他頗有耐心地道：「母親，如果真是局，那何必救，讓我淹死不是更好？我死在外頭，是不小心造成的意外，也牽扯不到京中。」

他知道母親一直認為皇兄要害他，怎麼說都沒用，但他還是想再說一次。母親提一次，他便解釋一次，這次不信就等下次，說得多了，母親總有一日會信的。總比他從前總是自怨自艾，默認母親的所有話，消極地等母親自己平靜下來好。

太妃果真沒那麼容易被勸服，揚聲道：「只要你死了，所有人都知道是他做的。他不能殺你，只能引導你，讓你變成世人眼中的紈袴，他才能安心！」

趙懷淵提醒她。「母親，如今所有人都知道我不學無術。」

太妃的面容因憤恨扭曲了一瞬，認定趙懷淵的不上進都因為宴平帝的設計。

「他心思深沈，狡詐多疑，你看，他不是派了許多人假裝當你朋友來試探你嗎？你告訴我，是不是看上了那個叫沈晞的？她一定是他派來的，他連你的枕邊人都想操控。」

趙懷淵心想，今日依然說不動母親，平靜道：「母親，沈晞救了我，後來我才發覺與她脾性相投，我們是可以一起玩、一起喝酒的朋友，您不要多想。您不是怕皇兄會在我枕邊安插人嗎？那我便一輩子不娶妻，就不用擔心了。」

太妃聽趙懷淵這樣說，反而急了。「你怎能不娶妻？你等著，母親定能幫你找到不受那個人操控的好女子。」

趙懷淵道：「母親不用為我操心，我不會娶任何人。」除了沈晞。

他說完，便告辭離去，不給太妃勸說的機會。這下，母親得操心他不肯娶妻的事，顧不上沈晞了。

花嬤嬤送趙懷淵出去，趙懷淵便向花嬤嬤要了那兩個去綁沈晞的下人。

趙懷淵既已知道此事，花嬤嬤也沒什麼可隱瞞的，叫那兩人去見趙懷淵。

花嬤嬤回去向太妃稟報此事，太妃沒多問，愁容滿面地說：「花嬤嬤，懷淵說他這輩子不娶妻，這可如何是好？」

花嬤嬤勸慰道：「王爺這是還未長大，不知有妻有子的好呢。您可以先幫他物色，讓他多見見，說不定有能入他眼的。」

太妃不知道這行不行，回想方才趙懷淵的眼神，莫名覺得那是前所未有的堅毅，好像他已打定主意，誰也不能讓他改變。

她想了一會兒，道：「花嬤嬤，妳去把京中適齡女子的小像做成冊子。我這做母親的，總要先幫他挑挑。」

花嬤嬤應下，又問：「那沈二小姐那邊……」

想到沈晞，太妃的額頭青筋不覺抽動，她實在是太討厭那丫頭的嘴了，還隱隱有些懼怕，出神一會兒，才開了口。

「隨她去吧。此女粗俗不堪，牙尖嘴利，不知禮義廉恥。她能蒙蔽懷淵一時，過上一段日子，懷淵便會看清她的。」

花嬤嬤應下。

第四十六章

另一邊，趙懷淵讓趙良審那兩個被打得鼻青臉腫的下人，聽著聽著，面色微微變了。因為沈晞沒吃虧，趙懷淵讓這兩人滾下去，面色變幻，問道：「趙良，為何沈晞不告訴我是趙之廷救了她？」

趙良心道，當然是因為沈二小姐聰慧，知道說出來有人會亂吃飛醋，所以略過啊！哪知主子非要刨根問底，這不是自找不痛快嗎？

他一臉誠懇地回答。「應當是韓王世子在她眼中並不重要，因而忽略不提。」

趙懷淵狐疑。「真的？」

趙良道：「這只是小人猜測。」

趙懷淵依然不爽。母親派人去綁沈晞，結果沈晞被趙之廷救了，而他還什麼都不知道。上回沈晞驚馬，救她的也是趙之廷，但他多希望是自己。

趙懷淵糾結了許久，才道：「不然你派手下盯著侍郎府，要是……」頓了頓，又改變心意。「不行不行，溪溪不讓我這麼做。要是她知道了，會生氣的。」

趙良說：「主子，小人的手下都是好手，沈二小姐畢竟只是普通人，發現不了的。」

趙懷淵心生意動，考慮再三，還是放棄了。「算了，我既已答應溪溪，便不好反悔。對了，你加緊去查溪溪關心的那個王岐毓。」

趙良領命。「是！」

另一邊的韓王府，俞茂聽到手下的稟告後，小跑著去找正在練字的趙之廷。

「爺，下面人來報，沈二小姐從趙王府離開了，看起來並未受什麼委屈，是趙王親自送出來的。」

趙之廷執筆的手一頓，微微頷首。「知道了。」

俞茂見趙之廷沒有別的吩咐，便退下了。

趙之廷又平靜地寫了一頁字，才放下毛筆，踱步來到窗前。從這兒望出去，眼前只有一棵已經枯了的松樹，看起來垂垂老矣，毫無生機。

他母親本想叫人砍了，他沒答應。見這樣一棵龐大的松樹逐漸死去，有些別樣的感悟。

今日，他眼睛看著松樹，心中想到的卻是外頭的流言。他沒去榮華長公主的壽宴，因為他母親跟榮華長公主一向不合，自然不會邀請韓王府。事後他才得知壽宴上發生了大事，有些遺憾未能親眼見到沈晞是如何膽大包天地對上榮華長公主。

津津有味討論長公主府和沈家親事的人很多，但暗中猜測趙王與沈家小姐們關係的人更多，多少人見到趙懷淵急切地衝過去，猜他在意的到底是當時不在場的沈晞，還是沈寶音。

因為沈寶音跟竇池訂了親，更多人猜想趙懷淵在意的是沈晞。而他聽到這些事時，便斷定趙懷淵在意的是沈晞了。

至於聽到前未婚妻跟他人以這種不光彩的方式訂親，趙之廷的心情並無波動。他本就不在意自己的婚事，最近他母親為找不到合適的女子而憂愁，他只覺得無所謂。

他忽然想起，那一日在比試場上沈晞張揚耀眼的模樣，倘若是她……

他驀地垂下目光，不再往下想。

過了一晚，沈晞就把答應趙懷淵的事拋到腦後，帶上小翠出了門。

昨天答應鄒楚楚要幫她的忙，趕緊辦了。

沈晞沒有親自去查，而是到了平安街，在某個地方站一會兒，便見王五諂笑著過來。

「小姐有何吩咐？」

沈晞先關心一句。「你妹妹最近可好？」

王五感激地說：「近來小七不再害怕了，這些時日也長了些肉。」

沈晞笑道：「那便好。我這裡有個人，你替我查查。」

王五打開她遞過來的紙條，只見上頭寫著一個地址，而人名是賀知年。

「不知小姐要查他哪方面的事？」

沈晞想了想，稍微透露了一些。「我有個好友對他一見鍾情，想知道他是不是良人。」

王五微微瞪大眼睛，有些詫異，隨即慌忙低頭。「小人明白了。」

沈晞面無表情道：「我真有一個好友。」

王五立即站得筆直，連聲應下。「是，小人相信小姐。」

沈晞無語。行吧，誤會就誤會了。

她掏出一張小額銀票，王五卻推道：「這是小人應該為您做的，怎能讓您破費。」

沈晞說：「你不要銀子，你手下人也不吃飯了？你既為我辦事，我怎麼好苛待你？給你便拿著，我能捨不得這點銀子？」

以前年入五十兩的時候，她當然捨不得。但現在她有六萬鉅款，而且不是她辛苦賺的，花起來毫不心疼。

對上沈晞微微沈下來的目光，王五不敢再推，滿懷感激地收下。

沈晞想了想，對王五勾了勾手指，向他耳語道：「我還想知道，關於先太子之死，京中有什麼樣的流言？」

王五面色微變，作賊似的四下張望，才低聲說：「先太子出事時，小人還很小，尚未知事，也不在京城。後來長大一點，才聽聞朝廷說先太子是得急病死的。但大家都認為這是騙人的，有人說先太子是中毒，有人說是淹死，還有人說是燒死的，各種傳言都有。」

沈晞想到昨日見到的太妃，對方好像有非常嚴重的妄想，覺得每一個接近趙懷淵的人都是宴平帝派來害他的。但她不知當年事，所以也不好說什麼。

皇家親情最是淡薄，為了皇位，兄弟相殘的事還少嗎？兄友弟恭才是罕見。先太子死時太年輕，沒人會不懷疑他的死因，而身為先太子的母親，那樣優秀的孩子死了，太妃肯定接受不了，難怪認定有人謀殺他。

沈晞見王五有些欲言又止的樣子，問道：「有什麼話就說。」

王五猶豫一會兒，才低聲說：「有不少人說，當今皇帝是在捧殺趙王，待他招惹眾怒，再下手誅殺。小姐，您要小心。」

沈晞瞥他一眼，猜想他大概知道了榮華長公主壽宴上的事，好奇道：「我與趙王的關係，旁人不知，你還不知嗎？怎麼如今才來勸我？」

王五赧然。「那時候我與您是一手交錢、一手辦事，如今您就是我主子，自然不同。」

沈晞好笑。「那我謝謝你了。」

王五憨憨地說：「小姐客氣了。」

沈晞沒解釋太多，反正不影響什麼，跟王五約定好再見的日子，帶著小翠離開了。

辦完事，沈晞帶小翠隨便找了間茶館進去坐。

聽旁人講各種各樣的八卦還是挺有意思的，而聽到她是主角，那可真是別有一番趣味。

在榮華長公主的壽宴上，趙懷淵的表現已令人遐想連篇。昨日她去了趙王府的事，不知被誰傳開，旁人不知內情，說她見過懿德太妃，太妃對她這個準兒媳很滿意，不日將聘為趙王妃。

沈晞聽得好笑。滿意？要是可能，太妃怕是恨不得將她亂棍打死吧？

當然也有明白人，說她的門第攀不上趙王府，學識性情就更配不上了，太妃根本不可能聘她當趙王妃，哪怕是側妃都不可能，皇帝也不會答應，兩邊遂吵了起來。

小翠聽得茫然又震驚，但有再大的問題，只要沈晞不說，她就不問，因而沈晞也不用多解釋什麼。

沈晞聽著聽著，發覺他們越吵越離譜。

一方說她都能把自己的養女妹妹弄成郡王妃，那把自己弄成趙王妃，有什麼不可能的？另一方反駁，郡王妃跟趙王妃能是同一個等級嗎？而且這郡王妃做得不光彩。

先前的一方便說，能當趙王妃就可以了，要什麼光不光彩？說不定這會兒沈晞已經珠胎暗結，憑此上位。

沈晞無語。喂，這已經不是八卦，而是誹謗了！

聽他們要開始談論她是怎麼憑藉著高超的床上功夫征服閱女無數的趙王，沈晞跑了。都是普通百姓的茶館裡，哪有正經消息？大家喜聞樂見的，只有各種豔事啊。

這日傍晚，沈晞才從沈寶嵐口中得知趙王府要辦冬日宴，而且請了不少的未婚女子，目的很明確，但沈晞自然是沒收到邀請的。

沈晞見沈寶嵐偷偷打量她的目光中帶著滿滿擔憂，不禁摸摸她的腦袋，笑得意味深長。

沈晞笑完後，門房通報趙王來了，沈寶嵐便露出「我懂了」的表情，笑嘻嘻地說：「早知道姊夫要來，我便不來了。那我走了，免得姊夫煩我。」

沈晞暗惱，瞎叫什麼。

趙懷淵匆匆而來，見到沈晞就說：「冬日宴是我母親辦的，我不知道，也不會赴宴。」

沈晞卻問：「那你不介意我去吧？可以給我一份請帖嗎？」

趙懷淵皺了皺眉。他都不去，她去做什麼？

等一下，他母親好像也邀請了韓王妃和趙之廷。

趙懷淵定定看著沈晞，半晌後，終於下定決心。「好，到時候我們一起去。」

是時候讓他那大姪子親眼看看他和沈晞有多麼親密了！

趙王府的冬日宴是在十一月十六日，雖然有些倉促，然而以趙王府的底氣和財力，完全不見簡陋。

趙王府占地極大，據說原先是兩座宅子，打通後成了如今的趙王府。因舉辦冬日宴，從門口往外掛了半條巷子的琉璃燈，燈上貼滿紅紙剪的花樣、動物以及吉祥話，令人不禁想駐足欣賞。

今日沈晞沒帶沈寶嵐，畢竟她才剛跟太妃鬧過，若帶上沈寶嵐，還得顧忌別讓沈寶嵐被人害了，不是影響她今日的發揮嘛。

她到時，是趙良接待的。若趙懷淵站在門口迎接她，那就太顯眼了。

沈晞隨著趙良入府，隨手把請帖遞給一旁的下人。那人恰好是見過沈晞，知曉她當初來趙王府的事跡，有些目瞪口呆。

可沈晞有請帖，身旁還有趙良引路，他們也不敢攔，只能趕緊派人去知會太妃一聲。

沈晞跟著趙良入內，笑問：「這下太妃娘娘知道我來了吧？」

之前趙懷淵怕他母親會阻攔沈晞赴宴，因此特意隱瞞。

趙良乾笑。「太妃娘娘正忙著接待各位夫人呢，應該還無暇抽身。」

沈晞忍不住笑了。「那我要是站在太妃面前，不會把她氣出個好歹吧？你家主子也不給他母親反應的工夫。」

趙良心道，都知道還執意要來，這會兒再說這個有什麼意思？

但他一想到當初確定要邀請沈晞時，主子身上那股子興奮勁，便沒話可說了。難怪主子會被沈晞吸引，兩人身上唯恐天下不亂的心思是一樣的啊。

「二小姐，馮老太醫在一旁候著呢。」

沈晞笑得更開心了。太妃被氣了那麼多年，身體還這麼好，多半是將「氣病」也當成一種控制趙懷淵的手段，那她便不用擔心真把對方氣壞了。

要是真氣壞了，那也沒辦法。是對方先動的手，防衛過當不能怪她吧？

趙良領著沈晞和小翠，來到了開冬日宴的醒冬園。

為了營造氣氛，冬日宴選在傍晚開始，園中掛滿宮燈，頗有燈火通明之感，聽說等會兒還會有一場煙花秀。園裡有兩幢相對的樓，占地都很大，分成許多隔間，一幢招呼男賓，另一幢招呼女賓。

今日無風，醒冬園裡還燒著無煙的炭火，有下人看著，比外面暖了不少。

沈晞一路走、一路感慨，不愧是備受榮寵的趙王府，果真是有錢，且花得豪放。

到了招待女賓的樓前，趙良低聲道：「沈二小姐，主子替您在二樓安排了一個小間，您要去那裡，還是去外面的大間？」

沈晞道：「一個人多沒意思，還是大家在一起熱鬧。」

趙良引沈晞去大間。今日同樣也是分餐，沈晞選了個離門最近的無人位置坐下，開始觀察裡頭的人。

這裡坐的都是年輕漂亮的女子，有獨坐的，也有找人說說笑笑的，跟參加普通的宴會差不多。

沈晞沒見到相熟的人，遂選了離她最近的女子，擺出一副八卦的樣子問道：「聽說今日是太妃娘娘要替趙王爺相看？」

女子本在托腮發呆，聞言瞥了沈晞一眼，不覺坐直了身體。「姊姊，妳好漂亮。」

她看起來十三、四歲的樣子，模樣尚未長開，滿臉稚氣，看著沈晞的雙眸亮閃閃的。

沈晞道：「過獎，妳也很好看。」

女子笑起來，嘴角有深深的酒窩，看起來更可愛了。

「姊姊別笑話我了，我才不好看。」女子笑了笑，湊近沈晞，小聲道：「姊姊沒聽說趙王爺跟沈家二小姐的事嗎？據說趙王爺非卿不娶，可太妃娘娘不喜沈二小姐，便有了今日的冬日宴。往年太妃娘娘深居簡出，極少辦這樣的宴會。」

她說著，指了指一旁的姑娘們，笑得狡黠。「我跟她們一樣，都是來瞧熱鬧的。我們可高攀不起趙王爺，京中誰沒聽說過他的名聲啊，但說不定今日趙王爺會帶著沈二小姐過來，下太妃娘娘的面子，我真的好期待。」

沈晞好笑，想找樂子的人還真不少。

這時，女子似想起了什麼，忙道：「我叫羅雁，我父親是吏部主事。姊姊呢？」

沈晞笑道：「好巧，我哥也是吏部主事，我叫沈晞。」

京城的沈姓官員不少，羅雁沒察覺異樣，只因彼此父兄官職的巧合而驚喜。「好巧，姊姊跟那位沈二小姐同姓。」

沈晞煞有介事地說：「而且我也在家中行二。」

羅雁撫掌道：「那可真是巧。」

兩位小姐聊得火熱，她們的丫鬟也輕聲交談起來。

羅雁的丫鬟對小翠小聲道：「我叫菖蒲，妳呢？」

小翠雖然經常跟著沈晞出門，但很少說話，除了沈晞以外，最熟悉的只有沈寶嵐的貼身丫鬟南珠，聽到別人問，忙道：「我叫小翠。」

這會兒，小翠有點緊張，因為她聽到了羅雁當著二小姐的面說二小姐的閒話，而且羅雁好像還不曾發現，二小姐也不打算戳穿，她是不是要幫著二小姐一起隱瞞啊？

菖蒲道：「我家小姐最喜歡長得好看的姊姊，妳家小姐別被嚇到就好。」

小翠想了想自家小姐過去的作風，老實道：「我家二小姐膽子很大的，不會被嚇到。」

菖蒲掩嘴輕笑。「那真該跟我家小姐來往，我家小姐膽子也大。」

菖蒲剛說完這話，就見羅雁捂住胸口，一副被驚到的模樣，連忙順著她的目光看過去，但只看到一個側影消失在門口。

羅雁激動道：「姊姊，妳看到了吧？那該不會是趙王爺吧？我記得從前他沒這般好看的，今日怎麼會……」邊說邊以手為扇，往自己臉上搧風，喃喃道：「這樣的容貌，我可以不在乎他的名聲。」

沈晞扶額，剛剛趙懷淵可能是不放心她，因而從門口經過，還對她眨了下眼，偏偏被羅雁看到了。

很快地，羅雁從激動中回過神來，蹙眉道：「趙王爺不是非沈二小姐不娶嗎？怎麼還對我們拋媚眼？嘖！」

她沒再說下去，但隱含的意思很明確：水性楊花的男人再好看也不能要。

沈晞輕咳一聲，忽然聽到有人喊：「放煙花了！」

沈晞沒看過這個時代的煙花，在羅雁拉她時，順從地跟著來到門外。

欄杆前已站了不少女子，對面樓裡也有些男子出來。不過，因為天色晚了，又離得有些遠，看不真切。

兩幢樓中間的空地上，擺了大大小小的煙花。

好些下人湊過去，將煙花點燃。

不一會兒，第一個煙花飛上天空，砰的一聲炸開，其他煙花也接二連三地竄上天。

這個時代的煙花製作已很有一套，不同的煙花飛上天空，還未完全消散，便被緊接而來的另一朵覆蓋。被園子圈住的小小天空，好似被煙花染成了五顏六色的畫布。

第四十七章

砰砰響了好一會兒，空氣中是滿滿的硝煙味，煙花大秀終於結束。

眾人心滿意足地回到屋內，三三兩兩地聊著這場煙花有多好看。

外面的下人們在收拾，屋內的下人則開始擺上熱食。

沈晞瞧見有人在剛剛燃放煙花的空地佈置，猜測一會兒可能有表演。既是替趙懷淵相看，而他又在場，那多半是給未婚姑娘們展露才藝的機會。

沈晞一邊漫不經心地想著，等會兒要不要也上臺表演氣氣趙懷淵的母親，一邊吃飯。

羅雁不知從哪裡竄了回來，拉著沈晞低聲說：「姊姊，聽說那位沈二小姐也來了，就是不知在哪裡。之前我每次都錯過，聽聞她是個大美人，我真想見見。」隨後幸災樂禍地笑道：「今日趙王也在，兵部尚書家的孔小姐和臨昌侯家的湯小姐豈不得卯足了勁表現啊。」

聽到一個熟悉的名字，沈晞好奇道：「妳說的孔小姐可是孔瑩？從前我怎麼聽說她愛慕的是韓王世子？」

羅雁習以為常地說：「倘若愛慕誰便能嫁給誰，這世道豈不是太美好了。」

沈晞詫異。「妹妹小小年紀，倒是很清醒。」

羅雁笑道：「我娘日日對我說，少看些話本，都快及笄了，別鬧出什麼醜聞來，不然給整個家族丟人。」似有些嚮往地說：「這世上就沒幾個魏倩，竟能得償所願。」

魏倩暗戀奚扉時，自然沒什麼人得知此事，但當他們訂親時，有些話便傳出去了，且聆園雅集上的事又不是秘密，不少人都知道，因而有了魏倩暗戀奚扉，未承想奚扉也恰好傾慕她的傳言。好在兩家訂了親，並沒有傳得更過分。

沈晞挑了挑眉。「事在人為。」倘若她打算在這個時代結婚，定會自己去談。父母之命，媒妁之言不就是開盲盒嗎？所謂的門當戶對，就是從一整排相同價值的盲盒中選一個，是不是想要的便看運氣。如果最後結果都是遇人不淑，她寧願是自己挑的，至少有選擇權。

羅雁看著沈晞的從容與篤定，羨慕道：「姊姊，妳家裡的人一定很寵愛妳吧？」不然，緣何敢說事在人為？

「不是哦。」沈晞否認。「我是自己愛自己，不想委屈自己。」

羅雁一怔。往常她聽得最多的是「在家從夫，出嫁從夫，夫死從子」，女子永遠是旁人的附庸，還是第一次聽說要愛自己。她想再說些什麼，又不知從何說起，半晌沒再出聲。

沈晞也不在意，她只是表達自己的看法罷了，不一定要別人贊同，還是剛剛見面的人。

外頭已經收拾乾淨，搭起一人高的檯子。檯子兩面各立了桿子，還纏上布擋風。

等賓客吃得差不多了，沈晞聽到二樓有個中氣十足的聲音道：「臨昌侯府湯蕓小姐願跳一支劍舞助興。」

不少人倚靠在欄杆邊看，二樓比一樓縮進去一些，因而站在一樓也能看到二樓欄杆旁有些什麼人。

沈晞往二樓正中的房間看，先看到趙懷淵和太妃，太妃身邊有個年輕一點，跟她容貌相似的中年女子，想必就是趙懷淵的表姊韓王妃了。而站在韓王妃旁邊的，正是趙之廷。

趙懷淵一直在看一樓，沈晞一出來他就注意到了，還悄悄對她揮揮手，笑得眼睛都瞇了起來。

沈晞笑了下，轉開目光。

趙懷淵看向趙之廷，卻見他盯著下方，好像也在看沈晞……

看什麼看，那是他的溪溪！

趙懷淵腳步一動，正想溜下去，卻聽他母親道：「懷淵，你好好看看，什麼叫真正的世家貴女。」

世家貴女有什麼好的，她最看重的趙之廷，看的不也是沈晞？

但被太妃盯著，趙懷淵沒辦法下去，只能無奈地盯著沈晞。可她卻沒再看他，而是津津有味地望著看臺。

此刻，湯蕓已經開始表演，她一身勁裝，勾勒出姣好的身體曲線，手中持一柄細長軟劍，隨著樂聲翩翩起舞，婉約時若微風，疾勁時如暴雨。

眾人皆目不轉睛地看著，沈晞也看得認真。這劍舞可真好看，雖然劍術只是花架子，但有模有樣，拿來表演足夠了。

舞畢，湯蕓微微喘息著站定，豔麗面容上高傲張揚，目光灼灼地望著二樓。

在眾人叫好聲落下後，湯蕓揚聲道：「世子，請賜教！」

沈晞這時才想起之前羅雁說的，孔瑩和湯蕓會卯足了勁表演，如今看來，人家是打算好好表演，但除了趙懷淵之外，趙之廷也在，因此更像是想引起趙之廷的注意。

也就是說，不管孔瑩還是湯蕓，都喜歡趙之廷，趙懷淵就沒人搶，著實有點可憐。

沈晞滿臉憐愛地看向趙懷淵，卻見他似是一直看著她，她一望過去，他就立即揚唇笑起來，在這夜色中，竟有幾分豔麗。

沈晞默默收回目光。行吧，他完全不在乎，那她也不用安慰他了。

她記得趙懷淵是很討厭趙之廷的，這會兒連他母親找來的相親對象都對趙之廷示好，他怎麼好像反而沒那麼在意了？哪怕他不在乎她們，這也是種羞辱啊。

湯蕓說完，太妃和韓王妃的表情都不太好看。

韓王妃搶先道：「蕓丫頭跳得不錯。」

趙之廷便沒有再開口。

湯蕓面上不甘，似想開口繼續問，但已有下人擺上下一個表演者的器具，她在兵部尚書府孔瑩小姐願作江山雪景圖助興的唱喏聲中對上孔瑩的目光，皺了皺眉，惱怒地從另一個方向下了看臺。

孔瑩沒有理會湯藼，施施然走上看臺，先行了一禮，這才提筆作畫。

畫布很大，有近半丈長，豎在木板上。孔瑩蘸墨落筆，很快描繪出江山的骨架，隨後是黑色的山岩、乾枯的樹、冰封的河流，最後是寥寥幾筆勾勒出的厚厚積雪。

孔瑩動作很快，很快便畫完了，下人舉著她的畫展示給所有人看，大家一致鼓掌叫好。

孔瑩沒有湯藼那麼囂張，作畫完優雅地下了看臺，好像勝利者不屑多言語一樣。

太妃滿意地點點頭，問趙懷淵。「孔瑩詩畫雙絕，你看如何？」

趙懷淵陰陽怪氣地笑道：「她愛慕的是我姪子啊。你說是不是，大姪子？」

太妃蹙眉，她不知道這些事，也轉頭看向趙之廷。

趙之廷回答。「我不知道。」

趙懷淵哼了一聲。「她都能當眾為難跟你有仇的弱女子了，你還不知道？」

這句話一出，趙之廷便知道趙懷淵說的是沈晞了。

太妃依舊一頭霧水。「你們倆打什麼啞謎？懷淵不喜歡就算了，還有別人。」

趙懷淵瞥了趙之廷一眼，沒再說什麼。

趙之廷的目光往下看了看，隨即收回。

韓王妃低聲問趙之廷。「你幾時跟什麼弱女子扯上關係了？」

趙之廷沈默片刻才回答。「並無此事。」

韓王妃見狀，不好多問，輕輕握住太妃的手，朝她歉意一笑。

太妃拍了拍韓王妃的手，顯然不在意在她的冬日宴上有人對趙之廷示好。

表演還在繼續，很是熱鬧，但不如湯藝和孔瑩的精采。

趙懷淵也終於找到機會溜下樓，只是沈晞身邊有人，不好靠過去，只能待在暗處偷看。

在趙懷淵走後不久，花嬤嬤匆匆來到太妃身邊，低聲說了兩句。

方才還面容平靜的太妃頓時擰眉，咬牙低聲道：「她怎麼敢來。」再一看，趙懷淵不知何時已溜走，一定是去找沈晞了。

太妃對花嬤嬤耳語幾句，冷眼看著下方，不一會兒真找到了沈晞。

沈晞懶洋洋地靠在欄杆上，一點貴女的模樣都沒有，正與一個小姑娘說話，很是愜意。

太妃頓時氣得肝疼，她辦的宴會，倒教這不知禮數的臭丫頭享受了。

這會兒，唱喏的人突然揚聲道：「沈侍郎府沈晞小姐願上臺助興——」

太妃見沈晞聽到這聲音，愣了愣，心中一陣暢快。不過是鄉下來的狐媚子，仗著長得好，便覺得京中無人了。牙尖嘴利又有何用？琴棋書畫樣樣不會，誰能看得起她？

太妃冷眼看著下方，等著沈晞當眾出醜。

趙懷淵聽到這唱喏聲也驚了驚，頓時明白是母親要讓沈晞丟人，雖然知道沈晞根本不在乎丟人，但他會心疼啊。

他正想設法換人表演，聽到沈晞名字的眾人已經驚喜地四下張望起來。

沈晞對太妃的報復心裡有數，自然不怕，衝著二樓揚聲道：「太妃娘娘，我十分願意為您助興，但是缺一樣東西。」

太妃只當這是她的託詞，冷笑道：「府中什麼都有，妳缺什麼，儘管說。」

沈晞笑道：「缺個趙王殿下。」

不等眾人細想這話是什麼意思，便傳來一道聲音。「本王在這裡！」

趙懷淵本是想幫沈晞避開上臺的事，但見沈晞接招，又提到他，既有機會跟沈晞同臺表演，哪有不高興的，當即跳了出來。

趙懷淵走到沈晞身邊，語調陡然柔和。「妳要我做什麼？」

沈晞瞥了太妃一眼，見她氣得胸口直喘，笑著收回目光。「拿得住桿子嗎？」指了指看臺旁邊的桿子。

趙懷淵立即明白沈晞想做什麼，有些遲疑。「拿是拿得動，但……太危險了。」

雖然他非常想再看一次豐收舞，可在那麼高的桿子上跳舞，他替沈晞心慌啊！

沈晞挑眉。「你不拿，我換別人了。」

見沈晞的目光即將往二樓瞥去，趙懷淵當機立斷道：「我拿！」

兩人打啞謎似的說了幾句，眾人都不明白，但兩人已一前一後往看臺走去。

直到這時，羅雁才從驚怔中回過神來，抓著小翠問：「妳家小姐就是那個沈二小姐?!」

剛才她跟沈姊姊正品評得高興呢，突然聽到「侍郎府沈晞」，她立即興奮起來，還想跟沈姊姊說一聲她果然猜對了，就見剛才跟她說笑的人起身，然後趙王爺也過來了，兩個人一起上臺。

小翠點頭。「對啊。我家老爺是侍郎，大少爺是吏部主事。」

羅雁想到方才還當著沈晞的面說她，頓時臉上火辣辣的。

二樓，韓王妃看著正指揮趙懷淵拔桿子的沈晞，低聲同太妃道：「她便是那個沈晞？沈侍郎家剛認回來的女兒？」

雖然沈晞到韓王府小鬧過，但兩人並未見過面，因此韓王妃並不認得沈晞。

太妃冷冷道：「正是她。鄉野回來的，不知學了些什麼狐媚手段，把懷淵騙得團團轉，還教他與我離心。」

韓王妃蹙眉，握住太妃的手道：「姑姑莫氣，上不了檯面的東西罷了。」

可太妃的臉色依然不見好轉。「妳看懷淵，被她迷成這般。他知道我絕不會讓他娶沈晞，還同我說，今後都不娶妻了。」

韓王妃對沈晞的印象很差，見太妃被氣得眼睛都紅了，淡然安撫道：「姑姑擔心什麼？沒有您點頭，她不可能進得了門。倘若她自甘下賤，願為外室，那便隨她。況且，依我看，她鄉野之氣不除，遲早闖下大禍，自尋死路。」

韓王妃的話讓太妃的面色終於好了些，但看著沈晞將趙懷淵支使得團團轉，又氣得恨不得將人亂棍趕出去。

趙之廷一直靜靜地站在一旁，聽到兩位長輩的話，只是微微蹙眉，不發一言。

看臺旁，沈晞指揮趙懷淵把固定擋風布用的桿子拔起來，可桿子扎得深，趙懷淵拔不動，還是下人們察覺到他的意圖，連忙去拿新的桿子來。

沈晞沒說什麼，但趙懷淵覺得不好意思，湊到她身邊道：「是這桿子的錯，太深了。」

沈晞瞥他一眼，周圍都是打量的目光，兩人就在舞臺中央。

「不怪我拉你上臺丟人嗎？」她問。

趙懷淵笑得充滿少年氣。「跟妳一起，我樂意。」

哪怕當著這麼多人的面被看到他拔不出桿子的窘迫模樣，他也不覺得丟人，因為他們也看到了他與沈晞的親近。

而且，最令他高興的是沈晞主動邀請他，她並不抗拒在那麼多人面前與他親近。

或許，她那篤定堅毅的內心，也為他稍微打開了那麼一點點縫隙？

趙懷淵的心情極度愉悅，哪怕趙之廷看不到，依然送去一個挑釁的得意眼神。

兩人上了看臺，恰好看臺上還有一張桌子，沈晞便雙手撐在桌面，扭腰翻了上去。

這就是個舞蹈動作，沈晞彎腰跟趙懷淵輕聲說了幾句，揚手示意樂師奏樂。

樂師奏的是〈丁氏之樂〉，是這時代祭祀常用的音樂，莊重威嚴，氣勢磅礴，細細聆聽似有天上仙音。

音樂響起後，趙懷淵將一丈多長的桿子斜過來，沈晞抬起右腳，將桿子踩在腳下，隨後用左腳用力點桌面。趙懷淵雙手用力，桿子被他豎起，沈晞便如同一朵輕飄飄的白雲，被「甩」上去，隨後穩穩站在桿子頂部。

眾人一陣驚呼，一丈多高的桿子，便是兩個成年男子疊加在一起的高度，且兩人還是以這樣驚險的方式完成起手式。方才趙懷淵連桿子都拔不動，這會兒卻能將沈晞送上一丈高的桿子上，著實令人吃驚。

桿子豎直之後，就不用趙懷淵費多少力氣了，只要扶住桿子，別讓它失去平衡便好。

他本想看沈晞再跳一次豐收舞，但想著沈晞將安全寄託在他一人身上，緊張得渾身冒汗，根本不敢分心。

可他知道，曾經震撼過他的舞蹈，今日也能震撼旁人。

雖然只有一根桿子，但對於已經在木樁上練過數年的沈晞來說，這完全不是問題。她的面容莊嚴肅穆，隨著音樂在桿子上跳起、落下，旋轉間衣袖翻滾如同仙人飛翔。每一個看似搖搖欲墜的動作，都惹得眾人一陣驚呼。

可她依然穩穩立在桿子上，像是真正擁有法術的仙人，連桿子也不敢違逆她，任由她如何動作，都不曾將她拋下。

最後，沈晞輕輕一躍，頂著眾人的驚呼聲從桿子頂部跳下，用衣袖捲住桿子，減緩落下的力道，如同一片沒有重量的雲彩，緩緩順著桿子落下，最後輕飄飄停在地面上。

趙懷淵感覺桿子的重量好似輕了些，接著便看沈晞穩穩落在他面前，距離不過咫尺。

沈晞面上莊重肅穆的表情尚未斂去，趙懷淵覺得自己的心好似被狠狠震動了下，怔怔地回不過神來。

眾人的鼓掌和歡呼拉回趙懷淵的神智，沈晞看他一眼，提醒道：「可以放下了。」

「哦！」趙懷淵將桿子就地一放，見沈晞走下看臺，也急忙跟上。

聽到周圍人的讚嘆，太妃恨恨地瞪著沈晞，面色難看。

倘若沈晞跳的是妖嬈的舞蹈，她尚且能罵上兩句難聽的話，將沈晞跟勾欄院裡的人相比。偏偏誰都能從沈晞的舞蹈中看出空靈、莊重，方才那一刻沈晞不是舞者，好似真正的仙人，她無論如何也不可能再說出什麼來。

太妃不想讓旁人再多談論沈晞的舞，下令讓下一個人立即上臺表演。

然而，沈晞的舞蹈好看又危險，在場的人無一不是提著心在看，那種心臟狂跳的感覺實在沒那麼快平息，因此眾人依然在輕聲談論沈晞的舞。

但是，某些人突然發現，從看臺上下來後，沈晞怎麼不見了？

沈晞本來是想回位置去的，但趙懷淵輕拉她的衣袖一下，將她帶走了。

若繼續留在那裡，不知道他母親還要怎麼折騰沈晞，趙懷淵自然不想繼續待著。而且，他今日的目的已經達成，趙之廷看到他和沈晞有多親近了。

這會兒趙懷淵心情很好，大笑道：「趁我母親還困在那裡，我帶妳去我的院子看看。」

沈晞笑道：「好啊，我先認個路，下回翻牆進來不用你帶。」

趙懷淵笑得更暢快了。「這可是妳說的，今後我等妳。」

路上，巡邏的王府侍衛看著性情陰晴不定的紈袴王爺笑得跟十幾歲的少年般，帶著個女子一陣風似的走遠。

他們面面相覷，被跟在趙懷淵後頭的趙良冷瞥一眼，權當沒看到，趕緊走了。

第四十八章

趙懷淵的院子比沈晞的大多了，主屋很大，廂房也有十幾間，但裡面連個小廝都沒有。

趙懷淵道：「我讓下人們走開了，省得他們煩人。」

沈晞挑眉，這是早就打算好要帶她來這裡看看？

趙懷淵沒領沈晞進屋，而是繞了一圈，先到了後頭，指著院子圍牆道：「妳看，這圍牆不高，妳可以從這裡進來，走兩步便是窗戶，這扇窗我不鎖。」

趙懷淵走過去，輕輕推開窗，熟練地抓住窗櫺翻進去，轉頭對沈晞伸手。「快進來。」

好哦，正正經經的前門不進，非要爬窗。

沈晞頓了頓，到底順趙懷淵的意，握住他的手，爬進了窗內。

趙懷淵鬆開沈晞的手時，依依不捨，又怕他唐突佳人，趕緊轉身往裡走帶路。

沈晞往裡走了兩步，發覺這個窗戶就在床邊不遠，而趙懷淵好似無所覺地往外走。

她沈默跟上，路過他的床時卻聞到很淺淡的桂花香，再微微側頭一看，之前她給他的白帕子皺巴巴地貼在枕頭旁。

沈晞暗忖，他是故意給她看的，還是忘記收回去了？而且，為什麼放在床上枕頭旁，還皺成這樣？

沈晞只看了一眼，便迅速收回目光。非禮勿視，不管是什麼東西，小青年私下裡的小癖好不妨礙誰，她當不知道就好。

趙懷淵一無所覺地往前走，想到今日是沈晞第一次來他的臥房，便有種飄飄然的感覺。方才她還願意拉他的手，這會兒又願意進來，可見對他是不一樣的。

趙懷淵請沈晞在桌旁坐下，殷勤地為她倒茶水。

沈晞沒有四下張望，她有點擔心看到什麼不該看的東西。

趙懷淵托著下巴看沈晞，哪怕什麼都不說不做，沈晞此刻就在他房中、在他面前的事實便讓他高興得不得了，他想要今後能日日與她相伴。

沈晞被趙懷淵灼熱的目光看得有些不自在，主動開口。「今日我又得罪你母親了。」

趙懷淵笑道：「妳隨意，我不介意的。」

他從不覺得兩邊為難，他就是站在沈晞這邊，只因為那是養育了他那麼多年的母親，他拿他母親著實沒有辦法。

可是沒關係，反正沈晞還沒有喜歡上他，那便拖著好了。他不成親，也不跟別的女子來往，他母親也無可奈何。

沈晞忽然好奇地問：「如果有一日你母親以死相逼，不許我們來往呢？」

趙懷淵一怔，認真想了想才道：「我母親不會的，倘若她真那樣做，她威脅她的，我做我自己的。反正，我從小時候起，就不是什麼孝順兒子。」

以前他母親不是沒有說過類似的話，但他總是沈默，不會認錯也不與她爭辯，事後該怎麼辦還是怎麼辦，也不見他母親如何。

他總覺得，兄長的仇恨支撐著她，在達到某個目的之前，她不會輕易倒下。

沈晞笑了笑。「嘴巴可以甜些，別讓你母親氣到了。」

趙懷淵笑彎了眉眼。「溪溪也喜歡聽甜言蜜語嗎？我可以去學。」

沈晞無言。「沒有人不喜歡好聽的話吧？」

趙懷淵點頭。「確實，連我皇兄都喜歡。每次我說好聽的，他雖罵我油嘴滑舌，卻總是很高興。他每天要批閱那麼多奏摺，還有無數國事，看他笑一下真不容易。」

見他提起笑，沈晞順勢問道：「幾日後的萬壽節宮宴，你看我準備什麼禮物合適？你皇兄喜歡什麼？」

趙懷淵挺了挺胸膛道：「我皇兄喜歡我！」

沈晞無語。

趙懷淵哈哈一笑。「放心吧，我會幫妳備好的，妳不必操心。」

沈晞謝了他的好意。看時辰不早，二人略坐了坐，便準備回去。

趙良開路，趙懷淵和沈晞走在後頭。

趙懷淵捨不得沈晞就這麼走了，只能多說兩句話緩解相思之苦，提醒道：「今後我不在時，妳最好還是躲著我母親。她有時任性，我還是怕她會傷著妳。」忽然突發奇想。「不然，我去找皇兄幫妳封個縣主或郡主什麼的，好讓我母親投鼠忌器。」

沈晞笑著搖頭。「只要你在，你母親就會投鼠忌器了。」

趙懷淵抬眼看她，她笑道：「否則，當初她不是派人綁我來，而是直接用更齷齪的法子。她在乎你。」

沈晞雖然不喜歡太妃，覺得這個人當母親當得太有問題了，但她感覺太妃還是在意趙懷淵的，不然對付她哪會沒有更激烈的辦法。

之前永平伯的事，太妃也有牽扯，可有事嗎？沒有。所以哪怕真的被人抓住把柄，說太妃坑害一個三品官的女兒，又能拿太妃怎麼樣？

因此，如今太妃對付她用的都是些不怎麼酷烈的手段，只是因為顧忌趙懷淵，怕真的傷到了母子感情。

趙懷淵忽然笑得很燦爛，沈晞本以為他是明白了太妃的愛子之心，他卻說：「我母親老說妳在挑撥離間，可妳明明就是在為她說好話。」

他的溪溪，委屈從不過夜，有仇當場就報了，也從不會因為一件事而否認其他。因此，她才願意與他來往，她看到了他身上可能連他自己都沒有發現的一面。

沈晞狡黠一笑。「我也可能是裝的啊。」

趙懷淵迷惑。「什麼？」

沈晞咳了一聲，掐著嗓音，矯揉造作道：「你千萬不要怪你的母親，她也是為了你好，是我沒有用，不能入她的眼，嚶嚶嚶……」

趙懷淵一臉錯愕，沈晞忍不住大笑起來。

趙懷淵愣了好一會兒，才湊近她笑道：「妳分明是喜歡見我與我母親吵架。」

沈晞瞥他一眼，並不否認。「我不喜歡她以親情綁架你的樣子。」

趙懷淵聽了，覺得心裡滿滿漲漲的，沈晞在心疼他。

他忽然無師自通，耷拉著眉眼。「溪溪，我真是拿我母親沒辦法，若沒有妳幫我護我，我可怎麼辦？」只要能讓沈晞多喜歡他一點，多給他一點憐惜，他不要臉面地示弱都可以。

沈晞無語。「倒也不用裝可憐。這麼多年，你不也過來了嗎？」

趙懷淵理直氣壯。「由儉入奢易，由奢入儉難。我嘗過有人護著的滋味，回不去了。」

他覷著沈晞的臉色，抬手扯扯她的衣袖，低頭看她。「溪溪，今後妳要一直站在我身邊，幫我應對我母親，好不好？」

高大的男人有著一張傾國傾城的面容，低著頭示弱，眉眼間滿是委屈與期待。那雙漂亮的丹鳳眼就這麼直勾勾地盯著沈晞，讓沈晞的心跳不由漏了一拍。

她無法答應，但也說不出不好。

「到時候再說吧。」她含糊說著，故意往前走了兩步。「我的丫鬟可能會找我，還是快些回去。」

趙懷淵也不心急，反正沈晞說了，她至少還要在京城待兩年，他有的是時間。

他沒事人似的跟上沈晞，提起方才的舞蹈，遺憾道：「可惜我太緊張了，沒能看到妳跳舞。下回妳在平地上跳給我看好不好？」

這回，沈晞拒絕得很乾脆。「不行。在平地上跳來跳去，跟猴子有什麼區別？」

趙懷淵反駁道：「怎麼會是猴子呢？就算是猴子，那也是最漂亮的母猴子。」

沈晞無奈道：「可以了。」

兩人是悄悄溜出來的，這會兒又悄悄溜回醒冬園。

趙懷淵去安撫太妃了，沈晞進了大間。小翠見著沈晞跟趙懷淵一起離開的，因而不問也不擔心，回到沈晞身後站著。

這會兒羅雁有一些拘謹，道：「沈姊姊，妳怎麼也不同我說一聲，害我說了妳不少閒話，好丟人。」

沈晞笑道：「反正妳並未說我的壞話，何必自擾？而且我也沒騙妳，姓名、排行、家中情況，完全沒有編造。」

羅雁回想也是，沈晞只是隱瞞了一點點而已，是她自己說話不注意。

但好奇之心到底占了上風，羅雁瞪大了雙眼道：「沈姊姊，那妳跟趙王殿下……」

沈晞道：「我跟他是好友。」

羅雁眯起眼睛。「好友？趙王殿下看妳的眼神也不像啊。」

沈晞篤定道：「就是好友。倘若不是，今日我能讓他來看這麼多貴女大顯身手？」

羅雁一想，沈晞說得有理。要是她心儀的男子家搞這種宴會替他相看，她一定會生氣。但她依然覺得哪裡不對勁，男子和女子能當「好友」嗎？那男女大防怎麼辦？被人說三道四，影響了名聲，又該如何是好？

可是，沈晞滿臉坦蕩，好像男女之間交友是多麼正常的事，反而是她孤陋寡聞。

這場冬日宴算是完全失敗了，先有趙懷淵帶著沈晞到場，再來太妃想讓沈晞出醜不成，反倒讓沈晞大放異彩。因此，太妃見到趙懷淵後，數落他兩句，以身體不適為由先走了。

太妃離開後，韓王妃懶得多待，見兒子不在身邊，讓下人留下傳話，自己回王府。

趙懷淵也不好在女賓樓這邊逗留，去了男賓那邊。今日他心情好，有人來敬酒，也不推託。以往跟他玩得好的人覺得過去的趙王又回來了，起鬨提起沈晞。

趙懷淵不願讓人輕慢了沈晞，嚴肅道：「沈二小姐是我好友，與我十分投緣，你們將來見著她，都客氣些。」

眾人皆笑，不相信他的話。

趙懷淵並未多解釋，畢竟他的心思是真的不想止步於好友啊。

他遙遙地望向沈晞那邊，只見她周圍有好幾個小姐，一群人似乎聊得挺開心。

在羅雁之後，有人主動來跟沈晞搭話，不過相對矜持，只提沈晞的舞蹈，讚她膽子好大，身子又輕又靈活，看得她們都捏了把汗。

沈晞謙虛了幾句。別人不先來找她的麻煩，她就不會表現出敵意，還討人喜歡。她在鄉下待了十七年，人緣是十里八鄉出名的好，只要旁人對她沒有偏見，很容易便能喜歡上她。

她聽人說話總是看著對方，一臉專注，很少打斷別人。哪怕對方只是在講雞毛蒜皮的小事，也聽得認真，還會給出回應。

人總是喜歡被傾聽，哪怕沈晞根本沒有說幾句話，旁人也忍不住覺得她善解人意，並將她引為知己。

說到後來，羅雁被擠出了人群，看著眾星拱月的沈晞，忽然問小翠。「我一直聽說妳家小姐被排擠，真的嗎？」

小翠搖頭。「沒有啊，我們府裡的下人都很尊敬二小姐的。」二小姐絕不吃虧，出手還大方，誰不喜歡啊。

羅雁頓時覺得，傳言真是不可盡信，依照她聽到的，沈晞應當是粗鄙無知、膽大妄為的鄉野之人。今日看來，膽大妄為是有的，那種舞蹈她看都不敢多看，但其他事只怕都是嫉恨沈晞的人胡亂編排的吧。

沈晞明明是一副大家閨秀的模樣，舞姿高雅絕美，行事進退有度，還特別愛笑，討人喜歡。哪怕有時候特立獨行了些，卻不張揚跋扈。

最後，冬日宴是在還算歡快的氛圍中結束的。

離開之前，沈晞去了茅房，回來路上發現趙之廷孤身站在圍牆下。

趙之廷救過她兩次，哪怕她不需要，也得感謝他幫她保住了偽裝，不好當作沒看到，遂上前打招呼。

「世子爺，您這是在賞月嗎？」

趙之廷側頭看她，幽冷月光下，身子顯得越發挺拔。一半面容隱藏在陰影中，顯露出來的另一半俊美無瑕。

「沈二小姐。」他微微頷首。「今晚月色很美。」

沈晞仰頭看向半空，因為地面的裝飾太亮，月亮便顯得沒那麼亮了，倒是多了些許朦朧之美。

「是啊。靜下心來看，什麼景色都能找到美的一面。」

這個月亮跟現代的，可是同一個？多半不是，這個朝代也不是她所了解的朝代。

趙之廷道：「今晚沈二小姐所跳祭舞也很美。」

沈晞有些詫異地看他，大方地說：「謝謝。我在鄉下十七年，不能什麼都沒學會嘛。」

趙之廷頓了頓，又道：「沈二小姐天資聰穎，學什麼都事半功倍。」

他想到聆園雅集那一日，她第一次握弓箭時，確實是個新手，覺得聰穎兩字已不夠形容，又補充了一句。「天賦卓絕。」

沈晞聽得汗顏，她有內功這個外掛作弊啊，跟真正練出來的人相比，只是在取巧。

「世子謬讚了，我當不得天賦卓絕這個詞。」

趙之廷輕笑，忽然道：「若有機會，我也想與沈二小姐比試一番。」

他記得，當日沈晞背對著他向彭琦射箭時，他感覺到非常淡的殺意。他想知道，如果她的目標是他，面對她的箭會是什麼感覺？

沈晞看看趙之廷，發現他好像沒在說笑，半晌才無語道：「世子爺不必這樣抬舉我。」

她至今還記得那夜的那一箭，殺意凜然，若非她內力雄厚，真不一定躲得開。跟他比，她能輸死。

「不是抬舉。」趙之廷剛說完，望向某個方向。

沈晞佯裝一時沒發現，慢些才看過去，只見趙懷淵正快步走來，目光在趙之廷身上轉了轉，有種被挖牆角的警覺。

「沈晞，妳在這裡做什麼？我送妳回去。」趙懷淵故意大大咧咧地說。他與沈晞的關係過了明路，不用再刻意假裝不認識了。

可以光明正大地表現出他與沈晞的親近，真是太好了！

趙懷淵走近後，沈晞不由打量著他們。這對叔姪的五官細究起來是很相像的，趙懷淵跟趙之廷的父親韓王是兄弟，而他們的母親是姑姪，父母雙方各有親緣關係，生出來的孩子不像才怪。

不過，趙之廷的容貌更像母親那邊的人，而趙懷淵更像父親。且兩人性情不同，一個整天吃喝玩樂，一個早早上戰場廝殺。哪怕五官很像，氣質看起來也差得遠了。

「那我走了，世子爺再見。」沈晞對趙之廷揮揮手，跟趙懷淵往外走去。

趙之廷望著他們的背影，耳中還能聽到兩人的對話。

「再見？妳跟他有什麼可再見的？溪溪，妳怎麼不說話？你們方才說什麼呢？」

「說你壞話。」

「不可能！我那大姪子雖然冷冰冰的，但他從不背後說人是非……」

再後面的話便聽不到了，趙之廷又站了一會兒，才動身回韓王府。

趙懷淵想送沈晞回侍郎府，被沈晞拒絕了，帶著小翠自己坐馬車回去。

趙懷淵只好慢悠悠地走回自己的院子。

可惜今天時間不夠，不然他很想讓沈晞看看他收集的新奇小玩意兒，或許會有她覺得有趣的。

他在方才沈晞坐過的凳子上坐下，覺得空氣中彷彿還留有沈晞身上的香氣。

他傻笑著起身，在房間裡踱步，今夜他能在沈晞的氣息陪伴下睡覺了。

走到床旁，他的目光從枕邊的白帕子上掃過，又驀地掃回來。

這個怎麼還在這裡，沈晞該不會看見了？該不會以為他拿它做了什麼奇怪的事吧?!

趙懷淵心虛地拿起帕子，塞入枕頭底下。晚上有這個在，他夢到沈晞的次數都能多一些，但他發誓沒有拿這條白帕子做過什麼齷齪的事，至少不是這塊。

趙懷淵怕沈晞誤會，但她不挑明，他又怎麼好意思突兀地跑去說？只能下回想辦法裝作不在意地道，他睡不著的時候，多虧了她的帕子，這種桂花香能幫助他入眠……

冬日宴對太妃來說是失敗的，卻成了沈晞對外名聲的轉折點。

從前關於她的傳言都不怎麼好聽，多是跟她的身分有關，很多人暗地笑她上不得檯面。如今，她跳的那支舞被人添油加醋傳了出去，甚至有人說，她是懸在半空跳的，跟真正的仙女一樣，十分離譜。

沈晞聽著南珠轉述的八卦，吃著沈寶嵐幫她剝的瓜子，一陣無語。

沈寶嵐很生氣。「我為什麼沒能看到啊，都怪二姊姊不帶我。」

沈晞瞥她一眼，故意調侃道：「若妳去了，抓桿子的就是妳了，妳抓得住嗎？」

沈寶嵐看看自己瘦弱的四肢，不吭聲了。其實她有認真練的，每日拉弓一百下，但目前尚未見到成效，根本不可能抓住桿子。

她嘟囔道：「姊夫看起來瘦瘦的，不想力氣還挺大。」

沈晞瞪她一眼。「叫王爺。」

沈寶嵐哦了一聲。「王爺姊夫厲害！」

沈晞懶得搭理她了，幸好沈寶嵐不會在外頭亂說話，不至於惹禍上身。

今日沈晞還抽空出門，見了王五，王五已經將賀知年的事打探清楚。

賀知年是京城人，小時候父親便去世了，家中只有母親，靠著替人做繡活謀生。幸虧他父親還在時在京郊買了地，每年佃農交的地租和糧食夠他們母子吃一年，生活勉強過得去。

賀知年今年十七歲，前幾年因為家裡窮而未婚配，去年考中秀才後，他母親就不急著幫他找了，大概是在等兩年後的鄉試。如果考中，至少是個舉人，地位就完全不同了。

賀知年除了上書院讀書，有時間便會擺攤子，只要跟文字有關的，都能寫。讀書費錢，筆墨紙硯可是一大筆支出。

沈晞知道，這筆支出靠種田很難攢。起初，她家送沈少陵去開蒙時，筆墨紙硯都是能省就省，在泥地上比劃就行了，浪費什麼紙。

後來她有了其他進項，才能讓沈少陵多用些，但也不過是用普通的。真正出名的筆墨紙硯，花費比她年收入都高，買不起。就算買得起，她也不會買的。

關於鄒楚楚的事，王五沒查到。男女之間的私相授受，他能問到才奇怪。

沈晞猜測，可能是賀知年在擺攤時，跟出門逛街的鄒楚楚相識了，兩人一見鍾情，之後便靠著丫鬟交換書信。

光靠這些消息看不出什麼，沈晞打算親自去會會賀知年。

這肯定不能帶沈寶嵐，因此沈寶嵐只能眼巴巴地看著沈晞獨自坐馬車出門。

沈寶嵐篤定地對南珠道：「我覺得二姊姊在外面有了別的好妹妹，不然最近怎麼都不愛帶著我了。」

南珠安慰她。「外頭的妹妹再親，也是外頭的人。如今三小姐可是二小姐唯一的親妹妹呢。」

沈寶嵐一聽，覺得很有道理。「沒錯，旁人都是野妹妹，只有我是親妹妹。」又高興了起來，催促南珠。「最近新送來一些話本，我們快回去挑些好看的給二姊姊，這樣她就可以多待在家裡了。」

南珠湊到沈寶嵐耳邊，道：「奴婢聽送來的嬤嬤說，裡面有幾本寫了床第之事呢。」

話落，沈寶嵐和南珠的臉都紅了，作賊心虛地左看右看，趕緊回院子去。

第四十九章

不一會兒，沈晞到了賀家附近，根據王五的描述，找到了正在擺攤的賀知年。

十七歲的男孩還是未成年，可能因為吃得不好，賀知年的身量普通，還沒有沈少陵高，容貌尚算英俊，書卷氣十足。

此刻，攤子前沒人，他拿著一本書，安靜地看，絲毫未受街頭嘈雜的影響。

沈晞帶著小翠走上前，賀知年聽到動靜，連忙站起身，目光微垂。「這位小姐，可要寫字？」一眼神規矩，沒有亂看。

沈晞道：「可以幫我寫個話本嗎？」

賀知年大概是第一次聽到這種要求，愣了下，詫異道：「不知小姐要話本是……」

沈晞又道：「我自己不會寫，又沒有想看的，便想請先生按照我的要求寫一本。」

賀知年聽完，一時猶豫，他從未遇過這種要求。

沈晞繼續道：「我先給一兩訂金，全文三萬字左右。寫完後，根據成果，我會給五兩到二十兩；寫得再差，只要先生不是亂抄幾個字，至少給五兩。」

賀知年心動了，三萬字最多十日便能寫完，要是這位小姐滿意，他最多可賺二十兩。他娘親辛苦一日，最多僅能賺到二、三十文；他為別人寫家信，只收幾文錢，一日下來，除去紙和墨，生意好的時候，也就賺個幾十文。
二十兩，是他寫斷手也賺不到的。
賀知年這才微微抬眼，目光規規矩矩地落在沈晞下巴處，遲疑道：「不知小姐為何找上學生？」
沒被錢財沖昏頭，還算清醒。
沈晞看著他，不甚在意地笑道：「隨便找的。倘若先生不願，我就去找下一家問。」
聽到沈晞這話，賀知年降低了戒心，怕這天降橫財跑了，連忙道：「小姐若信任學生，學生願意寫。」
沈晞點頭。「那行，我說梗概，你記下。」
賀知年一愣。「此刻嗎？」
沈晞道：「不然呢？我出來一趟可不容易。小翠，給訂金。」
小翠取了一兩銀子，放在攤位上。
賀知年飛快地看了一眼，隨即收回目光。哪怕只給一兩，他買紙寫好話本後，若這位小姐不來取，他依然能剩下不少錢。
賀知年不知沈晞要說多久，而且這裡是街邊，他看出沈晞非富即貴，怕她不自在，遂道：「小姐請移步，那邊的茶棚還算乾淨，也不吵鬧。」
沈晞抬頭，發現茶棚就在不遠處，帶著小翠走過去。窮人的孩子早當家，看來賀知年還挺體貼。這種體貼對於涉世未深的少女來說，可是極具殺傷力的。

別說鄒楚楚了，哪怕是她，活了兩輩子，對這樣的細心體貼也很欣賞。

這會兒，茶棚裡沒有人，賀知年跟老闆打了聲招呼，便請沈晞坐下，自己則拿了筆墨紙硯坐在隔壁桌上，可見確實相對守禮，不跟沈晞同桌。

至於寫字攤子，則先請別人代看。

賀知年側對沈晞坐著，並不看她，低聲道：「小姐請說。」

沈晞道：「我姓沈，家中排行第二，不知先生如何稱呼？」

賀知年忙道：「學生名叫賀知年。」

沈晞點頭。「賀先生，那我便說了，我想看窮書生和貴族小姐的故事。」

賀知年微微一頓，握筆的手緊了緊，未看沈晞，只道：「有什麼特殊的要求嗎？還是由得學生來寫？」

沈晞托著下巴盯著賀知年，微笑道：「有的。我想寫小姐為愛勇敢與窮書生私會，哪知窮書生不是良人，在小姐懷孕後拋棄她。小姐絕望自盡，窮書生高中狀元，卻在打馬遊街時看到小姐孤魂。孤魂與他日夜相伴，窮書生日漸驚恐，消瘦而死，臨死前才知道，孤魂並不是真的，是他太過心虛而生出的臆想。人死如燈滅，沒有重生的機會，哪怕是變成鬼。」

瞧瞧，她這臨時編的故事多有教育意義啊。

賀知年聽著，神情似有些遊離，但手上的動作並不慢。等他寫完，將記下劇情梗概的紙遞過來。

沈晞掃了幾眼，確實是她說的，笑道：「賀先生的字很有風骨。」

賀知年低著頭，雙手輕輕握成拳。「沈二小姐謬讚。」

沈晞起身。「那麻煩賀先生了。我家住在青城巷，往裡走寫著『沈』的那戶人家便是。等寫好了，再勞賀先生走一趟。」

賀知年點頭。「學生會盡快寫完的。」

沈晞應了聲，領著小翠走了。

賀知年看著手中的紙，半晌沒有回神。

青城巷是達官貴族住的地方，沈二小姐是……官宦家的女子。

今日任務完成，沈晞愉快地回了府。

沈晞對賀知年的印象還不錯，又寫了封信給鄒楚楚，說她已經見到了賀知年，請鄒楚楚不要說認識她。

接著，便是等賀知年寫完她的訂製話本。當然，訂製的錢她是不會浪費的，等賀知年寫完，她就拿去書肆問問收不收。要是賀知年文筆好，讀者愛看，也不失為賺錢的好辦法。

她還沒想好要怎麼處理鄒楚楚這事，先從賀知年寫的東西裡，看看他對於她說的那個故事是什麼想法再說。

近在眼前的是萬壽節。

萬壽節是十一月二十二日，正日子的三天前，街上已然熱鬧起來。

宴平帝在位二十年，風調雨順，國泰民安，百姓們挺擁護這位皇帝。

或許他算不上多麼英明，但不折騰百姓，不折騰百官，已是少有的好皇帝了。至於他對弟弟趙王的寵信，只會讓百姓們更喜歡他，因為顯得這位皇帝有人情味。

萬壽節前一日，沈成胥來找沈晞。自從趙懷淵不再遮掩兩人的關係之後，他對沈晞越發客氣，問道：「明日的宮宴，妳可要跟父親一起去？」

沈晞道：「我跟趙王殿下約好了在宮裡見。」

沈成胥笑逐顏開。「好好好，妳與父親同車，到了宮門再和吏部侍郎的夫人進去。」

前朝官員和女眷是走不同的路。沈夫人早逝，沈元鴻目前還沒有資格參加宮宴，過去沈成胥都是獨自去的。

沈晞應好。她對皇宮還是很有興趣的，對宴平帝也很有興趣，不知道明日能不能見到。

沈成胥見今日沈晞這麼好說話，忍不住問道：「晞兒，妳與趙王殿下⋯⋯」

話未說完，便見沈晞一雙黑漆漆的眼直盯著他，慌忙道：「行行，父親不問了。」強撐著再說幾句要她在宮宴上莫太出挑的勸誡，趕緊跑了。

怎麼回事，他怎麼覺得他這女兒越發深不可測了？算了算了，少招惹為妙，他就當不知道，等著空降一個王爺女婿吧。

想到未來，沈成胥忍不住笑出了聲，待下人稟報沈寶音求見，才斂了笑，微微皺眉，讓沈寶音進來。

這些時日，沈寶音似乎沒有養出多少肉，看著依然瘦削，精神也不太好的樣子。

她見到沈成胥，溫聲道：「父親，女兒不孝，很久沒有來給您請安了。」

其實不是沈寶音不來，而是沈成胥沒讓她來。

如今，沈成胥面對這個女兒多少有些不自在，雖說她即將成為郡王妃，可裡頭的事情他也清楚，哪裡比得上正經被趙王喜歡而更有價值的沈晞？

他含糊道：「妳婚期日近，還是要好生休養，妳看妳都瘦了。」

沈寶音露出親近之色，下一刻紅了眼睛。「謝謝父親關心……女兒剛聽聞，女兒的嫁妝——」

沈成胥驀地打斷她。「嫁妝一事，父親也不清楚，去尋妳大嫂和韓姨娘問吧。」

沈寶音忙道：「可韓姨娘要女兒來尋父親。」

沈成胥起身。「父親忽然想起還有一件急事。寶音啊，妳大嫂與韓姨娘執掌中饋，這些事該去找她們。父親先走了。」說完便匆匆走了，一句多餘的話都不讓沈寶音說。

沈寶音望著沈成胥遠去的背影，手狠狠握成拳，指甲深深嵌進肉裡。

她並無太多失望，不如說，她早知如此。

沈晞將沈寶音「送出去」之後，便不再多關注了，畢竟她在送出過程中做的「努力」，得在沈寶音出嫁之後才能顯現。

韓姨娘來找沈晞聊天，才說起沈寶音找她商議嫁妝的事，但她把這事推到沈成胥頭上。

「寶音小姐去找了老爺幾次，老爺不是不見，就是推說有事，不等寶音小姐說完，便急著離開了。」

韓姨娘說著，面上沒什麼幸災樂禍之色。之前她跟沈寶音的關係不好不壞，交情有限，但也沒有什麼大的仇怨。

沈晞笑了笑。「她倒是沒來找我。」

沈寶音大概知道，來找沈晞根本沒用，她怎麼看也不像是能那麼大度的人。

旁人或許不清楚，但沈寶音自然看得明白，只能利用沈成胥之前表現出來的親情，好多弄點嫁妝走。要是沒人又沒錢，她才是真的巧婦難為無米之炊。

可惜的是，最近沈晞恰好展露出對趙懷淵的影響力，增加了在沈成胥心中的價值。

沈晞覺得沈寶音不可能看不透沈成胥心中還是利益最重，只是沒了辦法，想賭一賭，但結果不如人意。

韓姨娘見沈晞並無談論沈寶音的興致，遂說起萬壽節的宮宴，那日沈晞要穿的衣裳，晚點便能送來。

沈晞道：「啊，還要準備新的嗎？」她現在穿的衣服都是韓姨娘置辦的，不久前才送來新的，她自己沒再買過。衣服嘛，穿得舒服，有得替換就行，要那麼多做什麼？

韓姨娘笑道：「能去萬壽節宮宴是多麼榮耀的事，自是要好好準備。那日二小姐可要跟緊侍郎夫人，宮裡不比外頭，得小心些呢。」

沈晞知道這是沈成胥讓韓姨娘轉述的話，要她老實點，別在宮裡鬧出什麼事來。

她嘴上應下，至於到時候怎麼做，看情況了。

皇帝確實不好招惹，但別人不一定不行。

宴平帝有二子二女，全出自不同的母親，且尚未成婚，沒有誰特別受寵。皇后無子早逝，他便沒有再立后，如今他正值壯年，兩個兒子還小，故而未立太子。

這次的宮宴，說不定能見到兩位公主，不知道公主們會不會找她的事？倘若真的找了，且不是什麼大事，她便暫時避避鋒芒吧。這時代，面對皇權時，還是應當謹慎的。

到了十一月二十二日這天，韓姨娘特地來幫沈晞裝扮，要在沈晞頭上插滿各種首飾時，被沈晞阻止了。

沈晞只用了一根步搖搭配衣裳，其餘的能省就省，不然晃來晃去的太累贅。

韓姨娘拿沈晞無可奈何，只能由她去了。

沈寶嵐跟著韓姨娘過來，羨慕道：「二姊姊，妳在宮裡看到什麼好看、好玩的，回來一定要跟我說哦。」她是庶女，自是沒資格赴宴。

沈晞隨口應下，又道：「別急，將來妳嫁的夫君官位高，妳也有機會去瞧瞧。」

沈寶嵐羞紅了臉，對未來充滿期待。

沈晞摸摸沈寶嵐的黑髮，帶著小翠出發了。

馬車先去衙署接沈成胥，然後再去宮裡。

天逐漸黑下來，一路上車馬不少，慢慢往皇宮的方向駛去。到了宮門口，排隊檢查。

沈成胥依然有些擔心，要將沈晞託付給吏部侍郎的夫人前，小心翼翼地說：「晞兒，皇宮不比別處，妳注意些。」

沈晞見四下無人，小聲笑道：「父親放心，我不會去刺殺皇上的。」

沈成胥頓時面色發白。她提這個做什麼，該不會真有什麼可怕的心思吧?!

可沈晞已向侍郎夫人走去，乖巧模樣看起來相當無害，好像剛剛那句話只是他的幻覺。

來之前，沈成胥只是憂心，這會兒便是提心吊膽了，連跟同僚們互相見禮也心不在焉。

老天保佑，他女兒可別搞出什麼事來啊……

侍郎夫人不熱情也不冷淡，見到沈晞後誇了兩句，便往宮裡去，一路走、一路解釋接下來要注意的。

前朝跟後宮各自開宴，命婦這邊由太后總領，待到宴會過半，宴平帝會過來一趟，眾命婦對皇帝賀壽，之後各自宴飲，直到結束離宮。

沈晞也發現了，壽禮是一家一份，命婦不用額外備禮。也就是說，上回她問趙懷淵壽禮的事，他沒說她不用，卻幫她備一份，意思就是會私下帶她見宴平帝。

趙懷淵真是太貼心了，知道她對皇帝感興趣。幸好她不是刺客，不然刺殺皇帝也太容易了些。

眾多命婦們帶著家中受寵的女兒，先聚在某處宮殿內等著，之後再一道去臨水殿。皇宮中，自然沒有人敢出頭搞事，所有人靜靜地坐著，連小聲說話的都很少。

沈晞遂也安安靜靜，看起來跟別的貴族小姐沒有任何差別。

然而，當她看向某些人時，她們總會轉開目光。這些當然都是熟人了，比如淮陰侯夫人張氏、張氏的兒媳華氏、孫女褚芹，以及兵部尚書之女孔瑩、都察院左都御史的兒媳竇氏，竇氏的女兒柳憶白倒是沒來。

待人差不多到齊了，便有內侍過來，引眾人去臨水殿。

沈晞是第一次來皇宮，一路上不動聲色地觀察著周圍。皇宮奢華，大氣磅礴，處處體現皇家氣度，而經過的宮人們個個儀態端莊、目不斜視，可見管理嚴格。

到了臨水殿，夫家官位高的、跟太后娘娘情誼比較深厚的女眷先上前見禮，其餘的跟在後面。

沈晞藏在人群中，聽見上首有人忽然笑道：「母親，您還沒見過沈侍郎家新認回的女兒吧？人伶俐得很，您可要見見。」

來了，榮華長公主的報復。

已有白髮、顯得很是慈祥的太后瞥了榮華長公主一眼。「哦，是哪個？讓哀家看看。」

榮華長公主道：「沈晞，還不出來讓太后瞧瞧！」

沈晞慢慢走上前，低著頭見禮。「臣女沈晞，見過太后娘娘，見過榮華長公主。」

榮華長公主哎喲笑了起來。「怎麼低著頭啊？之前妳在本宮府裡，可不是這般。」

沈晞依然低著頭。「太后娘娘慈和，臣女不敢冒犯。」

榮華長公主一愣，氣道：「沈晞，妳在當眾嘲諷本宮？」

沈晞平和地說：「回長公主，臣女沒有。」語氣鎮定，並未因榮華長公主的刁難而恐慌，讓榮華長公主十分不爽。

在榮華長公主發作之前，太后道：「榮華，行了。」

榮華長公主忙挽住太后的手臂，嬌聲道：「母親，您不知道她當日多咄咄逼人……」

太后道：「今日是妳皇兄生辰，妳少給我招惹是非。」

榮華長公主頓時懨懨地鬆了手。

太后和藹地對沈晞說：「榮華無禮，妳不必放在心上。」

沈晞道：「臣女不敢。」跟沒事人似的隨眾人落坐。這麼大的日子，想也知道，太后不會隨便讓榮華長公主折騰。

趙懷淵曾跟沈晞說過，自從兒子登基後，太后再沒什麼可煩心的，也不過問前朝的事，只幫宴平帝管著後宮。後來，宴平帝讓大皇子的母親賢妃統領後宮，太后得以清靜度日，日子逍遙，人也越發和善了。

因此，在榮華長公主發難時，沈晞一點也不慌。有太后壓著，榮華長公主能翻出什麼風浪來？不過就是讓沈晞在眾命婦前露了一次臉，不少人早聽說過她，但沒見過她。

沈晞自在地四下觀察。偏殿跟主殿之間只用一道屏風半隔開，兩邊的動靜都聽得清清楚楚。太后為人平和，但年紀大的人就是喜歡熱鬧，才這般安排。

今日是合餐制，一桌可坐八人，沈晞便跟侍郎夫人坐在一起吃吃喝喝了。

第五十章

宴會很快到了中場，外頭傳來一陣喧譁，有內侍進來稟告，宴平帝來了。

沈晞往門口看去，見穿著一身明黃禮服的偉岸男子走了進來。

宴平帝正值壯年，有著趙家人獨有的英俊外表，卻比沈晞見過的趙家人都威嚴，自帶氣勢。哪怕他面上帶著笑，也令人不敢直視天顏。

沈晞與旁人一道行禮，抬頭時，瞧見跟在宴平帝身後的趙懷淵對她眨了眨眼。

她回以一笑，大庭廣眾之下暗度陳倉還挺有意思。

太后代表命婦們說了些吉祥話，宴平帝面上帶笑，回幾句客套話，沒有多待便離開了。

沒一會兒，有個宮女進來找沈晞，小聲地請她出去一下。

沈晞跟侍郎夫人說了一聲，起身跟著宮女走了。她神態自然，旁人只當她是去更衣，沒太在意。

趙懷淵等在僻靜處，旁邊有一隊侍衛，見沈晞走過來也目不斜視。

趙懷淵見到沈晞，關切道：「沒人為難妳吧？」

沈晞笑著說：「這樣大的日子，哪裡會有人如此不長眼。」

趙懷淵想想也是，低聲問她。「妳想見見皇兄嗎？他就在前面。妳要是想，我帶妳去；

要是不想，我們就去別的地方看看。」

沈晞也不扭捏，說：「不麻煩的話，我想去。」

趙懷淵不意外地笑著點頭，又取出一只小盒子遞給沈晞。「我皇兄很喜歡這位大師的木雕作品。等會兒妳送給他，他肯定高興。」

沈晞打開盒子一看，巴掌大的木頭上雕了群臣賀壽，人已經很小了，卻連臉上的表情、衣物的褶皺都栩栩如生，不由驚嘆。

「真是巧奪天工。」她側頭看他。「這該不會是你原本準備的壽禮吧？」

這一看便是花費數月苦工才能雕成的，想必趙懷淵早就拜託那位大師了。那時候，他還不認識她呢，自然不會是幫她備的。

趙懷淵無所謂地道：「我替皇兄備的禮多著呢，少一樣沒關係。難道我不送禮，皇兄便不喜歡我了嗎？」

沈晞輕笑出聲。在趙懷淵看來，他皇兄對他很好，他也十分敬重他的皇兄，壽禮都是提前備的。這樣用心真誠的回報，對方怎麼會感受不到呢？或許不少人認定宴平帝是在捧殺趙懷淵，但沈晞想，宴平帝應當是真心喜愛這個擁有一顆赤忱之心的弟弟。

兩人並肩往前走，那隊侍衛跟在後頭。

沈晞小聲問：「見皇上時，我可有什麼要注意的？」

趙懷淵道：「我皇兄十分和善，妳平時怎樣便怎樣即可。」

沈晞睨他一眼。「你確定我像平時那樣，不會惹怒皇上？」

趙懷淵理所當然地說：「怎麼會惹怒我皇兄？他喜歡妳還來不及。」他喜歡的姑娘，皇兄怎會不喜歡？

沈晞似笑非笑。「被你皇兄喜歡，一定是好事嗎？」

趙懷淵腳步一頓，他光想著讓皇兄看看他喜歡的姑娘有多好，卻忘記了，沈晞這麼好，萬一皇兄也想要，那怎麼辦？

皇兄……應當不會跟他搶吧？

他相信皇兄，但又害怕沈晞被別人搶走。他太清楚了，他能橫行就是因為皇兄的寵溺，他可以從任何人那裡搶到東西。反過來說，皇兄也可以輕易拿走他的。

趙懷淵遲疑地看著沈晞，欲言又止。

沈晞失笑。「我說笑呢，你還當真了？」

在沈晞面前，趙懷淵跟小傻子似的，啊了一聲，露出笑容。

「也是，皇兄才不會搶我喜歡的東西。」他一頓，急忙解釋。「我的意思是，妳是我朋友，我皇兄不會為難妳的。」

沈晞笑道：「我明白。」

兩人說笑間，已看到前方的人。

眾多侍從在不遠處待命，而那明黃色的身影則站在亭中，身邊只有一人伺候。

趙懷淵快走兩步，揚聲道：「皇兄，久等了！」

宴平帝轉過身，面上帶著笑，目光在沈晞身上停了一瞬，又移回趙懷淵臉上，含笑道：「這便是你的好友？還不快給朕介紹介紹。」

趙懷淵道：「她就是沈晞。皇兄，你可別為難她。」

宴平帝失笑。「你當朕是什麼人，怎會無故為難你的好友？」

見宴平帝看過來，沈晞才找到機會行禮。「臣女給皇上請安，願皇上福壽安康，歲歲如今。」說著，呈上盒子。「這是趙王替我準備，要給您的壽禮。」

趙懷淵一愣。「哎，妳怎麼說出來了？」

宴平帝一怔，一旁的何壽上前接過盒子打開，呈到宴平帝面前。裡面是極為精緻的木雕，一眼便能看出是出自宴平帝最喜歡的大師之手。

宴平帝拿起來，欣賞了一陣子才放下，含笑道：「你們有心了。」

哪怕沈晞不提，宴平帝又怎會看不出這是誰準備的？因為太費心力和工夫，這木雕可不好求，一般人還真沒有門路。沈晞不說，宴平帝自然是看破不說破，可她偏偏實說了，他便知道她這是把功勞還給趙懷淵。

如此一來，他便知道趙懷淵有心，把他這個皇兄放在心上，心中自然會覺得熨貼，也會對實話實說的沈晞多幾分好感。不論心思如何，沈晞是個聰明的姑娘。

於是，宴平帝面上的笑多了幾分真，像老父親般閒話家常的語氣道：「很久之前，小五便跟朕提過妳，只是攔著不讓朕召見，說是怕嚇著妳，朕可沒見小五對誰如此上心。」

趙懷淵不想讓沈晞尷尬，忙道：「皇兄，您這話可教我傷心了，我從前對您不上心嗎？」一邊說還邊對宴平帝眨眼睛。

宴平帝看得好笑，真就這麼護著啊？他本也不想為難沈晞，對沈晞笑道：「小五性情乖張慣了，找個合得來的朋友不容易，妳多擔待些。」

沈晞卻道：「是王爺一直在幫我，他的性情於我來說剛剛好。」

在皇帝面前，沈晞自然要說趙懷淵的好話，而且她也確實是這麼想的。

趙懷淵因沈晞的話而笑得一臉燦爛，偷偷地盯著她，滿臉愉悅。

宴平帝見狀，心中微嘆，揮揮手道：「行了，朕不留你們了。小五不是要帶沈晞四處看看嗎？去吧。」

趙懷淵應道：「那我走啦。」

沈晞行禮。「臣女告退。」

宴平帝目送他們並肩離去，趙懷淵不知說了什麼，沈晞笑看他一眼，兩人站得很近，看起來很是般配。

他忽然道：「小五長大了。在朕心中，他還是六歲時在朕面前哭紅鼻子的模樣，一眨眼便這樣大了。」

何壽說：「殿下早已弱冠，是該有個貼心人陪著他了。老奴看，沈二小姐與殿下十分般配。殿下對沈二小姐很上心，沈二小姐也向著殿下。」

宴平帝沈默片刻，笑道：「年輕人的事，朕不管了，隨他們去吧。」

何壽也笑。「陛下春秋鼎盛，還年輕呢。」

宴平帝轉身，離開亭子。「走吧。」

走遠後，趙懷淵道：「我就說吧，我皇兄很和善。」

沈晞瞥他一眼，他面上有著小孩子介紹最喜歡玩具的得意。

怎麼說呢，宴平帝在趙懷淵和在別人面前的態度確實不一樣，更有人情味一些，應當不用擔心他突然對趙懷淵動手。趙懷淵沒有造反的心思，以他的性格，也造不了反。

沈晞笑道：「因為你值得啊。」

趙懷淵愣住，隨即連耳尖都紅了，幸好在夜色下不甚明顯。

他感覺胸中有一種特別滿的情緒，但無法準確地描述出來。沈晞怎麼這麼好啊，哪怕將來他再怎麼努力，她都無法喜歡上他，他也要永遠跟她當朋友，他真的太喜歡她了。

許久，趙懷淵才平靜下來。「皇兄說了，我們可以隨便逛。妳累嗎？不累的話，我們走快點，皇宮太大了，一時半刻逛不完。」

他頓了頓，又道：「算了，逛不完就隨便看看好了，之後選個白天，我再帶妳進來好好逛，晚上與白天的景色各有不同。」
沈晞不在意，跟著趙懷淵走。
這個朝代的皇宮比她曾經去過的故宮大很多，而且前朝的各個大殿更威嚴，後宮的則婉約許多。他們沒進後宮，就在前朝與後宮分界的大門那兒越過影壁往裡面望了一眼，各處都掛著燈籠，江南庭院風格的建築錯落有致，偶爾會有巡邏的侍衛經過。
因為天黑了，沈晞覺得自己面對的好像是巨獸張大的嘴，裡面這些燈籠星星點點的光，是引獵物入內的誘餌。
她不喜歡這種壓迫束縛的感覺，轉身道：「我們走吧。」
趙懷淵趕緊跟上，小心地問：「妳不高興了？」
沈晞道：「太暗了。」人類對光明的追求是本能，她曾見過入夜後也能亮得像白天的燈光，更不喜歡只有月色和星光的漆黑夜晚。
趙懷淵恍然，原來沈晞怕黑！
他朝侍衛那裡看了眼，過去取來一盞燈籠，往回走兩步，覺得不夠，又回去拿了一盞，兩盞加在一起，終於更亮了些。
他提著燈籠，往沈晞身前站，殷勤道：「我幫妳照著路便不暗了。妳要是還怕，就抓住我的手臂。」
沈晞看他一眼，朦朧燈光中，他的面上浮現擔憂之色。

她笑道：「謝謝，我不怕。」
趙懷淵忙道：「怕黑沒什麼的，我小時候也怕黑，還怕得躲在被窩裡哭。」
沈晞說：「我真不怕。」不喜歡跟害怕不一樣好吧？她要是怕黑，之前能在夜裡出門救他小命？
趙懷淵道：「好好，妳不怕，是我怕。我們靠近些，這樣兩個人前面的路都能照亮。」
沈晞瞧他似乎認定了她怕黑，而且是因為面子問題拒絕承認。
算了，認下怕黑也沒什麼。
沈晞不再爭辯，兩人往臨水殿走去。時辰不早，宮宴大概快結束，他們該回去了。
趙懷淵看著沈晞走入臨水殿，這才離開。
沈晞進來，發現侍郎夫人有些緊張，見到她時終於鬆了口氣，但什麼都沒問。
此時，太后早已離開，幾位公主和長公主也不在，眾人開始陸陸續續離席。
沈晞看似老老實實地跟在侍郎夫人身後，沒人知道她已經來了個皇宮前朝一夜遊。
起初跟來時一樣安靜，但沒過一會兒，沈晞便聽到前方有喧譁聲，似乎在喊著有人落水了。因為太遠太亂，她沒有聽清楚。
女眷們面面相覷，緩下腳步。沈晞忽然覺得有點不妙，忙繞開眾人，快步往前走去。
出宮的路會經過皇宮內河，不寬，很小的一條。但水是危險的，如果不小心，連臉盆裡的水都能讓人溺死。

沈晞遠遠便瞧見一群人，氣氛緊張，宴平帝和趙懷淵都在，有個內侍顫聲道：「是趙王殿下帶大皇子來臨水河邊玩……」

沈晞頓時皺眉。有人要陷害趙懷淵？

她自認還算了解趙懷淵，他跟她在一起時，很少提及兩個皇子，他跟他們應該不怎麼熟，只怕平常也不來往，那他為何莫名其妙帶大皇子去河邊玩？

當初趙懷淵落入濛溪，差點淹死，雖說沒有留下見到水就害怕的後遺症，但也會儘量避開有河流的地方，他不可能帶著大皇子過去。

沈晞快步走近，卻有侍衛攔住閒雜人等。

與此同時，宴平帝並沒有理會說話的內侍，而是焦急地看著被撈上來的兒子，嘴裡喊道：「太醫呢？怎麼還沒來！」

趙懷淵面色凝重，整個人僵硬地站在一旁，看著所有人圍攏在宴平帝和大皇子身邊，如同一株孤獨的樹立在荒漠中，等待著寂寥的未來。

沈晞心中一抽，微微定神，卻見侍衛將大皇子扛在背上，不斷顛著控水。

控水沒必要，反而影響救治。但這種時候，她若貿然動手，救成還好，救不了反而要被安上謀害的罪名。

可是，倘若大皇子歿了，按照目前的發展，只怕趙懷淵有十張嘴都說不清了。

沈晞權衡片刻，目光落在趙懷淵僵硬的背脊上，揚聲道：「皇上，這樣救治不行！」

宴平帝正焦急，聞言見是她，揮揮手示意她過去。

侍衛讓開，沈晞連忙上前，道：「要救大皇子，得先幫他盡快進氣，恢復心跳。」

宴平帝的焦躁暫緩，正要多問兩句，卻聽沈晞飛快道：「快！遲了就救不回來了！」

趙懷淵見沈晞出頭，張了張嘴想阻止，她不是太醫，不好沾染這種事。

可沈晞飛快瞥他一眼，似在讓他少安勿躁，他便閉上了嘴。

如果之前沒見過沈晞，宴平帝或許會猶豫更久。但方才他才見過她一面，對她的印象很不錯，如今見她神情篤定，又擔心再耽擱，大羅神仙也難救回孩子了。

「怎麼做，妳說。」

沈晞得了準話，不再耽擱，上前將大皇子從侍衛肩上抱下來，平放在地，先檢查他的呼吸和脈搏，胸廓無起伏。查看他的口腔，裡頭很乾淨，沒有異物，遂將他的下巴抬高，讓呼吸道打開，仰頭去喊侍衛。

「你蹲下！」

侍衛還驚訝於沈晞怎麼那樣輕鬆將已經九歲、體型不小的大皇子從他肩上卸下，聞言不敢多問，連忙在大皇子的另一邊跪下。

沈晞一邊說、一邊抓過侍衛的手，示範道：「捏緊他鼻子，像這樣抬高下巴，你深吸口氣，再包住他嘴巴，對他嘴裡呼氣，到他胸口鼓起來為止。做兩次，就停下一次。」

既然宴平帝已經允許，侍衛自然聽從，看完沈晞示範，連忙照做。第一次做得不太正確，沈晞及時糾正，第二次便沒問題了。大皇子溺水的時間應該不是很長，希望來得及救。

沈晞讓侍衛做人工呼吸，自己做按壓。急救是力氣活，好在她有內力不容易累，每一個動作都儘量做得標準。

在沈晞做到第三組時，好幾個提了藥箱、跑得滿頭大汗的太醫終於趕來，有人喊道：「太醫來了，快讓讓！」

做人工呼吸的侍衛聽了，要鬆手讓開，沈晞厲聲道：「你繼續！」隨後冷冷瞪向靠過來的人。「滾開！」

侍衛被沈晞的聲音驚了驚，再做方才的動作。

沈晞也繼續按壓，頭也不抬道：「我這裡不能停！太醫要檢查隨意，別影響我！」

因為沈晞在按壓大皇子的胸膛，太醫們自然看不出大皇子還有氣沒有，見宴平帝沒有阻止沈晞，遂在一旁觀察，間或把把脈，顯得自己在診治。要是溺水死透了，還怎麼救？這姑娘要出頭擔責，自是最好。

做到第八組時，大皇子幼小的心臟終於恢復了跳動。沈晞推開侍衛，仔細觀察，雖然微弱，但大皇子有了呼吸，這才長舒口氣。

幫忙做人工呼吸的侍衛見狀，激動地大喊：「有氣了！大皇子活了！」

宴平帝趕緊上前，看到大皇子呼吸之後，緊張的肌肉驟然放鬆。方才他親眼看到大皇子沒了氣，如今竟然真被救活了。

他連忙問沈晞。「之後該如何診治？」

沈晞搖頭。「我只知道怎麼讓大皇子恢復呼吸，而且他是運氣好，斷氣時間不長。但後續如何，我不知，請太醫們看看吧。」

宴平帝連應了幾聲好，他不知道心臟驟停預後可能會很差，只知有氣就是活過來了，趕緊令人將尚昏迷的大皇子抬回寢宮，太醫們跟去醫治。

隨後便是處理大皇子落水的事。

趙懷淵望著宴平帝，肅聲道：「皇兄，我不常與大皇子來往，怎麼會無緣無故帶他來河邊玩？」

宴平帝並不出聲，而先前指認趙懷淵的內侍顫聲道：「皇上，奴婢真的沒有說謊，確實是趙王帶著大皇子來臨水河邊的。」

趙懷淵忍著踢人一腳的衝動，沈下臉。「皇兄，他誣陷我！」

沈晞注意到，趙懷淵望著宴平帝的眼神中帶了幾絲期望，皺了皺眉，補充道：「趙王曾失足掉入濛溪，如今哪裡還敢在水邊玩？」

宴平帝想起來，之前趙懷淵確實說過落水為沈晞所救的事，還向他討賞。

沈晞見狀，又道：「皇上，我與趙王是一夥的，倘若真是趙王害了大皇子，我怎麼會救人？好讓大皇子活過來指認趙王嗎？」

宴平帝垂眸，他也不信。可是，萬一是趙懷淵帶著大皇子玩，不慎落水呢？

沈晞走到內侍面前，冷漠地望著他。「幕後之人給你多少錢？還是你的家人被幕後之人關押了？」

內侍瞳孔一縮，驀地低頭，顫顫巍巍地說：「奴婢沒有說謊。」

沈晞還要追問，看看有沒有什麼破綻，卻見內侍忽然渾身顫抖著倒下，嘴角掛著白沫。

趙懷淵一驚，沈晞忙去查看，內侍已經中毒死了。而且，似乎是早就服了毒。

趙懷淵和沈晞對視一眼，從彼此眼中看到了「滅口」二字。

宴平帝皺眉打量死去的內侍，沈默許久，道：「小五，你先回去，等瑞兒醒來再說。」

趙懷淵有些不甘，上前一步。「皇兄，我真的沒有……」

宴平帝望著趙懷淵，忽然嘆息一聲，溫聲道：「小五，朕是信你的。快回去吧。」說完，便走了。

何壽過來勸趙懷淵幾句，也隨宴平帝離開。服毒自盡的內侍則被拖了下去。

沒了侍衛的阻攔，女眷們相繼離去，侍郎夫人遲疑片刻，提醒道：「沈二小姐，沈侍郎想必還在外頭等妳。」

這時候，沈晞怎麼可能走，對侍郎夫人擺了擺手。「麻煩您跟我父親說一聲，我晚點再回家，他不必等我。」

侍郎夫人的目光在沈晞和趙懷淵身上掃了掃，應下走了。

趙懷淵站在原地，沈晞陪著他。不遠處的侍衛見他們不動，也不敢動，更不敢趕人。

許久之後，趙懷淵頹然地說：「溪溪，皇兄不信我。」

沈晞勸道：「他的兒子剛剛死裡逃生，他方寸大亂也是合乎常理的。」

宴平帝不先弄清楚，就帶人離開，其實是在袒護趙懷淵。不過，既然是袒護，就說明宴平帝至少是有一點懷疑的，否則何來袒護一說？

沈晞覺得今日的事處處透著古怪。要說是嫁禍趙懷淵，可證人直接服毒死了，這不是太明顯了嗎？好歹先狠狠咬趙懷淵一口，再做出被人滅口的假象啊。就這麼死了，誰都覺得趙懷淵是被陷害了吧？

不管是皇帝，還是證人，行為都充滿了詭異之處。

沈晞見趙懷淵心情低落，上前碰碰他的手臂，在他抬眼看來時，道：「我們先出宮？」

趙懷淵的目光在此刻顯得格外無助可憐，聞言點點頭，隨沈晞向外走去。

——未完，待續，請看文創風1243《千金好本事》3（完）

2024年2月出版

文創風 1235～1237

嗆辣廚娘真千金

不管是不是「郡主」，廚藝方為立身的根本！
既要發展餐飲事業，又要面對競爭對手的威嚇跟殺手的追擊，
她這個鄉野出身的小姑娘，也招惹太多怪人了吧……

劇情布局操作高手／咬春光

除了一身傑出的廚藝，沈蒼雪最佩服自己的就是唬人的功夫，
看看，財主家的兒子不就被她三言兩語哄得一愣一愣，
輕易就跑回家拿出大筆資金供她創業了嗎？
說起來，開間包子鋪、賣些吃食的對她而言根本是小菜一碟，
畢竟她穿越過來之前年紀輕輕就獲得料理比賽冠軍了，
真正需要花心思的，反而是在如何訓練出好員工。
瞧聞西陵這小子，模樣跟體格都好，偏偏頂著一張死人臉，
好不容易將他「調教」成功，他卻要返京做回他的將軍？!
行，反正她也得去京城解開身世之謎、揪出害死養父母的凶手，
到時候可別怪她把他拎回臨安當他的「工具人」！

2024年2月出版

夫人請保持距離

文創風 1232～1234

這些人總鄙視商戶貶低她名聲，
但這名聲好壞於她來說又不值錢，
縱使他們擁有一身清譽，
可真正能辦好事情的是她家的財富！

預料之外的婚約，
握入掌心的鍾情／拾全酒美

首富千金秦汐帶著金手指，回到家中受誣陷而家破人亡前，
她一掃上輩子的迷障，看清環繞秦家周遭的魑魅魍魎，
並加快腳步，為甩開針對她家的陰謀詭計做準備。
暗示商隊可能被塞了通敵信函，學會漠視虛情假意的親戚，
並利用空間裡的水產，與貴人結下善緣，爭取靠山。
多項事務同時進行下，蝴蝶翅膀竟搧出前世不存在的婚約，
對象是赫赫有名不近女色的小戰神曝郡王——蕭曝玹。
儘管她不願早早嫁人，卻也不擔心這門婚事能談成，
對於外頭頻傳秦家挾恩逼王爺娶商女的流言，她更不在意。
誰知不但惹來皇上賜婚，那前世敢抗旨的小戰神也一反常態，
提議先假成親，待一年後他自污和離，以維護她名聲。
這條件對她皆是有利的，而且秦家與他也有更多合作空間，
且思及上輩子此人無論是行事作風及人品，皆可信賴，
不就是一種契約婚姻？他既然願意，她又怕什麼呢？

2024年2月出版

請進！美味飯館

文創風1229～1231

他是個不可多得的好男人，許多女人都想要，她也想，
可是，這份感情終究不是給她的，而是給另一個女人的，
她不能奪走屬於原身的深情，不然，她與小偷有何區別？
然而，他正在蠶食鯨吞她的心，她無法控制被他吸引，
如果他繼續守在自己身邊，她不知還能不能守住這顆心……

借問美味何處尋？
路人遙指楊柳巷／一筆生歌

孤兒出身的米味因從小就對廚藝極有興趣，所以努力靠自己白手起家，
最終她自創品牌，成立了世界知名的食府，站在美食金字塔的頂端，
因有感於生活太忙碌，她想好好放個假，便把事業交託給徒弟打理，
不料還沒享受人生，她就意外地車禍喪命，再睜眼已穿成個古代姑娘，
而且頭部受傷又懷有身孕，偏偏她腦中對這原身的一絲記憶都沒有！
幸好寺廟的住持慈悲收留，母子倆一住四年，過上夢想中的鹹魚生活，
可惜好景不常，為了兒子的小命著想，母子倆不得不離開，踏上尋親之旅，
只因兒子自出生起，每月便要發病一次，發作時會全身顫抖、疼痛一整天，
住持說孩子身中奇毒，既然她很健康，那問題顯然出在生父身上啊，
想著孩子的爹或許知道如何解毒，母子倆便循著住持占卜的方向一路向北，
哪怕人海茫茫，她也要帶著孩子找到他爹！
為了養活娘倆，看來她得重操舊業賣拿手的美食佳餚才能快速賺錢了，
貪多嚼不爛，她先弄了個小攤子賣吃食，打算日後攢夠錢了再開間飯館，
期間聽客人說，曾在京城看過跟她兒子長得很像的人，那肯定是孩子生父啊！
於是她二話不說，包袱款款就帶著孩兒直接北上進京尋父救命去了……

文創風 1242

千金好本事 2

國家圖書館出版品預行編目資料

千金好本事 / 青杏著. --
初版. -- 臺北市 : 狗屋出版社有限公司, 2024.03
冊 ; 公分. --（文創風 ; 1241-1243）
ISBN 978-986-509-505-5（第2冊 : 平裝）. --

857.7 113000937

著作者 青杏
編輯 安愉
校對 陳依伶
發行所 狗屋出版社有限公司
地址 台北市104中山區龍江路71巷15號1樓
電話 02-2776-5889～0
發行字號 局版台業字845號
法律顧問 蕭雄淋律師
總經銷 知遠文化事業有限公司
電話 02-2664-8800
初版 2024年3月
國際書碼 ISBN-13 978-986-509-505-5

本著作物由北京晉江原創網絡科技有限公司授權出版

定價290元
狗屋劃撥帳號：19001626
網址：love.doghouse.com.tw E-mail：love@doghouse.com.tw